长篇小说

战国争鸣记 2

墨守之国

李亮 著

重庆出版集团 重庆出版社

图书在版编目（CIP）数据

战国争鸣记2：墨守之国 / 李亮著. — 重庆：重庆出版社, 2021.7
ISBN 978-7-229-15821-7

Ⅰ.①战⋯ Ⅱ.①李⋯ Ⅲ.①长篇小说—中国—当代 Ⅳ.①I247.5

中国版本图书馆 CIP 数据核字（2021）第 089099 号

战国争鸣记 2：墨守之国

李亮 著

出　　品：	华章同人
特约策划：	上海紫焰文化传媒有限公司
出版监制：	徐宪江　秦　琥
责任编辑：	王昌凤
特约编辑：	王菁菁　计双羽
责任印制：	杨　宁
营销编辑：	史青苗　刘晓艳
封面设计：	张碧君
封面插画：	Ana Babii

重庆出版集团
重庆出版社 出版

（重庆市南岸区南滨路 162 号 1 幢）

投稿邮箱：bjhztr@vip.163.com
北京温林源印刷有限公司　印刷
重庆出版集团图书发行有限公司　发行
邮购电话：010-85869375/76/77 转 810

重庆出版社天猫旗舰店
cqcbs.tmall.com

全国新华书店经销

开本：880mm×1230mm　1/32　印张：10　字数：249 千
2021 年 9 月第 1 版　2021 年 9 月第 1 次印刷
定价：45.00 元

如有印装质量问题，请致电 023-61520678

版权所有，侵权必究

目录

第一章　　楼中客 / 1

第二章　　有情郎 / 27

第三章　　伤心人 / 47

第四章　　地头蛇 / 73

第五章　　不倒翁 / 101

第六章　　无赖子 / 131

第七章　　丧家犬 / 163

第八章　　亡命徒 / 211

第九章　　漏网鱼 / 245

第十章　　刺王者 / 279

第一章
楼中客

楼。

半倚荒山，乱石峥嵘，一座黑色的残楼颓然兀立其间，如罾天断指。

建成楼体的石块大小不一，但它们相互咬合，极为稳固，粗犷之中更见匠心。黑楼原有五层，但十几年前被天雷击中，顶端崩塌，如今只余三层半。

这，便是墨家专用作惩罚弟子的辞过楼。

昔日墨家的创始者墨翟，感慨世人往往得辞而忘意，失于矫饰空谈，乃著《辞过》一篇。后来墨家钜子在黄河边上，秦、韩、楚三国交界的荒山之中建起小取城，韬光养晦。又在城中荒僻之处建成辞过楼，专门用来关押犯错的弟子，并警醒他们，不得用言语为自己的行为开脱，而应切实悔过。

辞过楼因此成为悲怨之地，小取城弟子谈之色变，平素更是少有人来。

今日，此时，辞过楼外却来了两名女子。

左首的女子三十多岁年纪，一身灰布衣裙，腰系黑绦，斜插一根短杖，不佩首饰，未着脂粉，只将长发在脑后紧紧挽成一个髻，一丝不乱。

她的面庞光洁，双颊如削，一双细细的眉毛斜飞入鬓，丰姿不凡，更隐隐然有男子气概。

右首的女子打扮却极为出挑：古铜色面庞，剑眉杏眼，双唇丰润，一头长发结成一条绞花大辫垂于颈后，穿一身牛皮轻甲，内衬贴身帛衣，显得丰胸纤腰，猿臂长腿。她身背一口长剑，肋下反插两柄短剑，身上没有一丝累赘，仿佛一头随时准备捕猎的母兽，倍显野性。

那挽髻的女子，正是墨家这一代的钜子逐日夫人，而那结辫的女子，则是这一回入城求救的访客，赵国李牧将军的门客石青豹。

一个女子，却以"豹"为名，可见其不凡。昨日一早，小取城依例开放城门，有四十余人聚集在城外的大取桥处想要进城求助。那大取桥横亘黄河天险，桥身分为数截，受水力驱动不断翻转，令人难以立足，正是小取城对求助之人的一个考验。

绝大多数的求助都会被大取桥困住，无法入城求救，徒劳往返。偶尔有人能过，也必是惊险万分。

但石青豹昨日过桥却是极为痛快——她手持两柄短剑，跃上断桥，以双剑交替钉入桥身，固定身子，就那么以手代足，一步一步地"走"过了大取桥。

她也因此获得邀请墨家弟子下山，为她排忧解难的机会。

站在乱石滩边缘的残楼之下，逐日夫人微笑道："石姑娘当真要选他？"

石青豹眼望辞过楼放声大笑，露出一口雪白的牙齿，道："只要钜子别有不舍，这个人，我要定了！"

按照小取城的规定,一城之事,可出一名弟子;一国之事,当出七名弟子。

石青豹此行所求关乎赵国存亡,需要筛选七名墨家弟子下山。小取城因此为她大开"百家阵",召集满城弟子相互攻防,进行筛选。

百家迷阵,是墨家用以训练、选拔杰出弟子的独特考验。他们将诸子百家的学说、技艺全都放入阵中,由墨家弟子模拟百家,随机交战。而迷阵受地下机关的水力驱动,高墙起落,不断变化,正如命运无常,锻炼出墨家弟子随机应变、处乱不惊的本领。

迷阵以古竹和青铜的巨墙建成一座巨大的迷宫,内设四十九关。今日一早,有近两百名墨家弟子以墨家本门的承、解、造、破四字本领,闯关请战。

半个时辰前,石青豹与逐日夫人在阵内观战的高台之上,观看下面的百家对战,不料在闯阵接近尾声时,出现了令人匪夷所思的一幕:迷阵左右各有一个出口,左边高悬"兼爱"的门匾,已陆续有五六人闯关成功;而右边挂着"非攻"门匾的出口,却没有一人能够走出来。

仔细看去,在通向"非攻"出口的最后一个关卡处,已堆积了二三十人:一路奔袭而来的黑衣闯关弟子、附近赶来的白衣守关弟子正兵合一处,合力攻打此处的守关人。

那名守关人早已衣衫破碎,却半步不退,直到一炷香的时间耗尽,百家阵选拔结束,也没有放任何一人从"非攻"的出口通过。

一夫当关,万夫莫开,不过如此。

石青豹两眼放光,立刻要求选用这守关之人。但按照常例,闯关弟子才有下山行事的意愿,扶危济困更见成效,求助之人理应从中选择。不过今日闯阵一战,本要筛选七人,却给那守关之人挡了半边,闯阵成功者严重不足。

逐日夫人哑然失笑，说了句"自作自受"，便让身边弟子去将那守关之人叫来回话。

可惜通报的弟子还未赶到阵中，高台上的二人便见那守关之人飞奔离去，迷宫岔路，于他仿若无物。他一转眼便从百家阵的内层反向冲出，由外层的入口跑了出去，旋即没了踪影。

只余那关卡处，被他坏了好事的二十来名闯关弟子攒成一堆，面面相觑，气急败坏。

"这个男人太有趣了！"石青豹笑道，"他是谁？"

"他叫姜明鬼。"逐日夫人笑道，"石姑娘若真想选他，不如跟我一起，去他的住处找他。"

辞过楼，谁人无过，谁入此楼？

"五年前，"既已至此，逐日夫人也不再隐瞒，道，"或许你曾听过——姜明鬼劫持韩王，兵谏三日三夜，之后杀了韩王殿上酒色财气四大佞臣，韩国自此一蹶不振，直到去年终于为秦国所灭。据说，很多韩人都把亡国的账算到了他的头上。"

"我当然知道！"石青豹微笑道，眼中光芒闪烁。

"那件事对他而言，是个巨大的打击。"逐日夫人苦笑道，"那一次他去韩国，本是受人之托要救一城，结果功亏一篑，不仅没能救下那座小城，反倒连累了委托求助的姑娘，并令韩国元气大伤。"她轻轻叹了口气，道，"姜明鬼后来曾用两年的时间游历七国，遍访百家，解决心中的困惑，却无济于事。回山之后，他便在这辞过楼中反省悔过，迄今又有三年。"

"五年啊。"石青豹舔了舔嘴唇，道，"五年时间，他都想不开？"

"想不开是好事。"逐日夫人微笑道，"凡事都觉得顺理成章的聪明人，也许并没有真的明白其中道理。反倒是那些千辛万苦才想通一些事的笨人,才能真正做出成就。孔子思'仁',四十方不惑。姜明鬼想要理解墨家的'兼爱',还年轻着呢。"

"那他还能去百家阵中守阵?"石青豹好奇道。

"他回山之后,我判他入楼反省一年,"逐日夫人苦笑道,"谁知他却在此一住就是三年。他早就自由了,只是平时都赖在这里,灰心丧气,不愿见人。但一味苦思也是不行的,这次石姑娘若能将他带下山去,重新检验一番他这五年所学,我定要谢谢你。"

"钜子实在用心良苦!"石青豹啧啧叹道。

"他天性善良,最合墨家'兼爱'之道。"逐日夫人微微垂下眼皮,笑道,"不然,我也不会以祖师墨子的《明鬼篇》为他命名。"

"那就交给我吧!"石青豹大笑道,"我包管把他弄下山去!"

说笑声中,二人终于走入辞过楼。

一入楼中,却似到了另一个世界。石楼中空,正中是一座浑圆的天井,下宽上窄,直通楼顶的破洞,下方的空地上种有一棵桃树,灼灼其华,落英点点。

围绕天井,楼体上排列一扇扇木门,显然门后便是墨家弟子的省过密室。木门自下而上,排成三个完整的灰色圆环,而以它们为记,可以看出,石楼每一层的挑高都几近两丈。

一层东侧墙上有一道楼梯,倾斜向上,通向二层。二层北侧墙上又有一道楼梯,通向三层。楼梯层层环绕,但到了四层却并无屋舍,也无楼梯,只有道道断壁,高矮不一,如犬牙参差,其余部分连同整个五层都已遭雷击损毁。

临近午时,阳光从楼顶的破洞中照入,照得楼内半边白亮,半面漆黑,如同一株雷殛而死的空心古树。

一扇扇木门紧闭,如同树内的蜂巢。

忽然自一层的桃树之后,一人缓步走出,身上甲胄铿然,道:"钜子驾临,恕属下未能远迎。"

"吕师兄,"逐日夫人笑道,"你镇守辞过楼,日夜辛劳,是我来得少了。"

"属下本是戴罪之人,万死之身,"那人沉声道,"还能为钜子信任,掌管辞过楼,将误入歧途的弟子引入正道,已是钜子开恩。"

他们说了两句话,石青豹才看清那吕师兄的样子,不由大吃一惊。只见那人身材高大,头戴藤盔,身披锁甲,极为威武,一张嘴却半开着,说话时一动不动。更诡异的是,他的脸色黄澄澄的,无半点血色,更反射出点点漆光。

"他……他……"石青豹皱眉道。

"它不是人。"逐日夫人见她慌张,笑道,"这位吕尚同师兄与我是一师之徒。他精通制作机关傀儡,小取城内无人能敌,只是在十几年前犯了大错,才被我们的师父责罚,永远不得离开辞过楼。他双腿俱废,平日只能在自己的房中蜗居,后来我索性让他掌管此地。他便就此制作了傀儡偶人,代他在楼中行走。"

石青豹目瞪口呆,仔细去看,果然见那偶人行走之际,关节僵硬,全靠衣物甲胄遮挡。细细瞧去,他头顶之上还吊有根根丝线。丝线的另一端则缠在横亘楼顶的庞大支架上。

昔者有偃师献技于周穆王,呈上一具傀儡,行走坐卧与人无异。摇其头,便可得乐歌;抚其手,便可得舞蹈。只是一舞既罢,它竟向周王的妃子眨眼调情。周穆王大怒,欲杀偃师。偃师不得已,而将傀儡拆解,果然只有竹片、皮革,并非血肉。

"墨家的机关之术,果然厉害!"石青豹赞叹道。

"当年我们的祖师墨子所做的木鸟,便可在天上盘旋三日三夜,我们只是将它继承了而已。"逐日夫人道。

"可是，它如何会说话？"

"墨家钻研光影声像之术，小有所成。只消在偶人的口中设下'子母鼓'，吕师兄便可通过共振传音，在自己的省过室内听见我们的交谈，并与我们说话了。"逐日夫人道。

"钜子此来，所为何事？"那偶人待她说完，才毕恭毕敬地问道。

"我来找姜明鬼。"逐日夫人道，"他已回来了吧？"

"钜子为何找他？"

"那他又为何出去？"逐日夫人笑道，"你让他躲在辞过楼里，延期二年，我从来没有逼过他。可他今日既然出去了，为何不来见我？"

"昨日我们听说了重开百家阵之事。"那偶人发出一声古怪的笑声，道，"听说石姑娘的请求后，姜明鬼坐立难安，因此向我告假，出去守关——他反正早已受罚结束，也不算违规吧。"

"虽不违规，却是失礼。"逐日夫人笑道，"不过，我倒也不和他计较。只是现在，石姑娘相中了他，想要让他下山，完成此次任务。"

"姜明鬼是守关弟子，若要下山，恐怕不合规矩。"

"吕师兄是要和我讲规矩吗？"逐日夫人声音一冷，道。

那偶人沉默了一会儿，道："钜子以为，姜明鬼五年来灰心丧气，还能出山吗？他心中的信念破而未立，你让他这时候出山，只是送死而已。"

"他不能总是龟缩。"逐日夫人冷冷地道，"他若真那么容易便死了，那我一直留着他也没有什么用。"

"对钜子来说，墨家弟子到底是什么呢？"那偶人忽地问道。

"这个问题，你当年已问过我了。"逐日夫人笑道，"吕师兄，我不想再来答你一次。"

那偶人愣了半晌，终于道："他在四层废屋之中，钜子与石姑娘请上行。"

石青豹吐了吐舌头，与逐日夫人上到二楼。

那吕尚同同样以《墨子》一书的篇目为名，显然在上一代弟子中极受器重。而他与逐日夫人交谈时，逐日夫人咄咄逼人，显见二人昔日颇有恩怨。

二层往上，省过室的门外都设有一条三尺宽的小路。楼梯口处的阴影中，机关声响，又走出一名偶人。这偶人环佩叮当，柳腰蠄首，乃是一名女子，只是一开口，却仍是吕尚同的男子嗓音，道："姜明鬼在我这里三年，第一年按钜子的判罚，在二楼的省过室内自省，一言不发。第二年，惩罚结束，他走出省过室，与我长谈一日一夜，痛哭流涕，仍决定留在辞过楼，我因此将他安排在了四楼的废屋之中。"

一面说，它已引领二人沿二楼小路，向通往三楼的楼梯而去。

那佳人身材姣好，嗓音却粗豪沙哑，样子极为诡异。石青豹不由又低头望去，只见一楼的阴影中，着甲的偶人兀自直挺挺地站着。

"吕师兄在每一层都设有不一样的傀儡。"逐日夫人见她好奇，微笑道，"三个傀儡，各有本领，一般的弟子若是不服管教，吕师兄根本不必出面，只用傀儡，便可将他们收拾得服服帖帖。"

她们说话间，吕尚同却也没有停，继续道："这三年中，姜明鬼日夜不休，不是与自己辨析兼爱之道，便是疯狂磨炼承字诀古木之力。如今，他虽然仍旧无法给'兼爱'一个定论，但古木之力的境界，却已是我所见过的最高。"

"他既然这么厉害，为何不愿下山？"石青豹笑道，"他若不愿下山，又为什么阻止别人闯阵，不让他们跟我下山？"

"因为我们都知道，石姑娘所求太大。"吕尚同叹道，"你是赵国李牧将军的门客，你所求之事，免不了与江山社稷相关。可那谈何容易？姜明鬼不愿自己的师兄弟出去送死，因此才潜入百家阵，阻止半边弟子闯关。"

逐日夫人哼了一声，道："你们虽在辞过楼，消息倒很灵通。"

吕尚同一时沉默，石青豹笑道："怎么就成了送死？墨家弟子个个身怀绝技，怎么还没开打，就已经怯了？"

"墨家弟子强大，但终究不过是'侠'而已。"吕尚同道，"江山社稷，却非枭雄而不可染指。所谓承、解、造、破，不过是十人敌、百人敌的本领，哪一个又能与动辄屠国灭种、流血千里的权谋相提并论呢？"

这样说着，他们又已到了通向三楼的楼梯。

那女偶人停下脚步，目送逐日夫人与石青豹上楼，自己却原路返回，倒退着回到二楼的楼梯处。

走上三楼，吕尚同的替身又变了，新走出的偶人乃是一鬼神。

那鬼神青面獠牙，发似朱砂，赤裸的上半身绘满虎纹，一面带着她们走向四楼，一面道："姜明鬼临去之前曾和我说，他当日想救一城，便已一败涂地。如今若是事关赵国社稷，则难度何止于十倍、百倍。他苦练五年，古木之力总算有所长进，若是有人能赢过他，那么那人下山一搏，也许尚有一丝胜机，若是连他都赢不了，那还是不要下山，不要白白送死了。"

一边说，他们一边沿着小路行进，突然，路旁一扇木门的窗口上猛地扑来一人。

"钜子！"那人叫道，"我想明白了！"

他突然扑来，一张脸整个卡在小窗之上，把石青豹吓了一跳。

仔细看去，那人的脸极为瘦削，因久不见阳光，毫无血色，更显得双眼乌黑，一眼望去，已给人极为不适之感，可是仓促之间，石青豹竟想不出不适的理由。

"丘穷，"逐日夫人道，"当日你与名家的公孙荒辩论'天下有鬼'，三辩皆负，一怒杀人，如今你在辞过楼已省过两年，可想明白了吗？"

"我想明白了辞过楼的真正含义。"那叫丘穷的人森然道。

"哦，你说说看？"

"当日我与公孙荒辩论鬼神。我们墨家认为，世间有鬼，鬼能赏善罚恶，而公孙荒认为世间无鬼，因为世间多的是恶人享福，好人受苦，既然没有赏善罚恶，便可证明天下无鬼。"丘穷道，"我援引祖师墨子之论，指出善恶芜杂，便如一间屋子有百窗千门，赏善罚恶便如开窗关门，此起彼落，并不能以一时、一事，判断鬼神的有无。

"到这里，我已该赢了，可公孙荒却还要继续和我胡搅蛮缠，说什么赏罚不明，鬼神不行。我一气之下，便将他杀了。"

丘穷说到这里，稍稍一顿，一双眼骨碌骨碌地望着逐日夫人，突然一拍木门，叫道："杀得好！祖师墨子提醒我们，不可只顾雄辩而为辞所害，不顾事实。那么天下百家，哪一家最喜辩论，最喜强词夺理？自然便是名家。他们出身讼棍，惯逞口舌之利，什么白马非马、坚石非石，根本就是混淆是非。我杀公孙荒正是替天行道，防止他误人子弟。所以我杀得对，杀得好！所以钜子不该惩罚我！"

石青豹望着他，突然间明白了这人到底哪里令人不适——身处不见天日的省过室，他的样貌实在太过整洁，头发梳得整整齐齐，胡子也刮得干干净净。但他的眼神、他的言语却满是疯狂，那样的错位，令他显得格外危险。

"可钜子却让我进了辞过楼。"丘穷微笑起来，"钜子自然不可能犯错，那么钜子为什么要让我来这里？我想了这么久，终于明白，因为'辞过楼'的真实含义，其实并不是'提防言过其实'，而是要让我们'辞别过去'。钜子是想让我忘了杀人之事，恪守鬼神之道，弘扬墨家的兼爱之理。"

他双目努出，满是血丝，在门外那鬼神偶人的映衬下，愈显阴森。

"错了。"逐日夫人摇头道，"你再想吧。"

一语既毕，她根本不与此人多谈，便迈步而去。石青豹落在后面，向丘穷望去，只见那人一张惨白的脸上，两颧因怒气而微红，牙齿咬得咯咯响，却终于什么也没说，向后一退，缩回省过室的黑暗中去了。

"钜子，为何说他错了？"石青豹追上逐日夫人，问道。

"'天下有鬼'之辩，源自祖师墨子与儒家的针锋相对。流传至今，我们已有了几十个新的追问与回答。可是丘穷一直拒绝那些追问，而只愿意停在祖师自己的辩驳上。因此在那场辩论中，他确实输给了公孙荒。"

"他为何拒绝后来的追问？"石青豹奇道。

"因为他认为，连那些墨家历代贤者所做出的追问与回答都已辞过其实，毫无意义。"逐日夫人道。

"因为天下必须有'鬼'。"那吕尚同的鬼神傀儡一直沉默不言，这时突然开口，道，"所以，确实没有什么可辩的。"

它的话似有深意，石青豹想了想，笑道："原来那丘穷，也是一个有大智慧的人。"

"若不是聪明人，也不会以辞害意，进入辞过楼。"逐日夫人道。

石青豹微微止步，环顾四周。这般居高临下地望去，只觉得那一扇扇紧闭的省过室，似乎突然变得神秘凶险。

每一扇门后都困着一个如丘穷、姜明鬼那样的聪明人吗？

"原来小取城里最卧虎藏龙的地方,是这里。"石青豹哧哧笑道。

说话间,他们已来到了通往四楼的楼梯处。那鬼神傀儡毕恭毕敬地退到一旁,道:"姜明鬼便在四层南首一间破屋里,属下行动不便,不能为钜子领路了。"

辞过楼的四楼早年被雷电所殛,几乎夷为平地。

高天处的冷风呼啸而过,穿过高矮参差的断壁颓垣,如同长哭,更见苍凉。其中东首一处有两面相交的残墙,墙头上搭了一张草席,结成了一个避风的陋室。

这陋室中,这时便躺着姜明鬼。

距韩国水丰城一战,已过了五年。这人躺在那里,眼窝深陷,眉头紧锁,两颊瘦削,唇边微须,早已不是当年那清秀的少年。他手脚摊开,更见颓丧,身上的白衣破烂不堪,透过碎衣,只见胸前臂上纵横蜿蜒,尽是一道道可怖的疤痕。

之前他在百家阵中以古木之力力敌二十余墨家精英,用力过猛,气血翻腾,回到辞过楼后,与丘穷打了一个招呼,便匆匆回到自己的陋室之中,一头栽倒,昏昏沉沉地睡了过去。

但对他而言,筋疲力尽也不全是坏事——他总算可以稍稍闭眼。

五年前的水丰城之败对他来说,不是一次简单的"输了",而是更为残酷的"错了":他满怀热诚地想要下山拯救一座城池,想要平等地爱每一个爱他的人、恨他的人、怕他的人、利用他的人、反对他的人、诱惑他的人、不认识他的人……他用无与伦比的毅力和无所不能的本领,将这些沉重的"爱"全都扛上自己的肩头。

可是,就在他即将取得胜利,救下那座城池的时候,却终于出了一个差错。

只是一个小小的差错而已,但他一直以来的努力,如溃堤之水一泻千里。爱他的人死了，恨他的人死了，怕他的人死了，利用他的人死了，水丰城没有了，韩国覆亡了……

两个女人——质朴的和艳丽的，熟悉的和陌生的，痛苦的与豁达的，亏欠的与错付的——都死在他怀中，缓缓咽下了最后一口气。

——什么是"爱"？

——什么是"兼爱"？

姜明鬼自懂事以来，所秉持的墨家兼爱的信念，在那一役中被彻底摧毁。无差别地爱每一个人的结果，最后其实是伤害了每一个人，这才是他无法面对的绝境！

那一股迷茫、愤怒、悔恨、恐惧，盘亘在他的胸臆之间，令他这几年来食不知味，寝不能安。除非如今日一般，经过极度的疲惫与宣泄，方能得以安息片刻。

他在迷离中忽然听到一个人的声音，道："姜明鬼，出来见我。"

即便在睡梦中，姜明鬼也是一跃而起。

——那是逐日夫人的声音！

一瞬间，姜明鬼几乎想要逃走，可犹豫半晌，终于还是整了整身上的破衣，走出陋室，行礼道："弟子姜明鬼，见过钜子。"

正午的阳光照得废墟中黑白斑驳，逐日夫人与石青豹站在室外审视着他。

"姜明鬼，你长高了。"逐日夫人微笑道。

姜明鬼一阵哽咽，道："弟子无能，数年来未能随侍左右，尚幸上天垂怜，钜子一切安好。"

"你今日为何死守百家阵，"逐日夫人沉下脸来道，"不让师兄弟下山助人？"

姜明鬼低着头，终于听到久违的钜子呵斥，渐渐觉得心安，微微笑了一笑，道："弟子一事无成，数年来浑浑噩噩，可他们若是连我这不求上进的人都敌不过,那下山之后,又能帮得到谁呢?"

"但你只将一边门内的弟子拦住,又岂能保证另一边门内闯出来的弟子都比他们强?"逐日夫人冷冷地道,"此次石姑娘求救,我们要挑选七位最出色的弟子随她下山。一炷长香的切磋时间,两门内原本应该共出十六人左右,再由石姑娘从中选优。但你现在死缠烂打,使得总共只有一边的九人过关,令石姑娘几乎没有挑选的余地,一旦误事,你担得起这责任吗?"

"钜子,"姜明鬼垂下眼皮,道,"我担不起。"

"担不起,你还如此胆大妄为?"

"石姑娘所求之事,弟子虽不十分清楚,但她出身李牧将军门下,又需七名墨家弟子同行,则所求之事,十有八九与援赵抗秦的大业有关。那不仅关系一国之存亡,更关系天下之兴替。"姜明鬼犹豫了一下,道,"这种责任我更担不起。但我想,我至少可以担起百家阵中那一半闯关师兄弟的生死——我希望他们活着,我不能眼睁睁地看着他们去死。"

"你觉得,跟我下山的墨家弟子一定会死吗?"石青豹忽然道。

她的声音低沉,带着凶险味道,这时出声质问,有如雌豹低吼。

姜明鬼看了她一眼,道:"会。"

"那你为什么不将另一边的闯关弟子也都拦下?"逐日夫人喝问道。

百家迷阵错综复杂,姜明鬼能以一间小室截断半边路径,已是不易,她竟还提出如此要求,简直强人所难。姜明鬼苦笑道:"弟子分身乏术,无法兼顾左右。不过既然被安排在'非攻'中,想必也是鬼神的安排。"

他也提到鬼神,面上一片平静。

"所以,即使你觉得此行风险甚大,却还是决定只救下一半的闯关弟子，而放另一半师兄弟去送死？"逐日夫人两步走到姜明鬼的身边，伸出手来，轻轻按了按他瘦骨嶙峋的肩膀，冷笑道，"这副曾经说过要担起天下苍生的肩膀，何时变得这么软弱无力了？"

姜明鬼一愣，又羞又怒，霍然抬起头来。

恼怒之下，他双目喷火，神情骇人，逐日夫人却像看不见似的，笑道："可即便你如此软弱，这位石姑娘却还愿意相信你。她决定要选的人里，第一个，就是你。"

姜明鬼羞怒未息，又吃一惊。

石青豹大笑道："闯关成功的是在切磋中胜利的人，守关成功的，却也是胜利的人。闯关的人胜了七八场便可以出阵；守关的人赢了二十多场，如何不算胜出？既然胜出，我为何不能选？"

大笑声中，她的眼角现出了细纹，原来她已算不得十分年轻。只是她穿着这样一身软甲，曲线浮凸，好不潇洒，才令她充满了野性和活力。

"我本身不想下山。"姜明鬼沉声道。

"是不想下山，还是不敢下山？"石青豹笑道，两眼一眯，颇见狡黠，"是不敢下山，还是不忍下山？"

她连环发问，颇有深意，姜明鬼咬紧牙关，一时竟说不出话来。

"不敢，可以见智；不忍，可以见仁。"石青豹见他不答，索性继续道，"先前营救水丰城，可以见勇；败返小取城，五年来承受天下骂名，可以见义。墨家虽然人才辈出，但姜师兄，你是特殊的。"

姜明鬼老羞成怒，低喝道："我姜明鬼乃是废人一个……请石姑娘高抬贵手，放过我吧！"

"如果真的是我来选人的话，自然不会强求于你。"石青豹冷笑道，"一个男人再有本事，若是心里怕了，也不过是个被阉了的牡马公猪，中看不中用而已。不过李将军既然看得起你，我也只好完成他的命令。"

一面说,她已随手在腰间一摸,从腰带下掏出一只巴掌大小的锦囊。

她将锦囊向前递出,囊口敞开,里面滑出半节二指宽的竹条。姜明鬼目光敏锐,尚未出手相接,一眼扫过,便已见竹条上笔画苍劲,写着"姜明"两个字。

"我的名字?"姜明鬼一愣,接过锦囊,果然竹条下还有一个"鬼"字。

"我从邯郸出发,受命到小取城求助。临行之时,李将军给我三个锦囊,叮嘱我于关键时刻依照囊中密令行事。"石青豹冷笑道,"第一个锦囊,他让我在入城选人时打开。你的名字,赫然在内。所以,不是你姜明鬼守阵立威,我石青豹死乞白赖地选你,而是我赵国相国大将军、武安君李牧,早就要定了你这小取城中的墨家败将,你刚好自己跳出来了而已。"

赵国大将李牧,以其用兵如神而威震天下。先前时,他在赵国北境抗击匈奴,连续数年只犒赏士卒、厉兵秣马,却在匈奴南侵时,永远固守营垒,避不出战。匈奴有劲没处使,每每大获全胜,却又徒劳往返,难得寸土。

一来二去,赵军士气高昂,求战之意越来越强;而匈奴却日渐骄纵,失去先机。

最后李牧趁诱敌深入之际,率战车一千三百辆,战马一万三千匹,士卒十五万人,雷霆一击,灭襜褴、败东胡,杀十余万人。从此之后十余年间,匈奴再也不敢靠近赵国边境。

在那之后,李牧又被调回朝中,反击秦军,大败秦将樊於期,连阻秦军东进之路,声名一时无两。

他竟早早将姜明鬼的名字装入锦囊,便连逐日夫人也不由意外。

"为什么李将军会选了我？"

北抗匈奴、数破秦军，声名如日中天的赵国名将李牧，竟然指名道姓地让石青豹选他下山，姜明鬼惊讶之余，脱口问道。

"李牧将军是'兵家'的人，你知道吧？"石青豹反问道。

"天下皆知。"姜明鬼道。

"兵家排兵布阵，变化万千，也渐渐分出不同的流派：人屠、山连、天风、肉图……而李牧将军所修习的，是'冰心'之法。"石青豹傲然道。

"冰心一脉，擅于以守代攻、以弱胜强。"姜明鬼沉声道，"他们寻求的，是比寻常的兵家更强大的蓄势待发、一击而胜的智将之道。"

兵家探寻用兵之道、征战之法，源远流长，一向为各国所器重。春秋时的孙武更将其发扬光大，成为当世显学。昔者冰心一脉的创始之人，本就是兵家的嫡传弟子，曾在中山国为将，有一次于隆冬时节，率军与鲁国交战，虽以兵家的兵法十倍而围之，却遭遇鲁军殊死抵抗，陷入苦战，最后虽然勉强获胜，却也损失惨重，连他自己的两个儿子也在乱军之中不幸身死。

那创始之人悲痛欲绝，竟对自己所用兵法也产生了怀疑，便在深夜之中走上营地附近冰冻的湖面，独自苦思。其时皓月当空，清辉遍地，那冰湖光洁如镜，直映得宇宙苍茫，如梦似幻。

正当他走近湖心之际，冰面突然破裂。他坠入湖水之中，想要再爬上冰面，可凡是手脚触及之处，湖冰却不住碎裂，令他无法使力，几乎葬身湖底。

后来那创始之人终于被远处跟随的护卫救起。于那彻骨森寒、险死还生之际，他悟到了更为高级的用兵之道：原本能承受住自己体重、任他自如走过的湖冰，因为有了那一处破口便脆弱不堪，不断碎裂，正如两军交战，原本坚不可摧的敌军，只要能打开那一处破口，便可以因之瓦解。那么，最杰出的将领，最重要的便是找出那一个"破冰之处"！

推而广之，这世上的万事万物，也莫不如此：它一定会有其脆弱的一个点，只要找到这个点，一切问题都迎刃而解。

作为冰心一脉的弟子，李牧之前抗击匈奴、击败秦军，都是数年困守不出，只为等待时机。而一旦时机到来，便是雷霆一击，一举而破。

"冰心一脉等待机会，并不是守株待兔，而是会不断地寻找机会、创造机会。李将军之前百战百胜，常人都以为他是沉稳过人，其实他在每一次机会出现之前，便已收集大量敌军将领的资料，如此才能有效地诱使其得意忘形，露出可乘之机。"石青豹傲然笑道，"李将军的书房，是我所见过的最大的书简仓库，不过里面却没有百家之说，全是他收集整理的天下各国君臣、名士的资料。"

"难道我也侥幸忝列其中？"姜明鬼道。

"李将军的资料库，分为君、臣、士、侠四部。逐日夫人作为墨家钜子名列侠部第一卷；而姜明鬼这名字，则在侠部第八卷之中，篇目我不记得了，但内中所记，却比逐日夫人的还要长，乃是李将军极为看重的一篇。"

"李将军错爱，我怎能与钜子相较……"姜明鬼苦笑道。

"李将军曾多次向我们这些门客提到，姜师兄挟持一国国君，只为为民请命，虽然功败垂成，但匹夫之怒，已撼动一国根基。"

得知自己竟得如此英豪看重，姜明鬼呆了一下，道："李将军谬赞了。"

"他对你更大的赞赏还在后边。"石青豹冷笑道，"老实说，我看见锦囊里写着你的名字时，一点都不惊讶，因为在你大闹新郑城的消息传入邯郸的时候，李将军便曾这样评价于你——"

石青豹停了一下，视线扫过逐日夫人与姜明鬼，仿佛接下来的话，连她也要冷静一下再说。

"他对我们说，没有败过的人，不足与言胜；没有伤过的人，不足与言爱。墨家兼爱之道，日后必是由姜明鬼传承；而天下分合的气数，只怕也系于你身，推脱不得。"

这评价之高，直令姜明鬼面红耳赤，如火炭入怀。

"你现在已知李将军对你的期许。"逐日夫人微笑道，"所谓士为知己者死，李将军以国士待你，你还要在这辞过楼沉沦自误吗？"

"钜子，石姑娘，"姜明鬼眉头深锁，沉吟良久，终于抬起头来，道，"我想听石姑娘亲口说明，你身为李牧将军的门客，到底为什么要来小取城，而你所求之事又究竟是什么。"

石青豹一愣，长眉微蹙，道："好。"

自秦国击破韩国之后，兵力已延伸至崤山以东。秦王嬴政雄才大略，杀伐果决，已将赵国视为入主中原的第二个目标，势在必得。两年来，秦军多次进犯赵国，幸好赵国大将李牧运筹帷幄，方保得赵国无虞。

虽然连克强敌，但赵国终究国力远逊于强秦，举国上下，如履薄冰。恰在此时，赵国都城邯郸却传出了李牧私通秦国、卖国求荣的谣言。赵王勃然大怒，不由分说解除了李牧的兵权，更将他投入大牢。

没了李牧，赵国无异于被拔去爪牙的猛虎，注定撑不过秦军的下一次进攻，因此，李牧才偷偷传信于牢外，命石青豹来小取城搬救兵，希望通过墨家弟子相助，使赵国免于亡国之难。

"李将军如此功勋卓著之人，赵王如何会对他起疑？"姜明鬼问道。

石青豹愣了一下，一瞬间涨红了脸，竟有些惊怒交加。

"有些赵国的家丑，说出来直令人觉得羞耻。"石青豹冷静了一下，冷冷地道，"李将军率兵作战，参研冰心之道，每每谋而后动，因此交战之初，常常避其锋芒，示敌以弱，等到确定对方弱点之后，方一击告破。"

"先败匈奴，后破秦将王翦，李将军冰心克敌的威名，早已传遍天下。"逐日夫人笑道。

"钜子身在小取城，尚且明白李将军的苦心，可恨赵王却不知李将军的用兵之法。"石青豹道，"赵王好大喜功，一向不喜李将军的战术。两个月前，邯郸城流言四起，说李将军用兵如神，其实早有消灭秦国的把握，却因为暗中勾结了秦军，密谋叛国，故而按兵不动。朝中佞臣郭开趁机煽风点火，大王居然轻信谗言，令他的宗亲赵葱取代了李将军，并将李将军押回邯郸审问。"

忠不见用，贤不必以，持国柱梁却遭君王背弃，逐日夫人与姜明鬼对视一眼，不由长叹。

"所以，你所求之事，其实是营救李牧将军吗？"姜明鬼皱眉道。

"不。"石青豹神色一黯，"李将军在密信中对我言道，他为国尽忠，问心无愧，王上一定会还他清白，告诫我们不要多事。为防万一，他让我向小取城求的，乃是一个保障，令赵国至少在三年之内，绝无亡国之虞！"

"为什么是三年？"姜明鬼问道。

"那其实已是李将军作的最坏的打算。"石青豹道，"万一赵王执迷不悟怎么办？他此次若是遭逢不测，被入罪或是被贬黜，又该怎么办？李将军已经考察过赵国这一代的青年将领，虽然也有才华出众之人，但他们尚如幼苗，至少需要三年的时间成长。如此，赵国才有可能在下一次抗秦之战中,出现如他一般的非凡名将。"

"那么,为什么是我们?"姜明鬼问道,"墨家不过是百家之一,难道李牧将军竟认为,小取城有这样的力量吗?"

"李将军曾经言道,"石青豹深吸一口气,郑重道,"墨家的侠者是这天下最软弱,又最坚强的一群人。若让墨家攻城略地、一统天下,那么墨家便可谓百无一用;可若让墨家阻止强人侵略,守护一方百姓,则小取城实在百折不回,力可敌国。"

天下名将对墨家如此推许,逐日夫人微微颔首,转而问姜明鬼道:"姜明鬼,李将军之托,你做得到吗?"

姜明鬼叩首道:"请容弟子三思。"

一言已毕,他便在逐日夫人和石青豹眼前闭目而坐,陷入沉思。

仅以墨家数人,力抗强秦三年之久,石青豹的委托无异于痴人说梦,但姜明鬼神色郑重,却是当真在思谋对策。逐日夫人微笑着看他,并不打扰;反倒是石青豹见他竟未当场回绝,犹自觉得难以置信。

风急天高,约莫过了一盏茶的时间,姜明鬼方睁开眼来,道:"钜子,石姑娘,如何在三年之内确保赵国免去亡国之难,我已经有了打算。"

石青豹精神一振,逐日夫人看她一眼,对姜明鬼道:"讲!"

"此三年之约,实则只余三个月而已。"姜明鬼缓缓道,"三个月里,秦赵必有一场决战,我们要做的,便是帮助赵国撑过这一场生死之战。"

"李将军不久前才击退秦军,三个月后,秦国如何又会发兵来赵国?"石青豹惊道。

"李将军被夺去兵权,赵国已是人心涣散,士气衰竭,如同猛虎重病,秦国怎会错过这样的机会?"姜明鬼冷笑道,"他下狱的消息传到秦国，最多只需三天；而秦人确认此事，则至多只需半个月；调配兵马粮草用一个半月，大队人马奔袭到赵国用一个月，三个月后，秦赵必有一场决战；而六个月后，赵国必将败亡。"

石青豹又惊又怒，一时竟说不出话来。逐日夫人微微颔首，问道："那么，你打算如何在这场决战中救下赵国？"

"欲救一城，必救一国；而欲救一国，必救天下。"姜明鬼缓缓道，"赵国与秦国交战，最大的困难便是国力不如。既然眼下我们无法令赵国强盛，那倒不如为赵国找来足够的援手，联合抗秦。"

"你是说，在三个月内借来别国之兵，好帮助我国抗秦？"石青豹皱眉道。

"比借兵更为大胆，比抗秦更为决绝。"姜明鬼道，"我认为，应当联合赵、魏、燕、楚、齐、韩六国，汇合最大力量，将秦国东进之军一举击溃。如此一来，必可在数年之内令其元气大伤，而天下也因此暂离兵戈之苦。"

逐日夫人皱眉道："所以，你其实是想再现六国合纵之道？"

百年以来，秦国一国独大，山东六国不免个个自危。早先时便有纵横家公孙衍、苏秦等人提出合纵之道，自北而南，联合六国，将秦国封锁于崤山、函谷关以西。数十年来，已促成多次结盟，鼎盛之时，苏秦更曾六国封相，手握六国军力，使秦国十五年不敢东进。

"六国合纵乃是近百年来被验证过的、抵抗秦国进攻的最好办法。而眼下以秦国国力之强，气焰之盛，先灭韩国、再伤赵国，此消彼长之下，六国大概也只剩最后一次合纵的机会了。"

"可是韩国已经亡了，哪里还有六国！"石青豹皱眉道。

"百足之虫，死而不僵。韩国虽亡，所幸韩人未灭。"姜明鬼道，"据我所知，韩国亡国，许多韩人深以为耻，对秦国的反抗之心尤甚于往昔。有位号称韩王九侄的无家公子韩烬，登高一呼，便已筹到万千韩人捐献的巨额义金，目前正在魏国招兵买马，为复国奔走——所以，我们仍不妨将他们列入其中。"

他虽然困居辞过楼，说起天下大事仍然头头是道，显然从不曾少了关心。

逐日夫人眼中笑意更盛，问道："可惜合纵之道，每每却溃于各国私心。昔日苏秦六国封相，何其风光，最后仍不免死于齐国刺客之手。而自那之后，合纵便再也没有实现过。如今你一个墨家弟子，又如何说服各国国君同意合纵呢？"

姜明鬼正色道："可以说服他们的原因有三。"

"不妨说来一听。"逐日夫人笑道。

"理由其一，乃是韩国已亡，赵国危在旦夕，一旦秦国连破两国，尽得韩之工匠、赵之车马、土地千里、子民万户，则其余四国在秦军面前更无还手之力。赵国已是天下最后的屏障，各国若不想亡于秦国之手，帮助赵国，联军作战，便是势在必行的结果。"姜明鬼道。

"可如果只是打赢三个月后那一场决战的话，即使不搞什么合纵，单凭赵国的兵力，我们也曾在李将军的指挥下数胜秦国！"石青豹抗议道，"姜师兄突然说要六国联军，是不是太小题大做了？"

"这便是我要说的第二个理由。"姜明鬼道，"李牧将军不在，赵国所要面对的强秦的攻势，只怕会是以前的十倍、百倍！嬴政其人狠辣隐忍，睚眦必报，更且胆大包天，向来有孤注一掷的豪气。李将军连败秦军数次，他必已恨李将军入骨，恨赵国入骨。我甚至可以肯定，在灭掉赵国之前，嬴政根本不会在其他国家身上浪费一兵一卒。"

逐日夫人笑道："说到嬴政……你自然是要更了解他一点的。"

她话里的意思，似是姜明鬼与嬴政有旧，石青豹不由好奇。姜明鬼却神色一黯，道："所以那一场决战，嬴政必是倾尽强秦之力，猛击赵国。其势如泰山压顶，单凭赵国一国的抵抗，即使有我们小取城帮忙，只怕也无异于螳臂当车。而只要赵国一破，嬴政携破竹之势转攻其他四国，齐、楚、燕、魏便也不过成了土鸡瓦狗，不堪一击。"

他说得如此肯定，石青豹也不由冷汗涔涔。

"那你说服六国合纵的第三个原因又是什么？"逐日夫人问道。

"第三个原因，便是我们的七位墨家弟子。"姜明鬼道，"回顾历次合纵联军，最后失败的原因不外乎各国各怀私心，互不信任，因此互相掣肘，到最后分崩离析。"

"不错。"逐日夫人叹道，"可叹各国君臣，不知兼爱之道，只因一己之私，而令列国尔虞我诈，终于落得被秦国逐个击破的结果。"

"但这一次，我们下山的七位师兄弟将会作为一个独立的新势力，促成六国合纵！"姜明鬼道，"我们是墨家弟子，与世无争，兼爱天下，因此各国可以信任我们。同时，我们各有霹雳手段，言出必行，因此各国也必不能欺骗我们。一个月之内，七名师兄弟必会说服他们放下戒心，并完成合纵，以此来对抗秦国！"

"你是说，你要分兵六路影响六国？那谈何容易？"石青豹惊道。

"我一个人便能影响韩国，令其亡于秦国之手。"姜明鬼两眼圆睁，断言道，"则那七位师兄弟促成六国合纵，当然也不难实现！"

"你说的是'那七位'。"逐日夫人道，"那七个人里，是没有你的？"

姜明鬼深深叩首，道："弟子无能，愧对李将军的信任。但下山一事，实在力不从心，只能为师兄弟出谋划策罢了。"

说来说去，他仍是不愿出手，逐日夫人心中失望，面沉似水。

"钜子，"就在这时，石青豹却突然道，"请钜子让我和姜师

第一章 楼中客　25

兄单独谈谈。"

逐日夫人一愣,姜明鬼也是莫名其妙。二人望向石青豹,只见那女子双目明亮,唇边带笑道:"姜师兄是怕了我吗?"被姜明鬼几次三番地拒绝之后,她却似态度越发坚定,连一开始的气恼都没有了。

"我这不成器的弟子,让石姑娘见笑了。"逐日夫人笑道。

"不,"石青豹挑眉笑道,"我听了姜师兄的合纵六国之计,才知道李将军所料果然不差。这一趟我请墨家的师兄下山相助,若是没有姜师兄领队,大事必不可成。"

她也终于认可了姜明鬼的本领,逐日夫人望着姜明鬼,沉吟良久,终于展颜一笑,道:"那么,我便将他交给姑娘了。明日辰时,我在兼爱堂中等姑娘的消息,共同部署下山之事,无论姜明鬼来或不来。"

第二章
有情郎

逐日夫人离塔而去，断壁之间，一时只剩了姜明鬼与石青豹。

"石姑娘不必白费力气。"姜明鬼眼见钜子既去，不再强撑，颓然坐倒，苦笑道。

"我并不想劝你。"石青豹望着他，也笑道。

没有了逐日夫人在身边，她的笑容越发肆无忌惮，双目微眯，鼻梁轻皱，唇角提起，露出森森白牙——直似一头母豹，死死地盯着自己的猎物，即将一跃而起："走了这么远的路，爬了这么高的楼，说了这么多的话，吹了这么久的风——你有酒吗？这么渴着我，可不是小取城的待客之道。"

姜明鬼犹豫一下，被这女子的自行其是弄得无可奈何，只得回到屋中，取出一个竹筒。

"我就知道，你在辞过楼里没那么清心寡欲。"石青豹笑着接过竹筒，拔出塞子，闻一闻，浅尝一口，笑道，"这是你自酿的果酒？味道不错。"夸了一句，更不客气，咕咚咚地一口气便喝了小半筒。

那酒酿造不易，本是姜明鬼偶尔助眠之用，极为珍惜，被她这样牛饮，不由有些心疼，道："你若没事，早些下楼去吧。"

石青豹哧哧笑着，斜眼睥睨，忽然注意到姜明鬼身上的伤疤。

"这些伤……"她似是突然发现了什么好玩的东西，突然伸手一拉，将姜明鬼身上本就勉强掩住的衣服撕得更开，只见刀伤箭创、齿印爪痕、火烧石砸、毒溃冻疮，不一而足，真不知他受过多少濒死之伤，又经历过多少痛苦折磨，直令那原本清秀斯文的少年变得狰厉可怖，真如恶鬼一般，令人望之胆寒。

石青豹倒吸了一口冷气，她本是想开个玩笑，可真看到这样的惨状，也不由吃了一惊："你什么时候受的这么重的伤？谁把你伤得这么厉害？"

"没有谁伤我。"她举止无礼，姜明鬼满心不悦，将她的手拨开，道，"这些伤疤，不过是我这几年练习古木之力时不小心留下的。"

他的古木之力在百家阵中以一敌众，几近无敌，原就是石青豹远远见过的。可这时见他身上疤痕，想见他修炼时的疯狂，石青豹恍然之余，又不由对他生出几分叹服。

"你……你竟然练得这么狠！"石青豹叹道。

"乱世将倾，若想身担天下，单凭血肉之躯如何撑得住？"姜明鬼微笑道，"墨家的兼爱之心，摒绝私利、阻止战争，注定要与强寇、大国为敌。我们若没有以一敌百、以一敌千的本领，如何担得起这一切？"

"那你便把自己弄得像个鬼一样吗？"石青豹眼珠转动，打了个酒嗝，笑道，"那我倒想问问姜师兄，你们口口声声所说的兼爱，到底是什么？"

——什么是兼爱？

石青豹突然问起，姜明鬼顿觉心头刺痛。

"何为兼爱……我过去以为，是要同时、同等、同样地爱这世上的每一个人，"姜明鬼垂目道，"但现在想，若是一个人，我只

第二章 有情郎　29

能爱她十分,便爱她十分;一个人,我若能爱她百分,便爱她百分……那么对这两个人,我其实都爱得竭尽全力,大概,也算是兼爱了吧。"

他这兼爱之论,也算新颖。石青豹笑道:"爱人有别,但爱人之心如一。这便是你在辞过楼里花费五年时间所想到的答案?"

姜明鬼沉默了一下,道:"这是我花了五年的时间也解不开的答案。"

五年前,仿佛宿命,他在韩国水丰城一役中遇到了两个女人。那两个女人,一个是乡间农女,一个是韩王宠妃。

他一向坚信,自己爱天下间所有的人,也爱所有的人一样多。但那两个女人却不由分说地打破了他的平衡:她们一个拙手笨脚,却不顾一切地想让姜明鬼爱自己多一点点;另一个一笑倾城,姜明鬼却不由自主地多爱了她一点点。

但最后那两人,一前一后死在了姜明鬼的怀中。

虽然都只是"一点点",但她们先后合力,将姜明鬼坚持了十余年的兼爱之道彻底动摇,这才令他无以自持,一蹶不振。

他方才所说的答案,并非他自行悟出,而是韩王宠妃绿玉络夫人在临死前告诉他的。五年来,姜明鬼日思夜想,试图找出比它更好的答案,却一直未能如愿。

绿玉络,便是那两个女子中,他多爱了"一点点"的那个。

而这个答案,固然帮姜明鬼撑过了最初最崩溃的时刻,却也令他陷入更持久、更痛苦的矛盾之中。

"你来来回回,只是在说'兼'而已!"石青豹看他痛苦,却颇不耐烦,"兼爱中更重要的'爱'字,你又如何解说?"

"爱?"姜明鬼一愣,道,"爱,便是推己及人,扶危济困。"

"所以,你的兼爱便是要帮助所有人,保护所有人?"石青豹轻笑一声,似是不屑,道,"所以,你才把自己逼得这么苦?"

她在姜明鬼面前坐下,道:"你把爱看得太重了。"

姜明鬼微微皱眉,看着石青豹。

酒力上涌,那女子的身上竟似蒸出一股如兰似麝的浓香。她两颊如火,一双颜色极淡的眸子,在午后白烈的阳光中却显出淡淡的金色。这双眼睛这时也正挑衅似的望着姜明鬼:"你把爱看得太重了,或者说,你把人看得太重了。所谓的人不过是胎生母乳,与牛马猪狗又有什么区别?所谓的爱,不过是互利互用,比起豺狼燕雀来也没什么高尚的。"

她这番奇谈怪论,离经叛道,姜明鬼眉头紧锁,却不由听了下去。

"父母之爱、兄弟之爱、君臣之爱、男女之爱……这些爱,畜生难道便没有吗?"石青豹低喝道,因为激动,胸膛起伏,"有的!牛马舐犊,鸳鸯厮守,所谓人的爱不过是兽的本能的升华。你若想真正理解爱,便不能时时以墨家侠者自居,而要首先承认,你作为人的爱的本能。"

姜明鬼心中震动,这样对爱的理解,却是他之前未曾想过的。

"这辞过楼高高在上,根本是错的!把一群臭男人关在一起,打破脑袋,你们能想出什么花儿来?连个女人都见不着,你们也配谈爱?"石青豹突然向前一探身,问道,"姜明鬼,你爱过人吗?"

姜明鬼身子一震,道:"爱……爱过。"

"你有过女人吗?"

"有……有过……"

"看你这样,那女人怕没有让你真正体会男欢女爱的快活吧?"石青豹伸手托起姜明鬼的下巴,笑道,"可怜可怜,我来帮你一回吧!"

一面说着,再向前一探头,双唇已吻上姜明鬼的嘴。

姜明鬼耳中"嗡"的一声，已是头脑中一片空白，才要推开她，却觉触手绵软，石青豹已整个扑了上来，将他掀翻在地。

那女子的身体如火炭，身上的香味愈浓，直令姜明鬼目眩神移。

"石姑娘……"

"闭嘴！"石青豹喝道，长吻之后，终于直起身来，"辞过楼，辞过楼！你们墨家祖师早就告诉你了，别他妈的想东想西，瞻前顾后，说个没完！"

她跨坐在姜明鬼的身上，狠狠打开姜明鬼的手，又解开了自己身上的甲裈。

"嚯"的一声，她那特制的软甲连同内里的衬衣，竟然整个脱落下来，健美、赤裸的身体如破壳而出，赫然耸立在姜明鬼的头顶上方。锦缎似的皮肤在强烈的阳光下闪闪发光，饱满丰腴的阴影沉甸甸地垂下来，令她充满了活力与欲望。

"用你的身体感受一下，什么是爱。"石青豹道。

在这残楼之上，烈日之下，浩浩长风之中，姜明鬼被突如其来的巨浪淹没了。

他似是做了一个梦，梦见细雨纷纷，如千针万线，将天与地丝丝缝合。小取城中空无一人，四门洞开，姜明鬼以稚龄之身跑过长长的街道，跑上小取城城头最高的角楼。

在角楼上，他极目远眺，但天地苍茫，仍然没有出现第二个人。

房舍、树木、城池、山川……他越望越远，大地上的一切越变越小，那些细微之处，渐渐看不见了，但天边那些起伏的曲线却仿佛突然活了起来。

姜明鬼终于看见，广袤的大地竟是一个女子丰腴的、仰卧的身体。

她一直都在，他从不孤单。在姜明鬼的欣喜之中，那女子慢慢抬起头来，巨大而温柔的眼睛望着自己怀中的他，粲然一笑。

一瞬间，云开日出，花雨纷纷，万里山河，一片和睦。

多年以来，姜明鬼难有安眠，但这一次，他竟睡得前所未有的香甜，终于醒来时，却见头顶星光灿烂，已是深夜。他睡在楼顶上，身上还搭着自己的衣裳，一惊而起时，却见石青豹坐在一旁的断墙之上，已穿好了衣甲，正哼着歌儿，将散开的长发重新结辫。

——那么，此前之事，并非一场春梦。

"石……石姑娘……"姜明鬼想要招呼，却又心虚，不由嗫嚅道。

石青豹听见他的声音，回过头来嫣然一笑，道："醒了就好。我明日还得去见钜子，这便走了。"

"今日之事……"姜明鬼犹豫道，"我……"

"今日之事，你快乐吗？"石青豹见他吞吞吐吐的，笑道。

姜明鬼面红耳赤，想要回答，可实在张不开口，只得微微点了点头。

男女之事，他虽然以前也曾尝试，不过只是为人"借种"，毫无趣味。可石青豹今日却如一个最好的老师，循循善诱，直令他由内而外感受到了前所未有的欢愉。

"那么，你爱我吗？"石青豹笑道。

姜明鬼一愣，一颗心猛地沉了下去，越发说不出话来。

"你若爱我，明天便去兼爱堂吧。"石青豹见他面上变色，似是知他所想，哈哈大笑。

"我若不去呢？"姜明鬼慢慢问道，"你不惜委身于我，可我若仍不愿下山，不愿帮你呢？"

"什么委身不委身的，说得好像男女之事是女人吃了亏似的。"石青豹笑道，"我确实想用这个法子拉你下山。可这法子，是要帮你明白爱真正的意思,让你心服口服地跟我走,却不是要让你觉得亏欠了我,心不甘情不愿地拿自己来赔偿我——因为,咱俩这一场,我比你更加开心。"

她那满不在乎的态度,令姜明鬼的心中又是宽慰又是失落,问道:"你……你到底是谁?"

石青豹整束已毕,一跃跳下断墙,身姿飒爽,神采飞扬地笑道:"渴则饮、饥则食,男女天伦,自得其乐,我是'天欲家'的弟子。"

大笑声中,她已转身下楼而去。

姜明鬼目送她远去,见其长辫跳动,洒脱豪迈,一颗心却不由猛跳起来。

百家之中,有一家自称天欲家。他们认为,食、色,性也,人虽能言,但其实与山中鸟兽无异:衣衫鞋帽,不过皮毛翎羽;饮食交配,更是本能天生。一切规矩礼法,反倒是对这些本性的扭曲,而世间烦恼也因此而起。渴则饮,饥则食,发情便自然交配,困倦便倒头睡去,能做到这四点,一个人一定是快乐的;而只要人人都是快乐的,则纷争、战乱便不会存在。

石青豹今日与姜明鬼春风一度,若以天欲家所言观之,则不过如吃了一顿饭,喝了一碗水,不足挂齿。

——可是,人真的能如禽兽一般吗?

姜明鬼站起身来,只觉四肢百骸,一派舒泰,仿佛有用不完的力气,不断涌出。而一颗心更是雀跃欢喜,前所未有的轻松。

虽然惭愧,但他必须承认,在被石青豹拖入云雨中的这段时间里,他几乎忘记了一切:矛盾、彷徨、悔恨、迷惑、愤怒、失望、愧疚、逃避……

而只凭身体的本能,获得了巨大的快乐。

持续多年、不眠不休的痛苦,终于暂时停止,他因此收获了久违的、真正的片刻安宁。

他那疲惫得几乎随时都会疯掉的精神,在这一刻松弛下来了。

就像一道闪电划过天际,一瞬间撕裂了蒙在他眼前的阴霾,将那他曾经为之深爱的世界,重新点亮——

天宽地广,万家灯火,这样的世界,正值得他去深爱。

旭日东升,辰时将近,兼爱堂外九名弟子整整齐齐列成一队,垂首而立。

有人兴奋期待,有人忐忑不安,有人古井不波。他们正是昨日在百家阵中错过姜明鬼,从"兼爱"出口选出的九名备选下山弟子。

辛天志面上木然,原本毫无感情的眼睛里此刻却跳动着点点怒火。

他是小取城中这一代的大师兄,生具异相,肤色黯淡,阔脸平鼻,双目分得很开,眼珠又努出眶外,一眼看去竟令人怀疑,那两只眼睛其实是在看往不同的方向。

现在这两只眼睛,便像是一眼望向兼爱堂,一眼望向辞过楼。

昨日,他们自百家阵中胜出,按照以往的规矩,应该由此次行动的求助人,最后挑选符合人数的下山弟子。可是那名叫石青豹的女子却中断了这一步骤,并跟随逐日夫人去了辞过楼。

——去辞过楼干什么?当然是找姜明鬼。

辛天志垂下衣袖,袖内紧握的拳头,指甲已刺进掌心。眼前的情形如此熟悉,竟如往日重现:五年前的水丰城一役,原本应当是他下山,便是钜子煞费苦心,诸多刁难,一定要让姜明鬼最后胜出,获得下山的资格。

——因为姜明鬼是"墨家之心"。

——因为姜明鬼总是将兼爱精神挂在嘴上。

第二章 有情郎　35

——所以，即便那人一事无成，即便那人遇事百般推诿，但逐日夫人，还是那么宠信他！

辛天志的心中，愈发愤愤难平。

他是墨家这一代的大弟子，资历比姜明鬼深，一身解字诀的本领已被多位老师评为百年来的墨家第一。而在姜明鬼颓丧消沉的五年里，他十七次下山执行任务，从来没有出过半分差错。

即便这样，在逐日夫人和石青豹的眼中却还是只有姜明鬼！

眼下，逐日夫人让他们在兼爱堂外相候，与其说是等钜子召唤、石青豹挑选，不如说是在等着看姜明鬼是否会从辞过楼走出，来取代他们中的一人。

——唯有姜明鬼不来，才是他们下山救赵。

他们竟只是石青豹和逐日夫人退而求其次的选择。辛天志胸中气闷，羞恼难当，一只眼珠木然转动，忽然眼角一跳，却是辞过楼的方向终于有动静了。

一个衣衫褴褛、又高又瘦的青年终于从山路上远远走来，直向兼爱堂。

虽然仍是一个失意的人，但他脸上的神气却似乎与昨日已颇有不同，辛天志看在眼中，越发不喜，忽然一横身拦住了他的去路。

姜明鬼看见是他，微微皱眉，行礼道："辛师兄。"

"你来干什么？"辛天志木然问道，"钜子今日在此遴选下山弟子。你昨日既不是闯关弟子，数年来又只在辞过楼荒废，如今大势已定，下山之人是在九人之中选其七——你还来兼爱堂干什么？"

"我……"姜明鬼迟疑了一下，道，"我有些后悔，想请钜子再给我一个机会。"

"你优柔寡断，已浪费了太多机会。"辛天志木然道。

"辛师兄……"姜明鬼正自无言,兼爱堂内却传来石青豹的声音,那女子不知何时已拉开了房门,抱臂笑道,"这位是辛师兄吧,听说是小取城的大弟子?辛师兄了不起啊,钜子用不用见谁,想不想见谁,你在兼爱堂的门口就能替她决定了?"

辛天志一愣,木然的脸色也不由变了变。

墨家讲究纪律,钜子有命,弟子便应赴汤蹈火,死不旋踵。如今他在此拦路,虽是一时激愤,但若说是有僭越钜子之罪,却也不算冤枉。

他一时无话可说,姜明鬼苦笑一下,微一拱手,便想从他身旁绕过。

"不要去见钜子。"辛天志把心一横,忽然道,"不要破坏小取城的规矩,不要让钜子一再为你破例。如果你还把我当作师兄,你还顾念一点我们的同门之谊,那你今天便不要走进兼爱堂。"

"辛师兄,"姜明鬼叹道,"如果我想进去呢?"

"那么,我们之间恩断义绝。"辛天志漠然道,"下次见面,我们便要决一胜负!"

一言已毕,他不待姜明鬼反应,竟已转身而去。

辛天志的脚步声渐远,而姜明鬼始终不发一言,不回头一顾,直待那脚步声彻底没有了,方苦笑一声,在石青豹面前向内报名,走进兼爱堂。

"所以昨日石姑娘,果然说动我这不成材的弟子了吗?"逐日夫人笑道。

她端坐于堂中,身后一副屏风,上绘巨人夸父,披发、跣足,逐日竞走。正义便如烈日,光明热烈,值得墨家奋勇追逐,虽然最终可能累死于中途,灼死于日下,但他们绝不动摇,永不放弃!

"姜师兄其实很好劝，"石青豹大笑道，"只需让他将心中的苦闷发泄出来，他自是不钻那牛角尖了。"

她那"发泄"二字，说得姜明鬼满脸通红，却见逐日夫人只是笑吟吟地望着他，显然并未多想。他不由心中一阵愧疚，又低下头去。

——面对逐日夫人，他一时更不知说些什么。

"那么姜明鬼，你是愿意下山了？"逐日夫人笑道。

姜明鬼深深叩首，道："弟子五年来灰心丧气，有负钜子信任。但现在，赵国的李牧将军却愿意相信我。他是天下名将，智慧过人，而又与我并无干连，他对我的评价或许是有其深意的。弟子因此鼓足勇气，愿意再去试试。"

"可惜，现在你愿意去试试，我却不能让你这么随随便便地走了。"逐日夫人面色一寒，道，"五年来，你终日向隅，离群索居，我都不曾追究，只当你是在天人交战，求窥兼爱大道。可你今日既然说可以下山了，那就得给我一个交代。"

姜明鬼汗颜道："钜子恕罪。"

"不必再绕圈子了！"逐日夫人叱道，"我要问的，仍是'何为兼爱'这一个问题！我知道你当初便是折在了这一题上。五年过去，你若是能答出这一题，你就下山；你若还答不出来，这辈子就给我当个守关弟子，小取城还养得起你！"

"弟子以为，"姜明鬼却是早有准备，道，"兼爱当取之于自然，顺势而为。我们只要在爱人之时不偏袒、不歧视、不藏私、不回避，便是做到了平等、同时；而不可如邯郸学步，苛求绝对标准，以至于寸步难行。"

要想好好走路，就要忘记如何举手投足。要想爱人，便需忘记兼爱非攻。

"这，便是你苦思五年的所得？"逐日夫人沉吟道。

"五年来，弟子因为心中有惑而困守辞过楼，不敢再接任务，但私下里殚精竭虑，从未放松过对兼爱之道的探索。今日李牧将军如此信我，石姑娘苦心劝我，已是对我的莫大认可。弟子所得虽然尚浅，但愿用李牧将军之信，石姑娘之诚，一试所得！以目下所能推导的最深的理解，去寻找更真的兼爱之道。"

"好！"逐日夫人见他终于又有了志气，抚掌道，"既然如此，那我就再信你一次！"说着自袖中掏出墨家羽令，喝道，"姜明鬼听令！"

那羽令非金非木，形如鸟羽，乃是墨家弟子下山执行任务时的最高凭证。

姜明鬼肃然叩首，叫道："弟子听令。"

"今日小取城破例着你下山，援赵国，翼蔽百姓；助天下，以抗暴秦。"逐日夫人微笑道，"只是希望这一次，你莫要再让我、让石姑娘失望了。"

姜明鬼双手接过羽状令牌，心头激荡，几乎落泪。

逐日夫人却若无其事，传下羽令，又将书案一侧排列整齐的九块竹牌推至案中，对石青豹道："石姑娘，按照规则，此次小取城下山之人最多可达七人。如今姜明鬼占了一个名额，便还剩六人。拜姜明鬼所赐，之前百家阵破关之人，总共只有九个，全在外面。这里是代表他们的竹牌，请石姑娘来抽选此次最终奔赴赵国的人选吧。"

"我挑什么？"石青豹把手一摆，道，"我又不认识他们，哪知道该挑谁选谁？既然李将军已经挑了姜师兄，既然姜师兄已经接了钜子的羽令，那便请他代劳，选出剩下的六位师兄吧。"

"姜明鬼，你敢吗？"逐日夫人笑道。

他选人，那便是由他来负担此次行动的成败，以及那六个人的生死。

但姜明鬼既已下定决心，自然毫不退缩，收拾心情，长吁一口气，道："弟子愿为石姑娘代劳。"

每一张竹牌上都刻有对应的弟子名字与所练字诀。姜明鬼趋步上前，从竹牌上逐一望去，一面在心中盘算，一面问道："钜子，弟子要挑选的下山师兄弟，虽只九中选六，但其实也需编排他们适合出访哪一国，谁更能独当一面，促成合纵大计，因此，绝不能仅仅以本领的高低作为标准。"

"既然委托了你，自然由你全权负责。"逐日夫人笑道。

"首先，辛师兄我不能用。"姜明鬼一伸手，先将辛天志的竹牌推开。

他在兼爱堂外与辛天志相遇，不住闪烁退让，竟似理亏气短一般，但如今选人之时，斩钉截铁，毫不忸怩。石青豹在一旁看了，不由啧啧称奇。

逐日夫人笑道："是了，辛天志与你不合，你们二人注定不能共事。一支队伍里有你，便不能有他。你若还为了不避私嫌这种虚名而选他，我才会看轻了你。"

"剩下的八个人里，我第一位选定的，乃是解字诀的张玉岩师兄。"姜明鬼受她称赞，心中感动，不敢耽搁，翻开第一块竹牌，"魏国身处楚、齐、秦三国之间，腹背受敌，立国十分艰辛，朝野上下的风气，不免多智而少信，能疑而善变。此前数次合纵，魏国都曾积极响应，可是之后，却也是最早后悔、藏私的国家之一。因此，这一次再邀他们入盟，便成为最简单又最困难的事。张玉岩师兄所修习的本领，名为'抽丝剥茧'，最擅长破解谜题，处理乱象，我请他去魏国说服魏王合纵，必可成功。"

"秦国若能灭赵,下一个目标便是魏国。想要让魏国同意合纵之事,应该不难。"逐日夫人颔首道。

"这第二人,我选破字诀的涂伐师弟。"姜明鬼翻起第二块竹牌,"韩国虽亡,但韩国无家公子韩烬,正在魏国境内图谋复国。据说他身藏韩人筹措的千万重金,终日周旋于骗子凶徒、能臣异士之间,殚精竭虑,寝食难安,因此行事极为谨慎。涂伐师弟所修习的'辟易之刀',光明正大,令人一见心安,最能说服犹豫不决之人。我请他去说服无烬公子,也是希望他能帮无烬公子找到一往无前的决心。"

"那么,便是张玉岩和涂伐同去魏国。"逐日夫人道,"他二人一文一武,也是个照应。"

"正是如此。"姜明鬼翻起第三块竹牌,"这第三人,我选破字诀的樊不仁师弟。燕国地处北寒之地,民风悍勇,虽然弱小,却是抗秦最为坚决的国家之一。眼下逐渐掌权的太子燕丹,行事更是狠辣偏激,不择手段。樊不仁所修习的裂云剑虽然华而不实,但一剑挥出,气势磅礴,裂云惊天,最能折服燕国君臣。"

"破而后立,未尝不是一个好主意。"逐日夫人颔首道。

"第四个人,我选造字诀的卫纠师妹。楚国本是化外之地,行巫祝、奉鬼神,耿介倔强,慷慨激烈,与中原各国殊异。卫纠本就出身楚国,熟知风土人情,更与楚王宗亲关系密切。而她所修习的'造势'本领,正可大显神威。"

"楚国自楚怀王客死秦国、屈平大夫投江自尽之后,国力已大不如前。他们本是之前几次合纵的首领,如今再提合纵之事,只怕成败也在毫厘之间。唯盼卫纠能将其中利害,与他们拆驳清楚吧。"逐日夫人叹道。

"卫纠师妹的造势之术,最擅聚少成多,因势利导,当可胜任。"

姜明鬼叩首道，"第五个人，我选的是承字诀的杨盏师弟。"

"这第五个人，应该是要去齐国吧？"逐日夫人道。

"钜子所料不差。"姜明鬼颔首道，"齐国地处东海，国富民强，儒道大行，仅以国力而论，几乎不弱于强秦。而两国相隔千里，一向极少冲突。因此，此前历次合纵联军，齐国几乎都不参与。此次我们若想将其说动，必须派杨盏师弟前去。"

"杨盏的资质，在众弟子中并不十分出挑，有何胜算？"逐日夫人问道。

"以个人成败而言，杨盏师弟并无胜算。"姜明鬼垂首道，"齐国盛行孔孟之道，乃是儒家最繁荣的所在，也是墨家最受排挤的地方。杨盏师弟此去，必会受到齐国朝野上下的诘难。他若反抗，定会招致更大的围攻，以致一败涂地；但若他毫无还手之力，则尚有一线胜机。"

"此话怎讲？"逐日夫人道。

"钜子请想，儒家所谓中庸之道，定是要达到中正平和的境界。杨盏师弟作为墨家弟子，登门挑衅，又示敌以弱，齐国君臣在应对之时，必难免激进。而当他们冷静下来，矫枉过正，让步过大的时候，杨盏师弟便有了促成此次合纵的机会。"姜明鬼正色道。

"如此说来，杨盏此行，是最危险的。"逐日夫人叹道。

"杨盏师弟的承字诀练得很好。"姜明鬼道，"儒家虽与墨家不和，但总算也讲究仁爱。他虽会受到刁难，但不至于有性命之虞，钜子倒可以放心。"

他侃侃而谈，顷刻间已安排了五名弟子，对应出使四国。

七名下山弟子，除他之外，只剩一人。

"最后一人，会和你一同前往赵国？"逐日夫人沉吟道，"赵国乃是此次合纵抗秦的起点。其他各国若有一两国不愿加入，其实只是影响合纵规模,并不能立刻决定成败,但若赵国索性拒绝,合纵也就完全无从谈起。你多带一人,防患于未然,倒也合情合理。只是候选者尚有三人,解字诀杜槐、解字诀黄车风、承字诀周满,你会选谁?"

"我要选的是,解字诀黄车风。"姜明鬼沉声道。

"理由怎讲?"

"我练习古木之力,习惯了硬打硬撞,恐怕不知变通。"姜明鬼道,"而黄车风师弟练的是解脱之技,正好与我相克,我想我们两人可以互补增强,也希望他可以在关键时刻帮我保持理智。"

"黄车风啊……"逐日夫人露出一个古怪的笑容,点了点头,不再多说什么,只对石青豹道,"石姑娘,你看他最后选这七人,是否有什么不妥?"

"没什么妥不妥的!"石青豹挠了挠头,笑道,"反正我又不认识他们,当然全都听你们的!看你们排兵布阵,推演各国的胜负,胸有成竹,倒是挺有意思!不过就是一点,你们弄出这么大动静,一定要成功才行,否则李牧将军人在牢里,可越发危险了。"

"我们不会给李将军添麻烦的。"姜明鬼一笑道,"此事应当避免与李将军产生瓜葛。唯有如此,才能在合纵之计功成时,令李将军重新出马,挂印六国,统率联军。"

"最后会是李将军统领六国联军?"石青豹又惊又喜。

"这,也便是我之前所说,抗秦三年必须要走的一步。"姜明鬼平静地道,"将帅之位,有能者居之。六国之中,又有谁在统兵作战上强于李牧将军呢?而唯有李将军成为六国统帅,才能保持对秦国长久的威慑,确保天下三年的平安。"姜明鬼道。

"可是李将军说……不必救他……"石青豹犹豫道。

"十鸟在林,何如一鸟在手,"姜明鬼摇头道,"放着赵国最好的将领不用，却去期待三年后的新人从头再来，岂非舍近求远？赵国青年名将的成长，也应是在李牧将军的指导下完成才对。"

一箭三雕，他竟有这么长远的考量，石青豹惊喜之余，竟有些哽咽，道："多谢姜师兄，多谢钜子……我替李将军，多谢你们！"

"事态紧急，而七名弟子合纵六国，也算得上使命重大。"逐日夫人道，"所以如何合纵，谁执牛耳，如何联络，怎么善后……这些事情，你都想清楚了吗？"

"弟子昨夜已将前后之事，尽数想通。"姜明鬼道。

逐日夫人神色一凛，道："你在没来见我之时，便已想好了这些事，做好了统率此行的准备？"

"弟子既然决定下山，"姜明鬼正色道，"自信便可略胜诸位师兄弟。"

逐日夫人难掩欢喜，哈哈大笑，道："正是要有这般自信，才不枉我等你五年。那你现在便将其他下山弟子召来，部署任务，也让我听听你的计划。明天一早，你们便出发下山，赶赴不同国家，共推合纵大计。"

姜明鬼躬身施礼，道："谨遵钜子之命。"

他到门外将黄车风等六名弟子召入兼爱堂中，在逐日夫人、石青豹面前打了十二分的精神，将名为"七国争鼎"的计划，详述了一回：如何说服各国放弃成见，同意合纵；如何在六国间互通声气，确保料敌先机；如何用最小的损失逼退强秦，令天下免于兵戈之苦；如何顺势抬出李牧，令他不仅洗脱冤情，更能就任合纵大将军……

——所谓风云际会，柳暗花明，大抵如是。

——所谓针锋相对，众志成城，不过如此。

一个极为完善、大胆的计划，慢慢展现于众人面前；一座更为华丽、更为广阔的舞台，缓缓在七国之间拉开帷幕。七国乱战、百家争锋，讲到要紧之处，直令兼爱堂中众人兴奋得周身战栗。

姜明鬼被逐日夫人破格选用，小取城中弟子嘴上不说，许多人心中却也如辛天志一般，颇有微词。这六人被姜明鬼召唤入内，如今半是欢喜半是羞愧，本以为下山援赵，不过是一城一地之战，直到这时听了姜明鬼恢宏大胆、出人意表的合纵安排，方知自己的胸怀魄力与他天差地别，不由个个心服口服。

计划讲述已毕，逐日夫人再帮他们完善了几处行事时的关窍，这计划就算彻底完成了。分赴各国的任务布置下去，石青豹与六人先后离开兼爱堂，准备明日启程之事。

姜明鬼则被逐日夫人单独留了下来。

第三章
伤心人

兼爱堂中，一时只剩师徒二人。

点点阳光从草庐顶上的缝隙中射入，在空气中留下道道明亮的细柱，隐约可见灰尘飞舞。

逐日夫人望着姜明鬼，半响无言，忽然开口道："姜明鬼。"

她目光温柔，但语气严肃，姜明鬼不敢大意，连忙应道："弟子在。"

"此次下山驰援，"逐日夫人轻声道，"合纵之事无论成与不成，你都不要再回小取城了。"

姜明鬼一惊，反应过来她所言之事，直如五雷轰顶一般，忙跪伏下来，以首撞地，叫道："钜子！弟子任性妄为，五年来多有违规之处，不敢奢求钜子恕罪，但望钜子莫要将我逐出小取城。弟子日后将功赎罪，绝不辱没墨家的荣光。"

"傻孩子，这并非是对你的惩罚，"逐日夫人看他慌张，只是微笑道，"而是对你的信任啊。"

姜明鬼汗出如浆，根本不敢相信。

他勉强抬起头来，想要说话，却觉牙齿颤抖，喉头哽咽，一时竟说不出话来。

逐日夫人长叹道："姜明鬼，你昨日说李牧信任你，他是天下名将，你为报知遇之恩，因此决心下山一试。但其实，这天下间，最信任你的人，是我啊！"

姜明鬼心头乱纷纷的，道："那个自然……自然！只是……"

"只是，你我师徒情深，所以你觉得我对你的评价难免失之公允；我对你的信任，也因此不能给你足够的力量。"逐日夫人苦笑道，"但我接下来要说的事，却一定会让你明白，我对你的期待，其实关乎墨家的生死存续，而我对你的信任，也早已超出师徒本分，纯粹是对你的品性、能力的认可。"

她神色郑重，姜明鬼见她果然不是责罚自己，也渐渐镇定下来。他不敢怠慢，叩首道："弟子愧对钜子厚爱！"

逐日夫人顿了一下，慢慢道："你可知道，小取城将要灭亡了吗？"

"钜子何出此言？"姜明鬼大吃一惊。

"秦雄，或者说嬴政，他有没有和你说过小取城的未来？"逐日夫人问道。

这人的名字忽然又出现，姜明鬼身子巨震，一瞬间，竟如一柄冰剑自脊椎中刺入，不由凛然道："嬴政？"

"嬴政。"逐日夫人颔首，重复了一遍那个名字，"那曾在小取城学习，与你知己同心，如今正欲扫平六国、一统天下的秦王嬴政。"

秦国如今的国君嬴政，少年意气，胆大妄为，先前竟去国离乡，化名为秦雄，游历七国百家，考察诸子学说。到了小取城之后，他一直流连不去，直到韩国水丰城事件时才终于露出破绽，在百家阵中杀死一位名叫赵流的墨家弟子之后，逃离了小取城。

第三章 伤心人

他在小取城期间，姜明鬼与他惺惺相惜，颇为交好，而在他杀人事发后，又曾与他几次交手，争辩兼爱之道。

二人交手，以武技而论，本是姜明鬼占了上风，然而在辩论之时，嬴政却提出"墨家兼爱之道最大的隐患，便是与独尊之术相通"的言论，直接动摇了姜明鬼心中的信念。姜明鬼后来在韩国为那两名女子所伤，甚至直到今日都犹豫不决，其实隐患正是在嬴政之处种下的。

在那之后，嬴政从姜明鬼的手上逃出小取城。

再之后，姜明鬼在新郑挟持韩王不成，几乎身死，却又是嬴政于雨夜救了他。

——那个人，霸道、果决、残忍、狡黠，正与姜明鬼截然相反。

——但他战无不胜，每言必中，若他对兼爱的理解正确，则姜明鬼、小取城，又如何在这世间立身？

"嬴政……"姜明鬼脑中纷乱，道，"嬴政确曾说过，小取城未来将遇到重大的危机……他说将来必会四海一统，天下归心。只是到那时，新君绝不会容忍小取城拥兵自重、墨家弟子超然世外，所以必会倾天下之力，来剿灭小取城。而那时墨家在这世上孤立无援，因此难有苟全之理。"

这番话，当初嬴政和他说的时候，姜明鬼虽也觉有些道理，却不以为然，只用"兴衰天定，无愧于心"几个字搪塞了过去，如今听逐日夫人再次提起，不由心头一沉。

"但其实他说的，只怕正是大势所趋。"逐日夫人道，"自周平王以来，天下动荡，诸国分裂，如今已五百年矣。五百年战乱频仍，五百年生灵涂炭，天下百姓早已疲惫不堪、人心思归。可是将来天下真的归一了、安定了，则诸子百家又该置于何地？"

姜明鬼道："百家并存，百花齐放，岂非青史美谈？"

逐日夫人摇头道:"百家争鸣,人人都有治国之道,便如网中群鸟,各持己见,终不能成事。"

昔者,有猎人携其子于林中张网捕鸟,数十鸟落入网中,惊慌之下,一起振翅疾飞,竟将罗网带上半天。猎人之子惊慌失措,猎人却说不必大惊小怪,群鸟必不能持久。他们追着鸟群,果然过了不久,鸟群就因为意见不同,分别向东西南北乱飞,罗网中鸟儿的力量彼此抵消,最终一起落到地上,被猎人捕获。

"百家虽好,但往往相互冲突、分散,与群鸟何异?"逐日夫人长叹一声,又道,"而在将来的天下,若想上令下达,则一定会仅以一两种学说传世、治国。我们墨家,只怕一定不在这一两种之中。"

"为什么?"姜明鬼道,"方今天下,墨家门徒众多、影响深远,我们为何不能成为传世治国之说?"

"因为,我们兼爱天下,对所有人一视同仁,所以永远在同情弱者,而与强者为敌,帮助贫者,而与富者为敌,又有哪一个身处王位、掌握了财富与权力的君主,能真的喜欢我们呢?"

姜明鬼又惊又怒,道:"弟子愿誓死保卫小取城!"

"不一样的,姜明鬼。"逐日夫人见他忠勇,不由哑然失笑,"保护小取城,是辛天志、殷畏虎、公冶良、黄车风……他们的事。你有另一个使命,却比他们更加艰难、更加危险。"

姜明鬼心中激荡,眼眶湿润,喊道:"请钜子示下!"

"我要你,另外为我们建起一座永远不会被摧毁的小取城。"逐日夫人道。

姜明鬼一愣,道:"另一座小取城?"

"一座小取城,方圆百里、子弟千人,不动如山;一座小取城,茕茕一身、独来独往,行走天下。"逐日夫人道,"眼前的小取城,

第三章 伤心人　51

我们可以固守、可以扩建，但万一最后它还是遭到覆灭，那我希望还有另一座小取城可以留在人间。它是一座城，但其实也是一个人，更是墨家精神之凝聚。只要这个人在，小取城就还在；小取城在，墨家精神便一定会发扬光大，长耀千古。"

逐日夫人说到这里，微微一顿，笑道："只是不知道，你是否愿意成为这个人、这座城。"

姜明鬼诚惶诚恐，以头顿地道："弟子一事无成，恐怕不能胜任！"

逐日夫人摇头道："要以一人之身担一城之重，那自然是不能草率决定的。七年前，我已有所准备；五年前，我选出了四个人作为考察对象：辛天志、赵流、秦雄和你。你们四个人出身不同，个性迥异，但有一点突出，便是都能力超群，且执着坚忍，心如铁石。我相信你们之中，一定有人就是小取城的希望，所以才坚持让你们全都参与到韩国水丰城的挑战中去，比较、历练、优中选优。"

姜明鬼直至此时，才明白五年前逐日夫人种种安排的良苦用心。

"可惜在那一次的任务前后，赵流被秦雄杀死，而秦雄竟然便是嬴政——他们两个，无疑已不能指望。剩下一个辛天志，骄横、固执的毛病越来越重，我会委派他负责别的任务，但将来一人一城的使命，便只有你能承担了。"

姜明鬼又羞又恨，道："但弟子无能，五年前在水丰城大败，令钜子失望了。"

"水丰城之败，不过一时、一地之事，"逐日夫人摇头道，"传承小取城，必由一个极其坚忍的人才能承担。那个人，不会是一个从来没有失败过的人，而一定是惨败过、痛哭过、绝望过，最后却还能再站起来的人。"

姜明鬼喉头哽咽，叩首道："钜子……"

"三年前，你若回来之后若无其事，我便不会再用你；现如今，你若在援赵一事上畏首畏尾，我也不会再用你。但你今日知难而上，更以合纵、争鼎之计为天下抗秦，其中的胸怀、智慧，都殊可称道。时机已臻成熟，我因此才向你介绍这个任务。"

姜明鬼冷汗淋漓，叫道："钜子……"

"无须多言！"逐日夫人叱道，"你若不敢接下这个任务，此事便只当我从未提过，你不必介怀；你若敢接，便也不要造作推让，只管收下我这小取城城印！"

姜明鬼抬起头来，只见逐日夫人掌中托着一枚墨青色玉印。那玉印不过核桃大小，温润剔透，隐隐笼着一层雾气。

姜明鬼死死盯着那小印，出神良久，终于把牙一咬，毕恭毕敬地将它接下，收入怀中。

"这是小取城奠基之时，埋下的第一块城石的石芯。"逐日夫人道，"从此以后，小取城就在你的身上了。"

"是。"姜明鬼沉声道。

"那么，"逐日夫人柔声道，"从此以后，你便需要知道，你已是千金之躯，墨家血脉。赵国事了之后，你不必再回此处，而应在民间隐藏身份，等待机会，传播墨家之道。在此期间，无论遭遇什么样的挫折困苦，毁谤讥嘲，都要坚持下去，不容馁沮。谨记：你可以失败，但不能放弃；你可以死亡，但绝不可以轻生。"

姜明鬼叩首道："谨遵钜子教诲。"

"那么此行下山，你有什么需要，都只管提出来。"逐日夫人道。

决定了小取城的再传，虽然前路必定坎坷，但既已有了结果，二人都有如释重负之感。此时逐日夫人问起姜明鬼之后所需，郑重之中，也颇见欣慰。

姜明鬼摇了摇头，道："弟子不需别的什么器物。肩担天下，传承小取城，我只凭兼爱之心、血肉之躯、古木之力就可以了。"

"你现在是只用古木之力了，是吗？"逐日夫人笑道。

姜明鬼微微一滞。当年他以承字诀弟子的身份，随身携带小取城中最为神秘的黑箱器盒，内藏无数机关宝器，变化多端，令人防不胜防，可令一切敌人的攻击在靠近他时便遭粉碎。

但韩国一败之后，他再也没有用过那些机关之物。

"弟子以为，机关虽巧，却令我们太过依赖外物。我们要与天下人感同身受，便还需多用自己的血肉之躯。"姜明鬼道。

"说得也是。"逐日夫人笑道。

"对了，"姜明鬼却想到了另一件事，"虽然不用外物，但我还是想借……嬴政留下的六合长剑一用。"

"好。"逐日夫人稍稍一愣，旋即明白了他的用心，正色道，"长剑在辛天志处保管，明日为你送行时，我让他交给你。"

七国合纵之计所需，逐日夫人开好一份清单交给姜明鬼，着他带人前去造字诀的仓库领取。这一下午，姜明鬼带着黄车风等人照单取用器物。那器物既多，试用、检验又颇为烦琐，一直忙到夜深才终于交割结束。

按照逐日夫人的说法，这也是姜明鬼在小取城的最后一夜。他回到辞过楼四楼的废墟之中，想到这两日的遽变，心潮起伏，久久不能平静。整理行囊，本就孑然一身，陋室中也并没什么非带不可的。到最后，不过是打了一个小小的包袱，便算准备妥当。

满天星斗下，他坐在一堵断墙之上，望着远处城内的灯火正自出神，忽听"噗哒哒"木翼拍空之声，从辞过楼下面的天井中忽然飞起一只木鸟。

"姜明鬼，"那木鸟开口，正是吕尚同的声音，"你要走了吧？"

"是。"虽是以鸟代言,但姜明鬼对这前辈丝毫不敢怠慢,立时跳下地来,恭恭敬敬地道,"我奉钜子所差下山行事,正打算明日一早去向师伯辞行。"

"不用了,我不想再见你。"吕尚同冷冷地道。

这师伯脾气古怪,姜明鬼不以为意,道:"这三年来,多谢师伯照顾。"

那木鸟瞪着一双红色的眼睛,翅膀拍打,悬停在姜明鬼面前,似是真的有灵有性一般,上上下下地打量着他,良久方道:"你要走了,有个东西便该给你。"

木鸟双翅一抿,一个俯冲向姜明鬼一扑,顺势将爪上所抓的包袱,投到了姜明鬼的怀中。

"这是什么?"姜明鬼笑道,"师伯不必这么客气。"

"不是我给你的,"那木鸟冷冷地道,"是罗蚕给你的。几天前,山下传来消息,魏国发现异兽射工,可以用来制造绝顶神兵,造字诀罗蚕因此前去捕猎,临走前,专门来了辞过楼,为你留下了这个包袱。"

他忽然提及罗蚕的名字,姜明鬼一愕,不由皱起眉来。

小取城中,姜明鬼曾有一个亲如兄妹的友人,名唤罗蚕。罗蚕身为小取城屈指可数的能工巧匠,当年几乎将自己所有的杰作都交给姜明鬼使用,这才为他打造出名震城中的器盒"黑渊",助他练成"身外之承",不知令多少人暗中妒忌。

可姜明鬼大败之后,却渐渐疏远了罗蚕。被关至辞过楼的第一年,罗蚕还常去看他,之后察觉他的冷漠,也就没来找他了。

"我不用了。"姜明鬼摇头道。

"你用不用,都且随你。不过我拿了她的东西,总要转交给你的。"那木鸟兜个圈子,又飞停在姜明鬼面前,道,"三年来,你对她避而不见。而她每逢下山前都会偷偷来辞过楼,将一个包袱托付给我,千叮万嘱,若是你在此期间接到任务,便一定要交到你的手里。以前每次都是白白准备,待她回来之后,又自行收回。但这一次,是真的用着了。我如今交给了你,是留是弃,都与我无关。"

姜明鬼不好推辞,只好将包袱托着,道:"多谢师伯。"

他打开包袱,入眼首先是一套叠得整整齐齐的衣裳,其质非丝非麻,又软又韧。衣服上放着一只瓷瓶,摇一摇,里面装有药丸,旁边又放着三片用丝线绑好的竹片,应是一个信简。

"衣裳是齐国东海的鲛布所制,轻柔坚韧,水火不侵;药丸是楚国龟山的老鼋丹,专治内伤,续骨生肌。"木鸟道,"罗蚕知道你专心修炼古木之力,容易受伤,也容易损耗衣物,因此才一直给你准备这两样东西。"

姜明鬼低下头来,道:"请师伯代我转谢罗蚕师妹。"然后将包袱扎好。

"你以后自己小心吧。"木鸟最后道,"千万……不要太信了别人。"

这一晚终再无话,到了次日天明,姜明鬼早早醒来,心中留恋,懒懒地不想动,直到看着天光已然不早,差不多是必须出发的时候,才爬起身来,草草洗漱。他抓起昨晚收拾的行装,塞入罗蚕的包袱,最后看了一眼陋室,才跳下辞过楼,往小取城南门而去。

行至南门,只见下山弟子已然开始集结,黄车风等人围了一个圈子,正在说话,旁边停了一排国驷战车,颇为醒目。

战车由四匹同色健马驾辕,车厢方正、厚重,毫无多余的花饰,宛如一整块铸铁,只在某些角度反射阳光才依稀可辨上面密布着一条条深深的缝隙,彼此联合,形成了一扇扇大大小小、错落有致的

"门"。

那些"门"中隐隐反射出明亮的金属光华,像是一道道融化的银水缓缓流动。

国驷战车乃是小取城机关制造的大成之物,其机巧百变,刀枪不入,天下闻名,唯有涉及国事才会派出。此番逐日夫人一口气分给他们六辆,已是罕见的大手笔了。

姜明鬼走得近了,正待与黄车风等人打招呼,忽见那些人哄堂大笑,也不知是说了什么有趣的事,一个个笑得前仰后合。而在一干男子的笑声中,有一个女子的笑声格外清楚。

原来人群正中,被一群小取城男弟子围着的那个人,正是石青豹。她大笑露齿,固然毫不斯文,可是四下的男子身子向下一低,她惊鸿乍现,自有动人之处。和她面对面站着的一名矮矮胖胖的墨家弟子,正是黄车风,看着她时,眼睛都有些直了。

自那日一晌之欢后,姜明鬼便没再单独见过这女子,这时遥遥看去,只见她爽朗明艳,一根大辫垂在肩上,格外妩媚。

"这些师兄倒像是没见过女人似的!"一旁有人不屑道。

姜明鬼回头看时,却见那排国驷战车处,他们此行唯一的女弟子卫纠正自枣红健马的战车下钻出,将一匹马的肚带又扎紧一扣。

"黄师弟……似乎和五年前有些不一样了。"姜明鬼皱眉道。

五年前,姜明鬼在一众弟子中崭露头角时,黄车风还是小取城中最著名的腼腆人物。他本也是个聪慧之人,但莫说和女子说话,便是多看一眼,都能羞得满脸通红,以致修习解字诀的本领不进反退。可如今看他和石青豹说说笑笑,哪里还有半点不自在?

"这胖子只要见到女人,就连自己姓什么都忘了。"卫纠不屑道。

"只是石姑娘不受礼法拘束,"姜明鬼勉强一笑,道,"大家太过新奇罢了。"

第三章 伤心人 57

那边石青豹看见姜明鬼过来，笑眯眯地和他打了个招呼。姜明鬼遥遥回礼，却留在这边，与卫纠多说了几句楚国之行的关窍。又过了一会儿，逐日夫人也率领二十余名弟子过来，亲自送他们上路。

墨家尚俭，弟子每逢下山，虽也有师友送行，但几乎都毫无排场。此次逐日夫人前来，二十余名弟子中有人奉琴，有人捧酒，竟是一次极为庄重的践行。

黄车风等人只道此行不过是一次普通的任务，下山一回，风光一回，扬名立功，不负所学，此时得钜子赐酒壮行，不由都受宠若惊，振奋不已。姜明鬼与逐日夫人四目对视，却知她如此隆重，其实是在向自己托付小取城。

二人心照不宣，姜明鬼端起酒来，一饮而尽，道："钜子，弟子不能在小取城随侍左右，您千万照顾好自己，不可操劳过度。姜明鬼下山后，必夜夜祝祷，愿钜子无病无灾，长命百岁，小取城团结一心，逢凶化吉。"

逐日夫人眼眶微微湿润，也举杯道："山上的事，你就放心吧。"

姜明鬼将酒杯放下，郑重跪下，深深叩首，道："弟子此行，必不负钜子所望。"

"嗯。"逐日夫人道，"也祝你诸事顺遂，一生问心无愧。"

他们师徒二人，言行较之其他人自是更郑重一些。黄车风等人不疑有他，只道是姜明鬼荒废五年，如今重整旗鼓，因此多愁善感。

琴声铮铮，激昂飞扬，众人将送别酒一饮而尽，倍觉豪气干云。石青豹也上来，再次感谢逐日夫人下令援赵。逐日夫人赞她忠勇过人，女中豪杰，一时宾主尽欢，其乐融融。

就在此时，却听一人道："姜明鬼，我来给你送剑了！"

那声音呆板，几乎听不出一丝感情。姜明鬼回过头来，便见不远处，辛天志一身白衣，肩扛一口长剑，正笔直地向他们走来。

"钜子命我今早将六合长剑交给你,我当然不敢不遵命。"辛天志木然道。

他肩上所扛的长剑,黑鞘、白柄、沉重、修长,正是嬴政在小取城逗留时,随身的佩剑"六合",所谓一剑击出,破灭六合。

当初嬴政化名为秦雄,在百家阵中杀人之后,因怕犯了众怒,为求脱身,佯装发狂,又飞剑刺伤辛天志。之后他束手就擒,于押解路上,自姜明鬼手中逃走,而那六合长剑,便因此留在了城中。辛天志为它所伤,心中记恨,一时无法报仇,就索性专门申请负责保管此剑,以备他日再与秦雄相见。

六合长剑本是君主之剑,铸造极为精致,辛天志虽不知情,却也看得出它品质非凡,渐渐爱不释手,更请造字诀的人为它配制了长鞘,如今已成了他的镇屋之剑。

"辛师兄。"姜明鬼想到他前日在兼爱堂外对自己的敌意,不由有些沮丧。

但他这时已知自己此行下山,以后应该再不会回山见小取城诸人,生离死别,一视同仁,这时见到辛天志,念及多少年的明争暗斗,却也只觉感伤。

辛天志来到他身前,单手执中,将长剑向前一递,道:"你拿着吧。"

那六合长剑,全长五尺。剑柄一尺半,以鲸骨制成,又镶有数道铜环,更便于掌握。剑身三尺半,藏于黑鲨皮的剑鞘中。剑鞘隐隐闪烁着金沙一般的光泽,除正常收剑、拔剑的吞口外,又在一侧开了一道偏口,可以将这过长的长剑自侧面挥出。

"多谢辛师兄!"姜明鬼不虞有他,伸手接剑。才一触到剑柄,蓦然间,那剑柄一沉一挑,却是重重打在了姜明鬼的指尖上。

一瞬间,一股极尽巧妙的力量,闪电般地自姜明鬼指尖传来!

"啵"的一声,姜明鬼中指、无名指的指节脱臼。而那力量如同有灵性一般,沿着姜明鬼的手臂向上急蹿,所过之处,手指的第一指节、第二指节、第三指节,再往上姜明鬼的手腕、手肘……居然尽都陆续脱臼!

"辛天志!"姜明鬼大喝一声,猛然向后一退,侧身一甩,总算将右手自剑柄上甩落。

他的右臂软绵绵地甩出半个圈子,又沉甸甸地坠在身侧,竟似被拉长了的死蛇一般,指尖直超过了他的膝盖。

——刚才虽只一瞬,他却已被辛天志一击,"拆解"了整整一条手臂的关节。

——解字诀原本只是拆解机关器物的本事,但辛天志将它应用于"拆"人之上,小至关节,大至肢体,都易如反掌。他的解字诀,无疑已练得出神入化!

"辛师兄,你这是什么意思?"

姜明鬼骤然吃亏,一惊之后,反倒不再慌乱,只心中愤怒,声音也不由冷了下来。

"没有什么意思。"辛天志漠然道,将长剑一转,斜贴于臂后,回身向逐日夫人跪倒,道,"弟子斗胆,请钜子下令,让我和姜明鬼做个了断。"

"为何了断?"逐日夫人皱眉道。

"姜明鬼破例下山,诸弟子必定不服。弟子愿意担任守关之人,再与他比试一场。"

他今日特意身着白衣,一派肃杀,原来竟是这个原因。

他如此公开挑战,已是拂逆逐日夫人的命令,违反小取城的规矩。附近墨家弟子又惊又怒,无不意外。逐日夫人看着他,面色渐冷,却只微微一笑,道:"若是他输了,又当如何?"

"若是他输了,便证明钜子看错了他。请钜子宽恕弟子抗命之罪,由弟子代替他负责此次赵国之事,也好将功赎罪。"

"若是他赢了,又当如何?"

"若是他赢了,则证明是弟子轻忽了他。辛天志有负钜子栽培,情愿一死以谢。"

他身为墨家大弟子,竟轻而易举地赌上了自己的性命。如此孤注一掷,周遭登时一片哗然,真不知他是自忖必胜,还是不知轻重。

逐日夫人笑容愈冷,目光渐渐锋利,转向姜明鬼道:"姜明鬼,你敢应战吗?"

"但不知,辛师兄想如何比试?"姜明鬼道。

"六合长剑就在我手上。"辛天志木然道,"三招之内,你能拔它出来,就算你赢。"

"很好。"姜明鬼道。

他这样说着,用左手一顺,将脱臼的右臂整个托起,摸索着从肩膀到肘弯、从手腕到指尖,一个关节、一个关节地接了回去。

他动作很慢,关节复位的剧痛,于他而言,却似根本就不存在。只有那"喀嚓""喀嚓"的正骨之声,隐隐传出,令人毛骨悚然,提醒着众人,他正做着怎样非人之事。

辛天志看他回复关节的手法,木然的脸上竟也浮现一丝笑容。

"钜子她们都被你骗了,"辛天志道,"我早就知道,你才是小取城中最冷酷、最残忍的人。"

说话间,姜明鬼已经将右臂关节全然接好。

屈伸手指,动作无碍,他抬起头,微笑道:"多说无益,我可以动手了!"

"好!"逐日夫人道,"我是否看错了人,就让辛天志来帮我再检验一回吧!"

以姜明鬼、辛天志为中心，下山的黄车风、卫纠等人及送行的几十名弟子，围了一个观战的大圈。

逐日夫人居中而立，石青豹站在她的身边，左看看，右看看，颇感有趣，不由问道："钜子，这可是你最好的两个弟子，万一有个闪失，你不拦着点？"

"在我眼前切磋，我至少能保证他们不死。"逐日夫人看她一眼，道，"而只要不死，他们总会在这一场比斗中学到东西。"

在众人的围观中，辛天志再次将手中长剑向前递出，道："姜明鬼，来握剑柄吧。"

六合长剑雪白的剑柄斜指姜明鬼，铜环烁烁，满是挑衅。

姜明鬼向前迈步，望着辛天志的眼睛，道："辛师兄，其实我一直颇为奇怪，你我从小在小取城学习，相识最久，我处处忍让，一退再退，但为什么你总是对我抱有敌意？"

"你忍让我了吗？"辛天志木然的脸上现出一丝怨愤，道，"自相识的第一天起，你看似谦卑有礼，实则咄咄逼人，看似与世无争，其实贪得无厌。我在乎的，你全都拿走；求之不得的，你弃若敝屣。有你在这小取城一天，我根本无路可退。"

他简直不可理喻，姜明鬼摇头苦笑，慢慢伸手，手指距离六合长剑的剑柄，不过数寸。

"那便动手吧。"姜明鬼轻声道。

——动手！

闪电一般，姜明鬼已霍然出手！

深吸一口气，古木之力运起，他身上的筋肉蓦然收缩，一手探出，臂如枯枝、掌如蒲叶！

猛地一握，他的手便已再一次抓住了六合长剑的剑柄。"嗤"

的一声，六合剑已给他拔出三寸。

但下一瞬，辛天志的手向前一送，却又顺着姜明鬼夺剑的去势，用剑鞘将六合剑吞回。

姜明鬼手腕一拧，将长剑横着扳动，以剑鞘吞口为支撑，撬动剑身。"嚓"的一声，六合剑又自剑鞘侧开的夹口中扬起，剑尖斜斜挥出半尺。

但辛天志的手如影随形，将剑鞘顺着剑尖挥出的方向推去，"嚓"的一声，竟又将露出的剑尖"叼"回剑鞘夹口之中。

姜明鬼跨步前冲，右手握着剑柄再向前一推——辛天志人随剑转，向后一让，剑鞘去势与姜明鬼所推剑身方向、力道毫无二致，一只鲨皮剑鞘，竟如铸在了六合剑的剑身上一般，同进同退，丝毫不给其出鞘的机会。

——以巧劲"化解"对手的力量，这便是辛天志所练的解字诀的第二种变化。

与此同时，那一支剑柄颤动不已，源源不断的"拆解"之力又顺着姜明鬼的手指、手腕，一路而上，要将他的关节再度脱开。

"喀啦""喀啦"，姜明鬼的关节颤鸣不已。古木之力锁死关节，拆解之力松开关节，两股力量交相碰撞，令他的一条手臂细响不休。

"啪"的一声，关键时刻，姜明鬼的左手也握住了剑柄！

"你有些不一样了。"辛天志道。

古木之力与消解之力、拆解之力交相抵消，两个人、三只手、一柄剑，在一瞬间僵持住了。

辛天志努出的双眼骨碌碌地转动着："你比前天更厉害了。"

"我比那时更相信自己了。"姜明鬼微笑道。

——先有李牧将军首肯，后有逐日夫人托付，而这期间，更有石青豹以身言爱，姜明鬼此时信心之强，已是前所未有。

第三章 伤心人　63

他们开口说话，古木之力与拆解之力都有所松懈，但两人四目相对，却都胜券在握，自信能在一瞬间再调起全部的力量去攻击、防御对方。

"水丰城因你而破，韩国因你而亡——你凭什么相信自己！"

"天下兼爱，我也并不例外。爱我之人若皆能信我，我又如何偏不自爱？只相信别人而偏不相信自己，我又如何能真的去爱别人？"

一言已毕，姜明鬼大喝一声，重运古木之力，双臂奋力一抽，"锵"的一声，六合剑已出鞘二尺有余。

——剑身长三尺半，只差尺半，他便可拔剑获胜！

可是蓦然间，他手上一轻，却拔了个空。

他的双手还在向后猛抽，但掌心虚握，其中已没有了六合剑的剑柄。出鞘大半的六合长剑颤巍巍地悬在中途，辛天志将剑鞘一抬，"叮"的一声，剑锷与剑鞘吞口发出一声脆响，剑身重又滑回鞘中。

姜明鬼抬起手，空握的两手直到此时都仿佛能感受到握着剑柄的触感。

"你这是……分解的境界了？"

辛天志的解字诀，以拆解之术起家。最早只是擅长拆解实实在在的工具、器械等实物，但慢慢地，解字诀的弟子又精研人们用力的方法，开创了消解之术，专门消解敌人的力量，令其有劲而无处使。到了后来，他们更练出了"分解"之术，在消解的基础上再进一步，令对手的力量断续无端，一切本应全无破绽的动作，被分解成数个孤立的动作，逐一击破。

以方才的那一瞬间而言，便是姜明鬼一个完整连贯的双手拔剑，硬生生被辛天志"分成"数个细小、静止的动作，以致在其中"一个"动作中，辛天志闪电般夺下剑柄，而姜明鬼竟全然不及反应。

"第一招。"辛天志断言道,"我连你的动作也给你拆开了,你的力量根本无法灌注,你如何赢得了我?"

二人动手,兔起鹘落,快得令人不能稍眨一下眼睛。

石青豹在一旁观战,总算有了喘息的余暇,笑道:"钜子觉得他们两人到底谁能赢?"

"辛天志若只以姜明鬼为目标,便永远比不上姜明鬼。"逐日夫人叹道,"不过姜明鬼若只以那人为目标,我怕他也永远赢不过对方。"

石青豹稍稍一愣,道:"那人是谁?"

"你不知道吗?"逐日夫人眼望场中,淡淡地道,"姜明鬼前日没有告诉你吗?那看来,他还没有完全色令智昏。"

她猝然提及前日,石青豹也不由大吃一惊,道:"钜子……钜子你都知道?"

"小取城的事,又有什么瞒得过我呢?"逐日夫人摇头道,"男欢女爱,姜明鬼和你如何如何,怎样怎样,我并不想管。反正他要真正明白兼爱到底是什么,这样的考验,总是少不了的。"

"行吧!"石青豹大笑道,"您别笑话我就行。"

另一边,姜明鬼看看自己空空的双手,若有所思。俄而,他忽然抬起头来,微笑道:"请辛师兄赐教第二招。"

辛天志冷笑一声,又将六合长剑的剑柄递来。只是这一回,那剑柄却停在距离姜明鬼二尺左右的位置。

"你知道,这剑鞘是谁做的?"辛天志忽然道。

姜明鬼身子一震,双眼虽还盯着剑柄,但他正要探出的手蓦然僵住了。

"她给你做了那么多东西,你却毫不珍惜;她只给我做过这一

第三章 伤心人 65

样东西,我便绝不会将它拱手送人。"辛天志慢慢地道,"有本事,你来抢。"

姜明鬼本已探出的手重新收回,他深深吸气,一口气仿佛连绵不绝,一直到小腹都胀起了,方短促地答应道:"好。"

一言出口,他咬紧牙关,重新闭上了嘴,双目瞪着辛天志,身子却向后退去,连退七八步,来到围观人群的边缘,再无可退之处,方才停下。

辛天志不知他作何打算,却见这人微一蹲身,然后闪电一般,向自己急袭而至。

"啵"的一声,姜明鬼方才落脚的石板,在他身后裂开!

——他这一蹿,无疑又用上了古木之力。

他们距离本就不远,以古木之力蹬地,其速何其快猛,只令人眼前一花,他便又回到辛天志面前四尺之处。

姜明鬼鱼跃而起,双臂一张,笔直地向辛天志抱来。

——那是毫无顾忌的一抱!

姜明鬼全然不留变招的余地,只如苍鹰搏兔、乌云盖顶一般,向辛天志扑倒。

辛天志大喝一声,六合剑向后一撤,左手却向前推出,喝道:"解!"一掌推出,正迎向姜明鬼的面门。

他先前只凭长剑传力,便能轻易拆解姜明鬼的关节,这时真的上了手,姜明鬼运起古木之力、来势惊人,便不敢以头面硬接。

稍一偏头,辛天志的左手,便端端正正地按在了姜明鬼的右肩上。拆解之力灌注,"咯"的一声,姜明鬼的右肩已然脱臼。

消解之力灌注,姜明鬼前扑的身子,蓦然偏转,已从辛天志的身旁摔了过去。

突然间,辛天志怪叫一声,却也随着姜明鬼的去势猛地跃起,并且后发而先至，半空中飞过姜明鬼的身子，以更快的速度、更重的力道，远远地摔了出去。

有人眼尖，看出在这两人于半空中交错而过的一瞬间，中间仍连缀着一柄六合长剑！

原来就在方才，姜明鬼将消解之力引向一旁，他脱臼的右臂因此甩起，两根手指闪电般地勾住了辛天志手中六合长剑的剑柄。

——肩膀脱臼，固然已用不上力，但手指屈伸还可以！

——而因肩膀脱臼，他的手臂因此拉长两寸，这才刚好触及剑柄。

两指一勾，刚好挂住剑柄末端凸出的剑镡。姜明鬼身子向旁摔出，却带着六合长剑"嚓"的一声，出鞘三尺！

这一下辛天志猝不及防，什么拆解之力、分解之力，都根本用不上。他勉强使出消解之力，顺着姜明鬼的去势，用剑鞘去追剑身，却也已几乎来不及了。情急之下，他才自己也合身扑起，终于用剑鞘重新吞回剑身。

然而只一瞬间，两人在半空中错身而过。姜明鬼下落、辛天志前扑，六合长剑又几欲滑鞘而出。

——那已不是姜明鬼在拔剑，而是辛天志在帮他拔剑！

人在半空，辛天志变招不及，只来得及将剑鞘最后向前脱手一送，便摔了出去。

"砰""砰"两声，姜明鬼、辛天志几乎同时落地。姜明鬼摔得重，但有古木之力护体；辛天志摔得远，运起消解之力，只一个骨碌，便已站起身。

只是这时，他已两手空空，六合长剑连鞘带剑，全在姜明鬼的手中！

——那电光石火之间，竟似是姜明鬼以两指夹剑，将辛天志甩

第三章 伤心人　67

出一个空心跟头一般。

姜明鬼单膝跪地，右手无力，只将六合长剑压在地上。长剑离鞘三寸，露出一截寒光。"咔嚓"一声，他将右手撑在地上，用力一顶，将肩关节又装了回去。

然后他站起身，手中握剑，六合长剑又滑回鞘中。

"辛师兄，"姜明鬼一倒手，单手握着剑柄，却将剑鞘向辛天志递去，"还有第三招。"

第一招你来我往，如暴风骤雨，令人大气也不敢喘；第二招却只身形交错，如电光石火，直令人连眨一下眼睛也是不能。

——不过，和姜明鬼故意以伤臂夺剑相比，二人动手前的对谈却更令人遐想。

"钜子，"观战的人群中，石青豹问逐日夫人道，"他们刚才所说的，那个为辛师兄造剑鞘的她、那个给姜明鬼做过很多东西的她，可是造字诀的罗蚕师姐？"

她心直口快，问及小取城秘事也毫不避讳，逐日夫人看她一眼，道："是。"

"我来小取城两天多，便已听了她的名字好多次。"石青豹咯咯笑道，"听说辛师兄喜欢她喜欢得不行，她却只喜欢姜师兄，偏偏姜师兄躲她躲得像是见了鬼——可是不管怎么说，能让两个男人这么为她斗，她也真是厉害。"

"知慕少艾，无论男女。没有小爱又何谈大爱呢？"

"难道钜子你也爱过？"石青豹突然笑道。

这问题问得好生无礼，可是给她这样大大咧咧地问出来，却也令人不觉得冒犯。

逐日夫人双眼望着场中的姜明鬼和辛天志，仿佛没有听见她的问题，半晌，方粲然一笑，道："你是天欲家的人？"

"瞒不过钜子！"石青豹大笑。

"姜明鬼的意志坚定，与两天前相比，只怕已是云泥之别。"逐日夫人微微颔首，"这里边，你的功劳不小。"

"我见不得男人垂头丧气。"石青豹笑道。

"只是他因女子而颓丧，又因女子而振作。"逐日夫人微微一叹，"可见他对爱的理解，仍是不够；他在女子身上吃过的亏，还是不足。"

石青豹吐吐舌头，笑道："夫人啊，你们就是想得太多，把做人的快活都想没了。"

此时的场中，姜明鬼已一手握着剑柄，将六合长剑连鞘递到辛天志的面前。

长剑在手，之前他来不及拔出，现在却已是不急于拔出。

第一招时，辛天志让他先握上剑柄，如今第三招，他便也将这便宜还了回去。

辛天志瞠视着他，一双眼睛似是更努出了些。但他终究是走了过来，一把握住了六合剑的剑鞘。

两个人的右手，一握剑柄，一握剑鞘。

"辛师兄，我从未想过与你为敌。"姜明鬼叹息道，"我是一个愚钝之人，'兼爱'二字，我们从小学习，你们早早便已明白，而我却始终迷惑，所以一直以来，都只是在自省与追问。除此以外，什么权势、情爱，都无暇旁骛。因此若在此期间，有什么地方得罪了你，请你千万相信，乃是无心之过。"

"道家有一个故事，"辛天志木然地望着他，道，"传说惠子曾经担心庄子会取代他梁国宰相之位。"

惠施在梁国做宰相，庄子前去看望他。有人却在惠施面前搬弄

第三章 伤心人

说："庄子到了梁国，必会取代你做宰相。"惠施唯恐失去相位，竟在国都内搜捕了庄子几天几夜。庄子听说此事，现身前去见他，说："南方有一种神鸟，它的名字叫鹓，那鹓从南海起飞，飞往北海，一路非梧桐不栖，非竹果不食，非甘泉不喝。而另有一种凡鸟名鸱，食腐肉，饮污水，偶得死鼠，竟还担心鹓鸟来抢。何其可笑？而你现在也想为了你的梁国相位，来担心我吗？"

辛天志难得地露出讥诮的笑容，道："其实你就是想说，你是那高高在上的神鸟，而我却是将死老鼠当宝贝的凡鸟吗？"

姜明鬼一愣，不料他竟会如此嫉恨自己。

就在他错愕之际，辛天志右手一推，已将剑鞘猛地朝他推去。

剑鞘推来，姜明鬼本能地抵抗。剑柄前推，一柄六合长剑受前后夹击，因此藏于鞘中，结结实实，难动分毫。

两人之间本就只隔一柄长剑，这时齐向中央用力，两人登时贴得更近了些。辛天志左手扬起，五指如蛇，闪电般在姜明鬼身上滑过。

单凭隔物传劲，便可拆解姜明鬼一臂的关节；单凭一掌之力，便可将姜明鬼前扑之势消解于无形；这时他的左手直接触到姜明鬼的身上，五指弹动，攻势连绵不绝，直令人怀疑，姜明鬼周身的关节，怕是都要被他拆开了。

可是姜明鬼在他解字诀连击之下，居然还屹立不倒！

隐隐约约，围观的众人忽然听到一阵铮铮脆响，如同木槌敲在编钟之上。

姜明鬼一侧身，忽然以左手将辛天志的右手连剑鞘一起握住。一瞬间，整柄长剑又已完全落入他的手中。

然后，他一点一点地拨动了六合长剑。

他的手在古木之力的作用下如同铁钳，辛天志给他握住一手，只觉手骨疼痛欲裂。可是决胜之际，辛天志自然不会坐以待毙，在他身后立时拳打脚踢,一瞬间已不知击中姜明鬼的肩、背、头、颈多少次。

铮铮声连成一片,如乐曲绵绵,然而姜明鬼在他毫不留情的拆解、消解、分解之力的冲击下,仍是一寸、一寸地拔出了六合长剑。

"锵"的一声,长剑彻底出鞘,龙吟一声,寒光冷冽。

六棱形的剑身天下绝无仅有,剑身之长,直令姜明鬼拔剑之后身子旋转,变成背对辛天志。可是下一瞬间,雪亮的剑尖已自姜明鬼肩上反刺而出,稳稳地停在辛天志的咽喉上。

"辛师兄,"姜明鬼头也不回,道,"我把剑拔出来了。"

辛天志一滞,攻势骤停,整个人僵立不动,道:"你纯以肉身抵抗我的拆解,那已不是古木之力了。"

在他的全力攻击下,便真的是棵参天古木,只怕也已给他摘叶、削枝、剥皮、断茎、掘根,拆解为木板、木片、木块了。

"我已练成'不周之力'。"姜明鬼背对着他,轻声道。

西北海之外,大荒之隅,有山而不合,名曰不周。昔者共工与颛顼争帝,兵败之后,一怒之下以头触之,折天柱、绝地维,生灵涂炭。后来尚需女娲补天,重立四极,方拯救黎民于水火。

不周山便是擎天之柱,古木之力再进一步,那一株血肉化身的参天古木,立时变成一座耸立于天地之间、再也无法被轻易拆解、化解、分解的高山!

事已至此,辛天志脸色灰败,退后一步,道:"是我输了。"

他忽然伸手一握,将姜明鬼肩上六合长剑的剑身握住,猛地一拉,便向自己的咽喉刺去。

墨家弟子一诺千金,这条命,他已是不要了!

可是"砰"的一声,他虚握的拳头却打中了自己的下颌。他的掌心被剑刃划破,鲜血淋漓,那长剑的剑尖,正稳稳地停在他身前半尺开外。

方才那一瞬间,六合长剑上传来巧妙至极的分解之力,直令辛天志紧握剑身的手掌,不知不觉便与长剑分离。

他又惊又怒地望着姜明鬼的背影。可是姜明鬼身子没动,斜担肩上的长剑却已凭空浮起,有一人自姜明鬼的身前闪出,正是逐日夫人。

——普天之下,自然只有墨家钜子的分解之力更强于解字诀大师兄。

"钜子……"辛天志虽不畏死,但死里逃生,声音也不由发颤。

逐日夫人手中轻提着六合长剑——方才千钧一发之际,她欹身而至,先从姜明鬼手中"解"过了剑柄,再从辛天志手中"解"下了剑尖,这才阻止了辛天志的自戕——忽然信手一挥,剑光已如匹练一般展开。

那匹练边缘在辛天志的眼前一扫而过,辛天志只觉眼前一黑,左眼已被那一剑挑瞎。

"你总是看得太多,想得太少。"逐日夫人冷冷道,"我帮你省些目力,你下去养伤吧。"

辛天志血流披面,浑身颤抖,仍躬身行礼,道:"多谢钜子。"

逐日夫人方将六合长剑递还姜明鬼,道:"去吧!"

众弟子鸦雀无声,噤若寒蝉。姜明鬼拜谢领剑,下山的七位弟子再次向逐日夫人告辞。小取城南门大开,六辆国驷战车,带着共同使命分赴不同国家,绝尘而去。

第四章

地头蛇

蹄声如雷，车轮滚滚，六辆国驷战车驶出小取城，驰向五个不同的国家！

黑马拉动的国驷战车上，驾车人清秀、高挑，长眉、细目，气质温文，正是擅长"抽丝剥茧"之术的张玉岩。他将面对的，是最为狡黠、最为善变的魏国君臣。

与他并辕而行的，是花马拉动的国驷。驾车人涂伐，身材不高，可是肩膀极宽，背脊宽厚，五官粗砺，整个人看来如同岩石雕成一般，沉默冷硬。他将会以自己的"辟易之刀"，斩服藏身在大梁的那些最为悲愤、最为多疑的韩国遗民。

向北，四匹紫骝拉动的国驷，驶向燕国。驾车人樊不仁，披发、跣足、赤目、乌唇，车顶上横缚一剑，剑长七尺，剑身蛇弯，正是他的裂云剑。

向南，四匹青骢拉动的国驷，驶向楚国。驾车人长裙短袄，身形纤巧，淡扫蛾眉，柔中带刚，正是他们此行中唯一的女弟子卫纠。

奔行里许，便在路边停下的黄骠国驷，驾车人站在车下，目送师兄弟远去，方才再次上车，驭车驶向最为危险的东方齐国。这人长身玉立，面目姣好如女子，只是眉眼的颜色却极淡，双唇也几无血色，瞧来极为虚弱，正是承字诀的奇才杨盏。

六辆国驷中，唯一一辆三人共乘的，便是姜明鬼、黄车风和石青豹一同乘坐的赶往赵国的白马国驷。姜明鬼和黄车风并排而坐，那黄车风身材特异，个子不高，肚大腰圆，如同一个肉球，坐在姜明鬼身边时，一身肥肉堆起，更是直欲把他那一张总是笑眯眯的胖脸都陷进去了。

石青豹却坐在车顶上，车行迅猛，疾风扑面，她放声大笑，纵声高歌：

　　有车邻邻，有马白颠。既见君子，并坐鼓簧。
　　阪有漆桑，隰有栗杨。今者不乐，逝者其亡。

她在唱客人乘白马、驾华车，拜会君子时的情景，唱到君子邀请客人奏乐行乐，唱到君子屋前屋后那生机勃勃的草木，唱到人生在世，应当及时行乐，以免将来死时后悔。

声音响遏行云，歌声中，六辆战车陆续消失在长路的尽头。

它们驶向不同的国家，奔向的，是他们不同的命运！

姜明鬼一行三人一路向北，国驷战车疾行三日三夜，便来到赵国的都城邯郸。

邯郸乃是天下名城，地处险要，商业发达。其北通燕涿，南有郑卫，西贾上党，东贸中山，是实打实的四通神衢、天下之蹊。距城门五里开外，行人车马便已渐渐多了；来到城下一里，整条官道更已为车马阻塞，只能随着人流，慢慢前进。

姜明鬼独自驾车，石青豹与黄车风却躲入了国驷战车之中，以

第四章 地头蛇

墨家手段易容变装。眼前人喊马嘶，甚嚣尘上，姜明鬼久居山中，从未见过如此盛景，坐在国驷车上，一时不由意外。

"秦赵之战一触即发，邯郸竟还如此繁华？"他向车厢内问道。

"若没有秦赵之战，邯郸倒还没有这么热闹呢。"车厢内石青豹笑道，"一者来说，邯郸乃是赵国国都，只要赵国不被灭国，邯郸便安全无虞，各地赵人因此纷纷逃入城来；二者来说，又有许多城中权贵，担心终有国破城亡之日，因此早早变卖家产，计划逃亡他国，许多商贾眼见有利可图，便也从外地专程赶来，囤积居奇，加紧收购。"

一场战乱，一座国都，在不同的人眼中，却像是截然不同的世界，有着天差地别的价值。黎民之多艰，权贵之寡义，商贾之重利，怎不令人感慨？

国驷战车进城，分外引人注目，自然免不了受到守城官兵的盘查。姜明鬼、黄车风身上多有私密之物，国驷战车更是小取城机关之大成之器，不容外人窥伺。二人本想另寻他法入城，石青豹却称早有准备，让姜明鬼只管从正门直走。

眼见被守城官兵拦住，姜明鬼正自沉吟，却见国驷战车一扇小窗一开，一只手从中探出，向城门处一挥，石青豹的声音传出，叫道："丁丸！"

城门处便应声站起一人。

这人十五六岁，头上斜绾一个发髻，神情桀骜。他穿一身粗麻衣裤，满是油污，胸前、袖口更被磨得发亮，腰后斜插一口短刀，尖头、阔身、短柄，锋刃雪亮，竟然是一口菜刀。

这人原在城门下蹲着，与守城的将官聊天，听见石青豹叫他，霍然站起身来，向这边望了一眼，稍一辨认，又回头和那守城的将官说了一句什么，那将官满脸堆笑，便也站起身来，挥手喝令手下对国驷战车放行。

国驷战车向前驶去,那叫丁丸的少年等到战车从身旁经过时,轻轻一耸身,便坐到了车辕上。

他帮助众人进城,姜明鬼本是感激的,然而他这么一个招呼不打地坐上车,却又十分无礼,待要和这人寒暄时,却见他坐在那里,两眼望天,哪有半分要搭理自己的样子?

不管怎样,国驷战车终于进了城,通行无碍。沿街走出数百步,守军已看不见了,那丁丸仍是不言不语。姜明鬼正要说话,丁丸却突然一挺身,又跳下车,道:"我不喜欢你这个样子。"然后向旁边小巷中走去。

这人说来就来,说走就走,似敌似友,喜怒无常,直令人莫名其妙。姜明鬼望他的背影,问道:"他也是李牧将军的人吗?"

"这你可猜错了。""轧"的一声,国驷战车上洞开一门,一个人矮身钻出,笑道,"李将军身陷囹圄,哪里还有这般要风得风、要雨得雨的手下?这人,乃是相国郭开府上的厨子。"

这声音,正是石青豹的,但她的人,面目却已颇为不同。

此番石青豹随姜明鬼他们重返邯郸推行合纵大计,为免与李牧牵扯关系,一早便决定易容、更名再进城。这时她容貌变化,依稀还有原来的样子,眉眼线条却柔和了许多,少了野性,多了温婉,若非十分熟悉,再经仔细辨认,是断然无法将两人联系起来的。

"为何一个相府厨师,却有指挥城门守军的本事?"姜明鬼奇道。

"郭开生性奇贪,最好口腹之欲,常有外地送来特殊食材,需要破例入城,因此郭开给他府上的厨房,特批了日夜通行的令牌,好令他们畅行无阻。时间久了,守城的官兵既知规矩,便不免懈怠,相府的任何一个厨子即使不用令牌,单凭一张熟脸,也可以在邯郸城四门之内进出自由。"

"这郭开相府的厨子,为什么又要帮你这李牧将军的门客呢?"

第四章 地头蛇　77

姜明鬼皱眉道。

郭开其人，虽是赵国相国、累世重臣，却以其心胸狭隘、见利忘义而闻名于诸侯之间。他原不过是赵国的太子伴读，因极善阿谀，曾为太子舐痔止痒，备受宠爱，待到后来太子继位，便一举权势熏天，无人可及。

这人早先时便曾构陷廉颇，令一代名将逃往他国，郁郁而终，如今又诬告李牧，更使得赵国无人可用，以致须得求助小取城。丁丸倨傲无礼，咄咄逼人，本就令人不喜，姜明鬼听说他原来出身于此人府上，顿时更是不喜。

石青豹看他一眼，笑道："他是我在邯郸城的一个小兄弟，我让他这几天在城门口等着接我，他敢不来？"

"我们此来邯郸，本是要隐秘行事的，"姜明鬼沉吟了一下，"你这一上来便找了郭开的厨子帮忙，不怕暴露了吗？"

"丁丸的嘴严着呢，我不想让他说的，他绝不会说。"石青豹不以为然，道，"再说，正因为他是郭开的厨子，人们才不会想到我们与李牧将军的关系。不过接下来，我们去找赵流的家人，必会见到赵葱，我不敢再出风头，会老老实实在你们身边做个跟班也就是了。"

——赵流。

在他们回到邯郸前，石青豹打开李牧所赠的第二个锦囊，出现的名字，正是这位已故小取城弟子的名字。

而在姜明鬼说服赵王的计划里，这个已死的师弟，也是其中的重要一环。

昔日赵流与姜明鬼、辛天志、嬴政，并称小取城四杰，因其出身赵国贵族，身世显赫，长袖善舞，进而将解字诀的沟通、和解之技发挥得淋漓尽致。逐日夫人因此也将他列入未来"一人一城"的候选人中。然而韩国水丰城一役,他却在百家阵中被化名秦雄的嬴政当众杀死。之后,嬴政从姜明鬼的手上逃脱,而赵流的尸体也在三个月后,被送回了赵国。

如今他们既然来了赵国,于情于理,自然少不了去拜祭一回。

而之后,经由赵流的家人将他们引荐给赵王,到那时姜明鬼再献上合纵大计,自然事半功倍,水到渠成。

石青豹本就是邯郸人,要去赵流的家,轻车熟路,三人驾车前往,只一盏茶的工夫,便已到达。只见一座大宅,门庭冷落,墙头生草,门上一块黑漆牌匾,上书"禄谷足食"四个白字,黑漆剥落,白漆斑驳,更见破败。

"赵流之父赵颀,乃是先王五子,与当今的赵王是异母兄弟,官封禄谷侯。赵流自幼聪颖,胸怀大志,早被赵颀视为一生的寄托。五年前赵流死讯传来,赵颀身体日差不说,脑袋也糊涂了,偌大家宅因此破败。"石青豹介绍道,"不过,也只是禄谷侯的老宅而已。"

三人登门,报上小取城的名号,未几被请入府内,受赵颀接见,于正堂落座。

那禄谷侯约莫五十多岁,一头花白的头发,乱蓬蓬的,如同杂草,一身衣袍虽隐约可见质料华贵,但肮脏凌乱,已糟蹋得不成样子。望其满面尘污,双目浑浊,眼角满是眼垢,真让人难以置信,此人也曾是一国之权臣。

"你们是从小取城来的啊?"赵颀含糊不清地道,"你们认得流儿啊?"

这老人锦衣玉食,因丧子之痛而心丧气沮,却也与乡间野老无异。姜明鬼心下微酸,恭恭敬敬地答道:"我们与赵流师弟同门学艺,情同手足。五年来,不曾来拜祭他,深感愧疚,尚请禄谷侯见谅。"

赵颀"啊"了一声,眼中流下泪来,道:"他……他在小取城时,过得好吗……"

五年前,赵流尸身被送回邯郸时,赵颀悲痛欲绝,眼中心里都只有赵流已死的噩耗。五年过去了,赵流之死的事实,固然已无法更改,而他日益牵挂的,反倒是那孩子死前是否过得舒服开心,无忧无惧,仿佛他若在小取城活着时不曾吃苦,每日喜乐,则自己心中的悔恨,便也能少一些。

"赵流师兄在小取城很好。他交了很多朋友,大家都很喜欢他。"姜明鬼沉声道。

"那孩子……就是朋友多……"赵颀掩面而泣。

姜明鬼连忙安慰。赵颀又问了赵流在小取城的衣食住行,姜明鬼、黄车风知无不言,回忆赵流的音容笑貌,点点滴滴,更让那老者涕泗横流。

便在此时,只听厅外脚步声隆隆,应是数十人列队跑来,刀枪相撞,甲胄铿然,虽还不曾目见,却也觉杀气腾腾。有人大喝道:"小取城贼子,立即束手就擒,如有反抗者,格杀勿论!"

"喏!"外面数十人轰然应道,异口同声,显是训练有素。

"砰"的一声,堂门被重重撞开,一队赵国甲兵一手持盾,一手持刀,直撞进来,二话不说,已将姜明鬼等人并赵颀一起团团围住。紧跟着阵势一变,几名士兵持盾从中路穿出,将赵颀隔离开来。

赵颀又惊又怒,叫道:"葱儿!你想干什么?"

无人应答,盾刀阵再分,又闯入几名手持绳索的士兵,大喝道:"贼子就擒,反抗者死!"动手动脚,已将绳索向姜明鬼、黄车风、石青豹的身上捆来。

"嗵"的一声,那向石青豹动手的士兵已倒飞而出,被石青豹一脚踢出了堂外。

"黄车风，"姜明鬼道，"解脱了他们！"

"好说！"黄车风笑道。他肥胖的身子忽然团团一转，如一粒弹丸，在靠近他们的几个赵兵之间弹来撞去。

几个赵兵反应不及，却觉身下一凉，脚上已是一绊，低头看时，登时面红耳赤，原来他们的裤子已然脱落，直坠到了脚面。

黄车风一手提着几根腰带，用两根手指夹着，高高举起，一手半掩着眼睛，啧啧摇头道："光天化日，坦身露体，成何体统啊！"

他脱人衣衫神乎其技，虽然不伤人，但一瞬间已将那几个赵兵羞得直跳，一个个提着裤子，进退不得；其他包围他们的刀盾士兵也不知所措，一时不敢靠近。

不唯这几人，就连姜明鬼都有些吃惊了。

"黄车风……"姜明鬼瞠目结舌，道，"你的解字诀，现在练成了这样吗？"

黄车风昔日腼腆斯文，习解字诀"解脱"之术，洞察人心，原是姜明鬼极为看重的一位师弟，此番对阵赵兵，颇想让他一战立威。谁知五年不见，这人竟将"解脱"练成了解衣脱衫之术。

——回想起前几日逐日夫人与卫纠提及此人时的古怪神情，姜明鬼不由汗颜。

"是赵葱将军来了吗？"事关紧急，不及细想，姜明鬼朗声叫道，"何不现身一见，反倒让无辜士兵上前，徒然丢丑！"

"好啊！"院中发令那人喝道，"那你们出来吧！"

堂内赵兵得令，连忙让开一条通路。姜明鬼少了尴尬，如蒙大赦，连忙带着黄车风、石青豹鱼贯而出。

赵颀追出门来，叫道："葱儿，葱儿！你怎么这么对待小取城的壮士！他们是你哥哥的同门兄弟，他们知道流儿在世时的事……你不可失了礼数啊！"

却听院中那人冷冷地道:"强仇登门,欺我赵国无人?父亲大人,你没被吓着吧?"

姜明鬼来到院中,只见一名将领金盔赤甲,披一件玄色披风,背一根乌沉沉的铁鞭,正背对着他们负手而立,环顾院墙上的杂草,口中道:"我早就说,请父亲大人搬到我的府上去住,或者我派人帮你把咱家重新修葺一番,你就是不听。"

明明刚才还在喊打喊杀,这一转眼,又做出状甚悠闲的姿态。姜明鬼哑然失笑,问道:"是赵葱将军吗?"

只见那人转过身来,原来年纪颇轻,不过二十上下,一张脸白中泛青,双眉剃得秃秃的,只余两道短粗的肉岭,一双眼瞳仁细小如针,格外透着凶恶。

见姜明鬼向自己望来,这人森森一笑,问道:"你们三个,都是小取城的人?"

"在下姜明鬼,这两位是我的师弟,见过赵葱将军。"姜明鬼笑道。

赵流死后,他家原本已经开始衰落,但在两年前,他的胞弟之中有一位名叫赵葱的,突然间一鸣惊人,只用了不到半年时间,便在赵王宗亲中脱颖而出,深受赵王信任,日前更奉赵王旨意,取代李牧,执掌了兵权。

此人在赵王面前举足轻重,更是李牧蒙冤一事中的关键人物,石青豹自然早已向姜明鬼、黄车风介绍过他。姜明鬼一行前来拜祭赵流,一则出于同门之谊,另一个目的,也是在等他。

"本将军的名号,也是你这贼子能叫的?"赵葱冷笑道,"我正愁没有时间去踏破小取城,擒杀逐日夫人,今日先来了你们三个送死的,正好杀了,稍解我心头之恨。"

他喊打喊杀，姜明鬼都不放在心上，然而他辱及逐日夫人，姜明鬼、黄车风都不由一怒。姜明鬼脸色一沉，道："小取城如何得罪了将军，尚请明示。"

"可笑你们罪大恶极，竟不自知？何其无耻！"赵葱喝道，"我兄赵流，远赴小取城学习，奉逐日夫人为师，以墨家弟子为友，却在你们眼前无辜惨死，这是你们看顾不周，此为一罪；赵流死后，凶手秦雄明明当场被擒，却又旋即走脱，致使其未能为赵流偿命，令死者不能瞑目，此为二罪；秦雄走脱五年之后，小取城碌碌无为，仍未能将他抓回惩罚，令正义不彰，公道不存，此为三罪。有此三罪，我将你们三人在赵流坟前破腹摘心，以祭他在天之灵，有什么不对吗？"

他声色俱厉，姜明鬼听了，不由面色一沉。

秦雄的真实身份乃是秦王嬴政这件事，是他在赵流死后五天才知道，两年后才由他带回小取城的，而那时赵流的死讯及尸身却早已被送回赵国。在那之后，秦雄的秘密被压了下来，只有他和逐日夫人知晓。

到今日见到赵葱，他才真正意识到，原来自己拖延的这些时日，对赵流的家人又造成了何等伤害。

"赵葱将军，可是'仇家'的弟子？"回过神来，姜明鬼问道。

赵颉几个儿子，赵流自幼便展露才华，被人寄予厚望，而赵葱却一直泯然众人，直到赵流身死，家道中落，他才突然间崭露头角，被赵王视为心腹。其行事雷厉风行，狠辣残暴，更是令人谈之色变。

一个人，在短时间内忽然有了如此变化，最大的可能，便是接受了百家之中新的学说，因此脱胎换骨。

赵葱望着他们，一双蛇眼中忽现讥诮之意。

他将头上金盔摘下，道："不错，我正是学习了仇家的学说，

第四章 地头蛇 83

获得了真正的力量。"

头盔之下，他满头白发，闪亮如银，那正是仇家的典型特征。

昔者楚平王昏庸，诛杀贤臣，大夫伍奢惨遭杀害，长子伍尚陪父同死，二子伍子胥逃亡在外。为报家仇，伍子胥一夜白头，逃往吴国之后，刺王僚、诛庆忌，一手扶起吴王阖闾，之后，更将楚国一举灭国，并对楚平王掘墓鞭尸，以报大仇。

伍子胥本人固然身负雄才，但最终以一己之力兴吴灭楚，也远超世人预料。究其原因，却是灭门之仇，锥心刻骨，才令他将自己所有的潜力都爆发出来，变成了一个此前连自己都无法想象的强人。

后人以他为鉴，发现原来"仇恨"的力量，无与伦比。

周文王因丧子之仇，而反纣灭商；越勾践因亡国之仇，而卧薪尝胆。仇深似海，力可换天，古今如一，屡试不爽。

——仇恨令人痛苦，令人毁灭。

——但唯有掌握了"仇恨"的人，才能掌握人类最强大的"力量"。

"我兄长赵流惨死，父亲因此失智，家道一落千丈，受尽世人白眼……我用一年的时间，愁白了头发；又用一年的时间，想通了仇家的理论，再用一年的时间，拥重兵、掌大权，准备复仇。人的一生，出生时无人不哭，乃是寻仇而来；临死时却有人在笑，乃是欣然而去。则人的一生，最重要的便是报仇雪恨，手刃仇雠。与之相比，什么荣华富贵、功名利禄都没有意义。"

仇家是百家之中最为偏激、狠辣的学说之一。伍子胥为报家仇，叛国投敌、掘墓鞭尸，弃人伦于不顾；勾践为报国仇，谄媚事敌、背信弃义，视道德如无物。但他们孤注一掷，抛弃一切尊严、道义、原则、人性，倾毕生心血于一事，却也因此获得了几倍、几十倍于常人的力量，最终也都报了仇，遂了愿。

而赵葱也是以此偏激之学说，强行提升了自己，才在短短时间内，一跃成为赵国风头无两的青年将领!

——但这一切，都在姜明鬼的预料之中。

"久闻赵葱将军的大名。"姜明鬼笑道，"但我以为，仇家虽然有用，赵葱将军要想复仇，也得找对仇恨的目标才是!"

"复仇的目标，自然早已找到。"赵葱森然道，白发无风而动，"我第一个仇人，当然就是秦雄，只可惜不知其人藏身何处，只得寻找时机，待他露出马脚；第二个仇人，便是逐日夫人，她教徒无方，只待我击退秦军，便去向王上借兵，夷平小取城，取她性命；第三个仇人，则是你们每一个墨家弟子，只要给我遇见，便见一个杀一个。"

他狞笑着，反手一探，已握住肩后露出的铁鞭长柄，振臂一拔，直将那乌沉沉的铁鞭，自背后拔出。

那铁鞭形如乌竹，长约四尺，鸡蛋粗细，中间凸起三个竹节，沉甸甸的，怕足有二三十斤的分量。赵葱提在手中，颇见臂力不凡，往地上一拄，"嗵"的一声，直在地上砸出一个深坑。

"鞭尸泄恨，"他嘶声道，"我今日就以仇家的打尸鞭，来为赵流报仇!"

赵葱圆睁双目，一双瞳仁极为细小。而那眼白巨大的眼睛，竟以肉眼可见的速度，布满血丝，转瞬间，已成一对赤瞳。

"据说仇家的本领，练成'白发'可有十人之力，练成'赤瞳'可有百人之力，"姜明鬼冷笑道，"练成'黑骨'，可有千人之力。未知赵葱将军的骨头，是否已如墨染了呢?"

赵葱双眼之红，直欲滴血，喝道："只凭百人之力，便可杀你!"

"我不信。"姜明鬼道。

"我也不信。"石青豹道。

"我最不信。"黄车风大笑着向前迈步，当先拦在赵葱身前。

第四章 地头蛇　85

黄车风的手中，还夹着几根赵国士兵的腰带，七长八短，如同死蛇，这时给他两指一松，落了一地。

他个子不高，身形肥胖，这时拦在赵葱面前，深施一礼，道："赵葱将军，在下黄车风，小取城解字诀的弟子。你为兄仇所苦，在下不才，想要为你解脱一二。"

"小取城自恃奇技淫巧，独立于七国之外，也猖狂得够久了。"赵葱一双血红的眼睛看着他，喝道，"你不用跟我说，赵流地下有知，你去和他说吧！"

赵葱话一出口，"呼"的一声，已是一鞭向黄车风砸来。

钢鞭势大力沉，直奔黄车风头顶砸落。黄车风仰头看着，不闪不避，双手一举，在头顶上方扬起，竟是想要用双掌来接那鞭一般。

那一鞭自重本已可观，再经这么一抡，怕是得有上千斤的分量？他竟以血肉之躯来挡，赵葱冷笑一声，鞭上加力，务求这一鞭将他双掌砸断，头颅砸碎，击杀当场。

"铮"的一声，钢鞭砸落，却并未与黄车风手掌接触。黄车风的双掌猛地向外一分，电光石火间，赵葱的钢鞭自他双手间落下，去势却猛地一慢！

黄车风的两手之间，不知何时已连起一根细丝。

那细丝晶莹剔透，只有发丝粗细，被那鸡蛋粗细的钢鞭砸落，却并未崩断。

墨家弟子善用机关器具，每人常备器盒，器盒依每人要求不同，制式各异。黄车风的器盒，只有半拳大小，装在了他的左腕之上。器盒之中引出的武器，乃是一根蛛丝，名为"止马"。

那蛛丝乃是燕国戈壁的特产，一种生于地穴的大蜘蛛，以蛛网捕食野鼠、鸟雀，其蛛丝之坚韧可见一斑。墨家造字诀弟子将其采下之后,重新炼制,最后几股拧成一股,虽然只有发丝粗细,却可以力拉惊马。

黄车风这时拉出止马蛛丝,蛛丝的一端固定于左腕器盒之中,另一端则勾于右手中指之上。赵葱钢鞭落下,登时给他接住了。

可接倒是接住了,但钢鞭下落之势何其沉重,黄车风双手本是分开的,被这一鞭一压,双手同时向中间一折,反倒在钢鞭的上方,交叉在了一起。而钢鞭继续落下,黄车风的双肘不由自主向下一弯,眼看钢鞭就要拉着他的双手,砸中他的头顶,黄车风却一歪头,将这一鞭让过了。

虽然让过了头顶,但钢鞭仍往黄车风的肩颈处砸去。

黄车风双臂举起,双手交叉,腕下吊着钢鞭,双肘在头顶上回弯——而钢鞭距离他的肩颈,不过三寸的距离。

——但那三寸距离,却再也没有缩短!

因为钢鞭落下,黄车风也随之向下沉去,在这一瞬间,他的双腿分开,向左右劈开。

双腿劈开,他的身子随着鞭势,重重下落,便如赵葱那一鞭砸下,先是砸弯了他的手腕,又砸弯了他的手肘,又砸歪了他的脖颈,又砸开了他的双腿,一路势如破竹,直将他砸倒在地。

但仔细看来,那根钢鞭,其实从未真的砸到他。

蛛丝接下钢鞭,消耗它一分力道;双肘拉住钢鞭,消耗它两分力道;双腿劈开,脚跟支撑着身子和钢鞭,在地上滑过,又消耗钢鞭三分力道;钢鞭下落之势,被拉长数倍,招式仓促用老,力竭势尽,最后的五分力道,也终于没有了。

"砰"的一声,黄车风一屁股坐在地上,双手蛛丝架着钢鞭,却已解开了赵葱这一鞭的攻势。

"赵葱将军,现在可以听我说话了吗?"黄车风笑道。

赵葱怒不可遏，叫道："我听你放屁！"奋力一抽钢鞭，作势还要再打，可是"呼"的一声，连黄车风也拽了起来。

原是黄车风在这一瞬间，双腕一转，用蛛丝套住了鞭梢，一个圆滚滚的身子，轻飘飘地便给赵葱连鞭拽起。赵葱本是存心夺鞭，用了十成十的力气，不料黄车风如同完全没有分量，登时给闪得一个踉跄。踉跄过后，黄车风的身子却又突然沉重，沉甸甸地坠在了钢鞭鞭梢之上。

黄车风虽然不甚高，却肥胖，一个身子等闲的二百斤的分量是有的。此刻挂在赵葱的钢鞭之上，随着钢鞭的走势进退趋避，却似只有四五十斤的样子。

四五十斤，一拉就走，刚好让赵葱有劲没处使，夺不回钢鞭，也无法自如挥洒。

"赵葱将军，"黄车风却还笑吟吟地道，"你还是听我说说话吧。"

赵葱发出一声怒吼，猛地又将钢鞭抡起来。黄车风双手拉着蛛丝，整个人挂在鞭梢上，如同一只风中胖蛛，悬千钧于一发，四下旋转。赵国士兵纷纷走避，赵葱怒吼连连，甩着黄车风，去砸地、撞墙。然而每到这时，黄车风都能巧妙地调整自己的姿势，以双足支撑，轻轻松松地化解开来。

这一番乱舞，足足支撑了半盏茶的时间，方才停下。

赵葱呼呼喘息，甲胄歪斜，累得直不起腰来，满头白发如同被水洗过，滴滴答答淌汗，而一双赤瞳，血丝也渐渐退去，恢复了黑白眸子。

他勉强握着钢鞭，钢鞭的另一头却还吊着黄车风。

——四五十斤，无时无刻不坠在钢鞭上，终令赵葱筋疲力尽，使不动钢鞭。

"赵葱将军，你即便不想听我说话，又何妨听听你自己的心声呢？"黄车风叹道。

"你说！"赵葱恨声道。

姜明鬼、石青豹对视一眼，心中欣慰，已知此役必胜。

黄车风修炼"解脱"之技，与人厮杀搏斗，固然也有独到之处，但他真正的本领，却是洞察人心，开解心结。只要让他说话，赵葱即便与他们仇深似海，也必可为他们所用。

"我只帮你问一问自己，"果然黄车风已开口问道，"你到底为什么要为赵流报仇？"

"因为他死得冤枉！"赵葱怒道。

"连年战乱，天下枉死之人多矣，你为什么偏偏为他报仇？"

"因为他是我的兄长！"赵葱怒道。

"手足情深，为兄报仇，那自然是极为合理。"黄车风点头道，"但你们兄弟五人，姐妹九人，为什么偏偏是你来为他报仇？"

"因为我和他感情最好！"赵葱怒道。

"小取城中传道授艺，我们从不曾亏待赵流；与他同吃同住，我们从不曾疏远赵流；惩治凶手，矢志追凶，我们绝不辜负赵流；一来邯郸，便先来拜祭他，我们没有忘记赵流……"黄车风问道，"你是赵流胞弟，你和赵流感情最好，却将他的朋友视为仇人——你到底为什么要为他报仇？"

他来来回回，只在追问一个问题。

而这问题越问越深，赵葱双目圆睁，瞪视着他，眼神中有了一丝恐惧。

"那么你说，"他嘶声道，"我到底为什么要为赵流报仇？"

黄车风笑了笑，看看四周，却上前一步，踮起脚尖，凑向赵葱的耳畔。赵葱身子僵硬，竟不躲闪，给他在耳边低语数句。

第四章 地头蛇　89

黄车风口唇开合，赵葱的脸色忽然一变。

他原本因剧烈动作而有些泛红的皮肤，蓦然间毫无血色，一双眼睛猛地张大，瞳孔收缩如针。

"你们……"他瞥了一眼赵颀，又望向黄车风，艰难地吞口唾沫，道，"你们真的有办法做到这一点？"

"可以的。"黄车风笑道，又向后一指，"我这位姜师兄，正带着这样一份建功立业的计划，要请赵葱将军引见，拜见赵王。"

"可是……"赵葱皱眉道，"可是王上，其实是个很麻烦的人。"

事实上，在进入邯郸城之前，姜明鬼一行已对赵葱有过反复的推演。

石青豹作为李牧门客，本就对赵葱的崛起有所耳闻，待到主人被赵葱夺去了兵权，自然对他的出身多了解了一些。

他先前不过是一个纨绔之子、无能之人，在经历了赵流死、赵颀痴、禄谷侯府家道中落等一系列惨事后，突然横空出世，白发金盔、引人注目，只用半年时间，便成为赵王面前炙手可热的青年将领。

姜明鬼、黄车风因此推测，他是投身了仇家的学说，才在如此短的时间内，获得这般脱胎换骨的变化。

那么，唯一的问题便成了——他的仇人是谁。

初见面时，赵葱气势汹汹，罗列赵流之死的三大仇人：秦雄、逐日夫人、小取城弟子。这并不出姜明鬼所料。只是细细想来，逐日夫人顶多是监护不利，小取城弟子更与此事几无瓜葛。赵葱可以对他们不满、可以怨恨，但若说是仇，却未免太重了。

而秦雄是杀死赵流的直接凶手，固然可称仇人，但赵葱报仇也就是了，何至于把自己气得白头赤目，不人不鬼呢？

姜明鬼与黄车风，其实早在入城之前便已猜出，他们不过是赵葱推出来冒充仇人，以令自己心安的假想之敌罢了。

在这世上，一个人会恨什么人？会将什么人称为自己的仇人？

对他来说，伤害他的人，若能原谅，便算不上是仇人了；若不能原谅，当场报复，以血还血，以命偿命，出了这口恶气，便也不是他的仇人了。

所谓仇人，必是伤害了他，而他却出于种种原因，不能报复，只得一口气郁在心中，故此寝食难安，仇恨日重。

对赵葱来说，钜子和小取城对他的伤害根本不够。而他言必称"秦雄"，显然也并不知嬴政的真实身份。归根结底，赵葱贵为一国公子，根本没有尽力去调查仇家、无心报复，因此一拖再拖。

赵流之死，令他一夜白头，仇是一定有的。但五年来有仇不报，只是令自己步步高升，成为赵国第一大将，姜明鬼推测，他恨的其实根本不是杀死赵流的人。

而是先前，不曾高升、未能保住家中权势的自己。

他一度最恨的，不是兄长之死，而是兄长之死令他家道中落这件事。

而造成他家道中落的元凶有三：第一个便是赵流，他若不死，禄谷侯府便不会中落；第二个便是赵颀，他若不痴，禄谷侯府也不会衰败；第三个便是赵葱自己，他若是早有出息，禄谷侯府也不会落得后继无人，被人轻看。

可赵流本是已死之人，赵葱无法复仇；赵颀则是赵葱的父亲，赵葱因此也无法复仇；至于他自己，他也总不能一刀把自己宰了。

所以，赵葱才会投身仇家学说，不顾一切地向上爬。

但若只是这样，若他知耻而后勇，虽然也会奋起，却也不会在仇家学派中如鱼得水。

——他还有更恨的人。

第四章 地头蛇

而他更恨的人，也仍是自己。只不过，他恨的是那个居然会嫉恨已故的兄长、记恨父亲的赵葱。他的本性，令他怨恨自己最不该怨恨的人；而他的廉耻，却令他加倍怨恨自己。如此反复折磨，方造就了他在仇家学说上的一日千里。

小取城中，关于仇家的学说，早有记载：若是伍子胥当初不曾舍弃兄长而独自逃走，那么便是与楚王有杀父之仇，也不至于做到鞭尸扬骨那般不近人情；若越王勾践没有骄横自大，先赢后输，他便也不会为了复国，做到尝粪问疾这般作践自己——仇家归根结底，最恨的人，一定是自己。

有了这样的分析，姜明鬼和黄车风才在进邯郸之前，便已确定由黄车风发挥解脱专长，解开赵葱的心结。

——许诺他促成合纵，必可真正超越赵流；

——而一旦真正超越之后，他便再也不必嫉妒赵流、并因嫉妒赵流而憎恨自己。

黄车风果然在赵葱最疲惫愤怒的时候，点破了他心底的秘密，然后说服他，换来他与墨家弟子的合作。

而这，才是黄车风真正的解脱之道。

"五年前王上登基，世人皆知他所倚仗的，乃是一文一武两位重臣。其中文臣，便是相国郭开大人，而武将，则是如今的罪臣李牧。"赵葱道。

他们这时，已是屏退了兵卒，重回屋内落座，商讨面见赵王之事。

赵葱收敛了仇家的戾气，其实只是一个颇为干练的年轻人。为他们介绍赵王的为人，提及李牧，石青豹听他言语不敬，不由不快，冷哼了一声。

"未知赵葱将军以为，李牧将军是否真有叛国之意？"姜明鬼微笑道。

"未知姜公子以为，我取代李牧将军的兵权，是否不自量力、误国误民呢？"赵葱反问道。

姜明鬼微笑着看了一眼石青豹，并未回答。

"而这，正是我要和三位说的，王上如今麻烦的地方。"赵葱正色道，"我在统兵作战上不如李牧，这一点毋庸置疑，便连我自己也不做奢望。以仇家学说增强自己，我最初的期待，只是想继承我父的职位，重新在朝中有个立足之地而已。但王上却通过计算，选择了我这样一个新晋将领代替了李牧。"

"计算？"姜明鬼稍觉意外。望向石青豹时，石青豹也一片迷惑，显然不知其中内情。

"那便是王上的一个秘密。"赵葱压低了声音，道，"李牧征战在外，傲慢无礼，无论攻守和战，一向自作主张。王上忧心前线战事，却只能被蒙在鼓里，日渐焦虑，郭相国看在眼中，于是在半年前特意举荐了两位能人异士，入宫分忧。这两人如今常伴王上左右，一个是'筹算家'的名士费结，擅长以数字计算成败；一个是'名史家'的新秀高刻，擅长以史料推演得失，虽然没有一官半职，但为王上出谋划策，每言必中。"

赵葱笑道："李牧十分可能叛国，而我是最适合接替兵权的人，这便是他们二人综合了兵法、忠诚、血缘、年龄、资历、学识等诸多因素，最后计算得出的结果。"

李牧含冤入狱之事，原来还有这般隐情。那费、高二人入宫时间既短，平素又只在赵王身边伴驾，并不出头露面，因此墨家不曾得到消息，但连石青豹这样的赵人都是第一次听说，不免又惊又怒。

"所以，你们若见到王上，无论有什么治国安邦的妙策，其实要说服的，至少都是四个人，"赵葱总结道，"王上、郭相国、费结、高刻。"

姜明鬼沉吟着，微笑道："可以。请赵葱将军尽快安排。"

"那么，我最快可以让你们在三天内见到王上。"赵葱略一沉吟道。

他是赵王面前的红人，这般考量自然有十分的把握。姜明鬼一行，便在禄谷侯府中暂住。赵葱本想招待他们去自己新近落成的将军府，享受上宾待遇，却被姜明鬼、黄车风严拒了。小取城崇尚节用，禄谷侯府的房舍充裕，已远胜寻常，虽然简陋些，却已是他们所能接受的极限了。

三人一路车马劳顿，简单用膳之后，便各用了一间客房，分别休息。

他们今日与赵葱的一战，兵不血刃便打通了面见赵王的关系，姜明鬼旗开得胜，心中不由越发振奋，在房中躺了一会儿，辗转反侧，心中所想的，却尽是石青豹。

他与石青豹云雨荒唐，已是五天前的事了。五天来，他们忙着下山、赶路，身边永远有外人在场。二人同车而行，姜明鬼却连与那女子多说一句话，都不得空当。

可越是不能亲近，姜明鬼心中翻来覆去，越是想着石青豹。

那女子如烈日初升，熠熠生辉、灿烂夺目，将他从自怨自艾的深渊中照亮；而她以身示爱，探究兼爱真意的举动，更令他如枯木逢春，从内而外地感受到了生命的喜悦。她说得对，不断思考何者为爱，正是种杂念，反而是放手爱人，更令人心安。

这些天来，姜明鬼其实总在关注着她。即便不能说话，无法亲近，只要视野中有那女子的倩影，他便觉得安心。

虽然他们相知甚少，接触不多，而石青豹岁数远较他大。

但那在"爱人"面前，从来不是问题。墨家兼爱之道，讲究平等平均，确与男女之爱中的私占私用相冲突；但小取城历代弟子中，其实也颇有成家立室、开枝散叶之人，姜明鬼以前只道他们对兼爱的心意不坚，半途而废，但这时想来，若一个人能在男女之爱中领悟对世人的爱，其境界或许也因此别开生面。

只是这一条路，如火中取栗，无疑是难上加难。

姜明鬼之前在韩国水丰城，只因对农女麦离、韩妃绿玉络动心，便导致功败垂成，至今不免心有余悸。

但这一次，面对石青豹，面对那如醇酒、母兽一般的奇女子，他还是想要试一试。

——一想通此节，姜明鬼便越发想去见她。

除了郭开之外，赵王身旁又有筹算家和名史家出谋划策，无疑增大了说服赵王的难度，乃是此行不大不小的意外。姜明鬼僵卧半晌，索性起身思谋应对之法。

百家之中的筹算家，擅长以数字演算世间万物，其实与墨家推崇的试验、推演殊途同归。但此次他们仅仅以演算之数，便临阵换将，更令李牧这样的名将含冤入狱，未免太自以为是了。而百家之中的名史家，则主张以名留青史为目标，奋斗进取。他们两家，一个是以过去之事，推演未来；一个则是以未来的清名，限制今日的作为。一正一反，正如一个锁扣一般，令旁人的说理难于渗透。

——更关键的是，这两家都是由佞臣郭开推荐给赵王的，他们之间，是否又暗中勾结呢？

姜明鬼思忖良久，目光一转，忽然看到自己放在一边的包袱、长剑。

那嬴政所留的六合长剑横亘眼前，冷硬、霸道。

灵光一闪，姜明鬼突然有了一个破解之法。

他一跃而起，来到院中，一眼扫过，只见黄车风房门紧闭，稍一沉吟，眼见天色太早，便先来到黄车风的房前。他伸手叩门，无人应答，便随口叫道："黄师弟！"

"啊？唉！"屋内黄车风应道。

那回应好生奇怪，第一声"啊"，惊慌失措；第二声"唉"，却更像是后悔莫及。

姜明鬼莫名其妙，仔细听去，屋中窸窸窣窣的衣物声响，像是黄车风正急急忙忙地整束衣衫，穿鞋下地，紧接着房门一开，便见那人面红耳赤地站在门内，衣衫不整，叫道："姜师兄。"

"我想到了对筹算家、名史家的破解之法，咱们先商量一下。回头我再找石姑娘……"姜明鬼笑道，眼睛无意间往屋内一扫，却不由一愣。

屋内一张矮榻，榻上一片凌乱，衣衫鞋袜扔了满地。

一条薄被下曲线起伏，藏有人形，却又在被头处露出了一片乌黑的长发。

光天化日之下，大敌当前之时，这人竟在寄宿之处与人苟合？姜明鬼又惊又怒，喝道："你……"

黄车风满脸油汗，伸手来推姜明鬼，道："姜师兄，出去说！"

姜明鬼把手一挥，怒指被中女子，低喝道："那是谁？"

"我……"黄车风一时张口结舌，虽微微苦笑，神情间却似还有几分得意。

却见那薄被一掀，露出石青豹潮红的脸，一条赤裸的长臂。那女子向姜明鬼挥一挥手，笑道："姜师兄，是我。"

一瞬间，姜明鬼眼冒金星，脑中乱哄哄的，竟不知该做何反应。

回过神来，他已被黄车风拥着来到院中，一拐弯，又回到他自己的房中。姜明鬼猛地一挣，将黄车风摔了一个趔趄，喝道："你……你干的好事！"

他苦思冥想，找到破解郭开、筹算、名史三方的勾连之计，心花怒放，只想和黄车风稍提一下，便可去和石青豹详谈，想不到却撞见那二人私会，一时间，浑身发抖，竟似是三伏天里被一桶井水当头浇下。

黄车风满面堆笑，忙不迭地将房门好好地关上，道："姜师兄，别生气，别生气！"

"你……"姜明鬼气道，"你好大的胆子！"

石青豹本是他们此次邯郸之行的委托人，黄车风和她白日宣淫，自知理亏，又见姜明鬼脸色铁青，自是心中惴惴，道："我也知道时机不对，可谁知道石姑娘的性子这么急呢！我正在房里休息，她突然敲门进来，说了没两句便向我投怀送抱。我再三请她放尊重些，可是她不听啊！我总不能拂了人家的好意，只好一时糊涂……"

他嘿嘿笑着，虽是认错，却也显然没当回事。

"她说见我今日折服了赵葱，智勇双全，神威凛凛，因此仰慕不已，便想要献身于我。"黄车风苦笑道，"你也知道，她是天欲家的人，相信人与禽兽无异，见到强者，便要雌伏。我今天出了点风头，她一时迷恋于我，也是很正常的事。"

"你……你如何能说出这种话来？"姜明鬼怒道，"五年未见，你如何变得如此无耻？"

他这话说得已是极重。黄车风不料他如此严厉，脸色变了变，道："姜师兄，五年未见，其实你我，都已变了不少。"他平复一下，又笑道，"姜师兄也不用把这男欢女爱之事，看得太重。你知道，我少年时方知少慕艾，便因生得难看而自惭形秽，连和女子说句话都不敢，终日郁郁寡欢，几乎便废了。"

"可是那时，你至少尚知廉耻。"姜明鬼怒道。

"那不过是自轻自贱，算什么廉耻！"黄车风笑道，"我后来

第四章 地头蛇　97

才明白,世间女子也俱是肉身凡胎,有男女之欲。多少女人,比男人更爱床帏乐事。便如天欲家的理论:若人人都不把性事看得那么三贞九烈,它就是一个愉悦身心、你好我好的游戏。大家各取所需,互无亏欠,其实何尝不是一个兼爱的体验呢?"

姜明鬼只觉胸膛发闷,两眼发黑,道:"怪我打扰了你!"

"其实我在想明白这一点后,已不缺女伴。石姑娘这次,不过是兴之所至,可有可无。"黄车风摇了摇头,忽然笑道,"说起来,姜师兄可知我是如何想通这一点的?"

姜明鬼瞪着他,一言不发。

"便是五年前,水丰城求助,钜子让我为麦离姑娘解说百家阵,麦离姑娘在我面前,向钜子坦陈她'借种'之愿,我才明白,女人,便是面上冰清玉洁,实则……"

"嗡"的一声,姜明鬼热血上涌,头脑中已是一片空白。

回过神来时,却是他的一双手已捏住了黄车风的脖颈,令他再也说不出话来。

"别提麦离!"姜明鬼低吼道。

黄车风给他捏得面红耳赤,喘不上气来,眼见他脸色铁青,双目喷火,终于知道自己说错了话,忙拼命挣开,连连道歉:"姜师兄,我胡说八道的,你莫要生气!"低了头逃也似的出去了。

——他竟打了黄车风?

姜明鬼颓然坐下。方才一阵失态,固然吓着了黄车风,可更对此感到恐惧的,其实是他自己。

五年前,农家少女麦离向他"借种",他虽然抗拒,却不得不因兼爱之念与之交合,令他对那少女心生厌恶,之后再怎么自省,也不由得冷眼相对。而这般冷漠的举动,却更令他惊觉,自己的兼爱已被打破——他绝无法像爱别人一般，爱这利用了他的女子。

可是，再之后，麦离却又因他的失误而死在韩王宫外，他的怀中。

巨大的悔恨充盈在姜明鬼的心中，那悔恨因之前的"厌恶"，而变得更沉重、坚硬，直令姜明鬼五年都未能消化。

但今天，麦离这名字再次出现，竟比之前更令姜明鬼难以忍受。

他正自懊丧，忽然房门一响，又有人推门而入，抬头看时，却是石青豹笑吟吟地向他走来。

"怎么脾气这么大？"石青豹笑道，"黄车风给你吓得话都说不利索了。"

姜明鬼又窘又怒，一时说不出话来。

"你是生我的气吗？"石青豹在他身旁大大咧咧地坐下，伸肘在他肋下轻轻一撞，笑道，"你嫌我带坏了你们小取城的弟子吗？"

她对他如此亲昵，却令姜明鬼更怒，道："你……你为何要去找他？"

"我不光是找他啊。"石青豹笑吟吟地道，"在小取城的时候，我也找过你啊；在邯郸城里，我也找过丁丸、卢秋、张公任……好多人啊。"她歪着头，怪好笑似的看着姜明鬼，道，"我是天欲家的人，我和男人睡觉，便与吃饭喝水一样，多得数都数不过来。"

她竟如此直白，一字一句，直如利刃，划在姜明鬼的心上。

他此前只知天欲家于男女之事随便，可直到此时才真切地明白，那"随便"到底意味着什么。城门处那桀骜的少年丁丸、他身边那肥胖的师弟黄车风……原来这些他见过的、熟识的人，都曾如他一般，分享过石青豹的爱。

姜明鬼瞪着石青豹，只觉胸口烦闷，几欲炸裂。

"你到底在气恼什么？"石青豹无可奈何，突然一惊，道，"你莫不是在吃醋？姜师兄，你莫不是要独占我吧？"

她突然说破此事，姜明鬼猛地身子一震。

二人四目相对，姜明鬼怒目而视，石青豹愣了愣，终于收敛了笑容，道："我是天欲家的人。"

——人的欲望如同禽兽，但禽兽，又哪会有爱呢？

"我爱任何人，我也不爱任何人。"石青豹轻轻笑道，"你不能让我只属于你一个人。从这点上来说，我是不是已比你强了——因为我已达到了兼爱。"

其时天近黄昏，淡金色的阳光从窗外斜射进来，映得石青豹的脸上半明半暗，直令这一向风风火火、热情爽朗的女子，第一次似是有了些感伤。

"你……为什么会信天欲家的学说呢？"姜明鬼忍不住问道。

"如果不信天欲家，我又能信什么呢？我爹倒是信奉圣贤之道，教了一辈子书，可最后不还是为秦人所害？我若不化身禽兽，又如何能向他们复仇？"石青豹微微一笑，忽然挺身站起，道，"你若想要和我快活，仍然可去找我——只要我房中没有别人。不过，爱不爱什么的，千万莫再提起，大战在即，我也恳请你，不要胡思乱想而耽误了正事。"

她长吁了一口气，迈步离去。屋内还留着她的香气，飘在姜明鬼纷乱的心头。

第五章

不倒翁

赵葱引荐姜明鬼一行面见赵王，乃是在三日后的午后。

当姜明鬼、黄车风、石青豹终于进宫，在水榭中见到那位赵国之主时，才更明白赵葱所说的"赵王是个很麻烦的人"，到底是什么意思。

那位赵王年纪不过二十上下，形容却极为怪异：他身材极高，身形消瘦，一头长发编成了十余条小辫子，垂在肩上。上身穿一件束袖薄衫，外罩一件羊皮坎肩，下身穿一条宽裆长裤，蹬着一双齐膝高靴。腰系皮带，悬着一口箭壶。坎肩、皮带、箭壶、高靴上都缀满金丝银线、宝石贝壳，五色斑斓，华美异常，却非中原制式，纯然是胡人的喜好。

他的祖先赵武灵王胡服骑射，一改中原宽袍大袖不利于行动的弱点，令赵国百姓、军士生产和作战的能力大为提高，一时传为美谈。然而传到他这里，这位赵王更进一步，全然不顾祖先仪式，穿戴得全然是个胡人了。

姜明鬼一行见到他的时候，他正站在水榭的石桌上，张弓搭箭，瞄准远处湖岸上的什么目标。一个约莫五十多岁老者，布衣布鞋，小心翼翼站在下边，仰着脸、撅着臀，忧心忡忡地扶着赵王的腿，生怕这位王上一个站不稳，失足跌落。

"末将赵葱，带领墨家小取城使者，参见王上！"赵葱躬身行礼道。

话一出口，赵王手中弓箭一转，却已瞄准了姜明鬼。

"小取城姜明鬼、黄车风、石三女，拜见王上。"姜明鬼却仿佛毫无知觉，只下跪见礼。

石三女，自然便是他们暂时为石青豹取的假名。

"赵葱说你们有抗秦护赵的方法，说来听听！"赵王手中雕弓鲜红如血，这时满满拉开，箭尖晃动，在三人身上瞄来瞄去，笑道，"说快些！不然寡人手一抖，便射死了你们！"

赵王用来接见他们的这座水榭，位于赵王王宫花园的一角。水榭下临碧湖，波光潋滟，雕梁画栋，清风送爽。亭内设有石桌石凳，制式古拙。只是地方虽然风雅，赵王却是一脚踏凳，一脚蹬桌，耀武扬威，粗鄙不堪。

这人身为一国之君，如此无知无礼，不由令人意外。

赵葱引荐之后，从旁侍立，不敢多言，只以眼神示意姜明鬼小心应付。

姜明鬼不以为意，抖擞精神，微微一笑，道："濒死之人，自顾不暇，哪里还能说什么关乎国家命运的大事呢？一时早就忘诸脑后了。还请赵王先放下弓箭，将我们变回王上的客人再说吧。"

他不慌不忙，还卖起了关子。那赵王怪笑一声，道："赵葱，你找来的好人物啊！"

赵葱吓了一跳，连忙喝道："姜明鬼，不可大胆，快快阐明你的计划。"

"王上一国之君，怎么会听得进座下一只蝼蚁的妄言呢？"姜明鬼却笑道。

赵王的箭尖不再游移，只瞄在姜明鬼的身上，笑道："说得有理。蝼蚁，自然只需碾死，不需听它营营絮絮。"

姜明鬼微微点头，双目眨也不眨地迎着他的视线与箭锋。

"费先生，"赵王弓箭不懈，忽地开口道，"你觉得，我用得着听他废话吗？"

石桌边上，水榭一侧，有两人候于角落之中，赵王居高临下，张牙舞爪，一时难免令人忽视了他们，可这时赵王专门问话，登时又将他们显现了出来。

只见那两人一坐一站，均做文士打扮，约莫三十多岁的年纪。左首一人，一身黑衣，短须、浓眉、席地而坐，怀中抱着一只竹盒，盒中长长短短，是上百枚用于计数、统算的竹筹；右首一人，一身白衣，长眉细目，一手怀抱竹简，一手以五指夹笔、刀各一。

这两人之前听赵王与姜明鬼对话，一个飞快地在地上排开竹筹计算，一个则在竹简上走笔如飞，记录着什么。

听见赵王问话，左首边那排筹计算的黑衣文士霍然抬起头来，道："墨家弟子，加信一成；小取城来人，加信三分；仅来三人，减信四分；有男有女，加信一分；赵将军引荐，加信一成二分；主动来投，加信四分；未请而至，减信三分；姜明鬼恶名昭著，减信三成；面对王上，不畏王威，加信五分……"

这时他身前已排出三长五短、两圆七方，共计十七枚竹筹。那黑衣文士一根根数过，道："加上此事初具的评分，他们所谓的抗秦护赵的计划，胜算十成之中，应不超过一成四分。"

"三成可试，五成可博，七成可信，九成必用！"赵王冷笑道，"可是他们连两成都没有，那他们的计划，便连一听的价值都没有！"

话音方落，他手指一松，"嗖"的一声，手中利箭已离弦而出！

乌光一道，飞箭直夺姜明鬼低垂的面门。

赵葱大吃一惊，又急又恨，但姜明鬼跪在那里，只是手一抬，便将那箭枝抓住，轻轻放在膝边。

——信手接箭，状甚不屑，即便神色不变，却也已大逆不道。

但那一手接箭的神技，却令赵王不由一愣，问道："费先生，他信手接箭，武艺过人。对他的胜算又有什么影响吗？"

"忤逆王上，减信一分；武技惊人，加信两分；不卑不亢，加信三分；义无反顾，加信两分。"那黑衣文士飞快地在地上再排出数枚竹筹，道，"姜明鬼'抗秦护赵'之计，胜算可达二成。"

"两成的话，倒也可以听听了。"赵王微笑道，两眉扬起，状甚轻狂。

轻轻一挣，他甩开那位老者扶着他的手，自石桌上跃下。那老者连忙伸手相搀，引他在一旁石凳上端然坐好，又为他端上茶水小食。赵王喝了口茶水，将小食推开，道："小取城的三位起来说话，恕尔等无罪！"言语之间，直似刚才放箭射人之事全然没发生过。

"这位费先生，是筹算家的人物吧？"在详述自己的计划之前，姜明鬼先向那黑衣文士问道。

那黑衣文士两次说话，几乎便决定了他们在赵王面前的生死存续。

"在下筹算家，费结。"黑衣文士微微还礼道。

百家之中的筹算家，创始人原是军中的管账，负责记录粮草辎重的出入、收支，不料在日复一日的计算中，发现账簿上所录的粮草多少、辎重的盈亏，竟与所处战事的胜负息息相关，更与一国之兴衰，密不可分。

他们于是开始用数字统计世间万物：天地日月、君臣父子、金木水火、生老病死……无论具体抽象、伟大渺小，全都变成了一个个清清楚楚的数字，被他们记录在册，并加以比较推演。

那一串串看似平凡的数字，却帮助他们将许多事化繁为简，见微知著。

筹算家因此相信，这世界远没有那么复杂，百家所求的大道，便蕴含在一组组简单的数字中。万事万物只是虚无的表象，而剥开表象，它们真正的内核一定只是一个闪闪发光的数字。只要可供运算的数据够多，他们便能预知一切。

"筹算家以数字演算世间万物，其实与墨家的试验推演殊途同归。"姜明鬼笑道，"未知费先生是否演算出，赵国免遭秦国吞并的胜算，尚有几何？"

"此中详情却不便与外人说了。"费结垂下眼皮，涉及国家机密，显然不可轻言。

"费先生，姜某虽不能精算，却可以大胆估计。"姜明鬼望向赵王，道，"秦强赵弱，有目共睹。根本不需要筹算家统计两国兵力、人口、将才、民心等数字。三年内，赵国的胜算绝不高于十成中的二成五分。"

"只凭这一句话，寡人便该将你车裂处刑。"赵王大笑道。

"但如果不是秦赵两国单独对决，而是赵国联合其他各国一同抗秦，则胜算又有几何？"姜明鬼听他恫吓，毫不为意，继续问费结道。

"你是说合纵之计？"费结摇了摇头。赵王看似是要认真地与姜明鬼探讨此事，因此他也只得老实回答道："上一轮苏秦合纵失败，已令各国之间毫无信任可言。强行合纵，只会令各国相互掣肘，赵国抗秦的胜算反而会跌至不到一成。"

"不能强行合纵。"姜明鬼道，商讨渐渐进入他的计划之中，他的情绪也不由渐渐高昂。

"天下苦秦日久，但每个国家都已不相信自己能够战胜秦国，每个国家都不觉得自己应该帮助别的国家战胜秦国。所以在合纵之前，我们应该做的，是令山东六国彼此接触、互相了解，重拾共同抗秦的信心。"他道。

"听起来有点意思！"赵王笑道，"那么，你打算怎么做？"

"小人认为，应由赵国牵头，举办一场七国演武大会，"姜明鬼昂然道，"由各国各出代表，争夺首领之位，统率合纵大军。而在演武之中，斗智斗勇，交相碰撞，各国君臣方能各展所长，肝胆相照。"

"擂台比武，毫无意义。"费结反对道，"所谓争胜，比的只是一人之力。齐国、楚国，地大物博，人口众多，百里挑一的勇士远多于其他几国。以此推算，最终获胜的大将，有四成一的比例，是齐国人；三成五的比例，是楚国人。其他燕、赵、魏，不过是为他人作嫁衣裳而已，不情不愿，又岂会同心协力，肝胆相照？"

"所以，绝不能用擂台比武。"姜明鬼赞同道，"这场演武大会，不应是一个人和一个人、一个国和一个国的单打独斗，而应当是多人合战、多方角力的混战！它应当是当今天下局势的一个缩影，是实力、计谋、胸怀、运势的反复决战。能够在这场演武大会中胜利，不仅可以成为合纵的领袖，更可以折服群雄，令各国心甘情愿受其驱使。"

"王上！"赵葱趁机道，"这位姜明鬼先生的计划，真的有些意思！"

"别吹牛，应该的事情多了，可能的好处也不少。有本事，你怎么能让它实现呢？"赵王喝道。

姜明鬼深吸一口气，接下来所说的，才是他推行合纵之策的真正计划！

第五章 不倒翁

"这场演武,不应在很短的时间里结束。各国现有的强人、大将有很多,但此前数十年的征战却早已证明,他们全都不是秦军的对手。所以,在此次演武中我们要选出的人,必须是比现在的他们更厉害的人。那个人也许是我们眼下根本不知道的一个无名之辈,也有可能是早已名满天下,却还能更进一步超越自己、越战越勇的名将。"

姜明鬼道:"无论是崭露头角,还是浴火重生,都需要不断的挑战和危机。而这些,都需要时间来酝酿,所以这场演武大会,至少需要持续一个月。"

赵王看着姜明鬼,看看他身后的黄车风、石青豹,又看看右首的黑衣费结,笑道:"有点意思。"

费结沉吟着在地上多排出一枚竹筹,道:"胜算可加二分。"

"同样,这场演武,也不应在一块方寸之地的擂台上结束。失败者应该有机会逃走,胜利者必须谨慎地追击。一处地形,便可能改变一场战役的结果;一阵急风,也能令胜负顷刻翻转。所以我希望王上能够在赵国境内,找到一座山谷。这座山谷,地形必须复杂,还应暗合天下地理大势:有草场辽阔,如燕赵之苍茫;有沃野丰饶,如齐鲁之富庶;有丛林茂密,如楚越之荒蛮;有戈壁险要,如强秦之穷恶。各国选手均可争取地利,卷土而战。"

"这样的地方,可以有。"赵王道,随手从身旁老者手中拿起一块果脯吃了。

费结一言不发,又排出一枚代表胜算的竹筹。

"第三,这场演武,应是多方角力的混战。合纵的统帅当是万人敌,抗秦的战场更是生死场。演武的选手共计一百人,各国按国力强弱,派出数量不等的将士参加。我没有筹算家的本事,越俎代庖,粗略估计大约是:秦国四十人,齐国二十人,楚国十五人,赵国十二人，魏国七人，燕国五人，韩国一人。在足够多的时间里，在足够广阔的战场上，他们需要攻其不备、以弱胜强、欲擒故纵、合作分化……最后的胜者，才是在这场演武中并吞六国的人。"

苍茫山谷，百人争雄。

有无敌的勇者，有妙算的谋士，有百家的人才，有天生的英雄。

强国有利刃快马，呼啸来去，势不可挡。

弱国有孤注一掷，蓄势待发，坚忍不拔。

结盟、背叛，敌友难辨；伏击、遭遇，弱肉强食。

有人还来不及施展一身的文韬武略，就可能在一支突如其来的冷箭下丧命。

有人求死不得，只能在尸山血海中，哭号着变成更强大的人。

不到最后一人、最后一刻，谁都不能肯定他是最后的胜者。

但无论是谁，那位胜利者都一定是集坚毅、智慧、幸运、胸怀于一身的奇人。

"也就是说……"赵王沉吟道，"我们用来对付秦王嬴政的人，其实是比嬴政更早一统天下的人。"

"正是如此！"姜明鬼笑道。

"韩国虽然已经没有了，但寡人听说，公子韩烬正在筹备复国，将他们算入，倒也说得过去。"赵王脸色一沉，忽又怒道，"可是秦国怎么算？我们要合纵联军，对付秦国，秦国还会因此派人来参加演武大会吗？"

"秦国虽然不会，但秦人会。"姜明鬼强打精神，答道，"各国与秦国交战，秦国俘虏自然不在少数。挑选四十人参战，为了秦国的荣誉，他们也必会竭尽全力。"

"那寡人该挑四十个精兵强将出来，还是四十个老弱病残呢？"赵王怪笑道，"要是最后给他们赢了可怎么办？难道我们要拜一个秦国俘虏为六国大元帅，率军去打秦国？"

"这，就要看六国对自己的信心了。"姜明鬼叹道，"若是连在这样的演练之中，六国的精英都赢不过秦国的残兵败将，那么天下人也确实可以不必反抗了，献国、隳庙，早日降秦，也算少了一番杀戮。"

"他们若是输了，当然全都得死，尸体拿去喂狗。"赵王眼珠一转，却已自己想到答案，狞笑道，"他们若是赢了，寡人照样斩了他们，但可以将他们的尸体送回秦国。"

他说得残忍，然而事关七国之存亡，这场演武必会出现死伤，姜明鬼虽然心中不忍，却也只得暗暗叹了口气。

"铸一口鼎，标记九州、七国；造一面旗，涵盖八荒、六合。"姜明鬼最后道，"在演武的山谷正中竖旗，在山谷的角落中藏鼎。三十天内，百人互战，寻鼎争鼎；三十天后，谁在旗下执鼎，谁便是合纵的胜家，七国的领袖。"

赵王哈哈大笑，道："寡人早就听说墨家最擅长演练，百家阵更是天下第一的试验场，如今你这计划果然面面俱到。"他忽然回头，望向身旁那老者，道，"郭卿，你觉得此事如何？"

那郭姓老者衣着朴素，手奉小食、香茶站在一旁，仿佛一个老仆。赵王与姜明鬼、费结雄辩滔滔，他却从不出声，直到这时听赵王问起，才稍稍抬头，小心翼翼地道："王上英明神武，智慧高深，您的决断一定是最好的。不过老臣听说，墨家弟子尽是不祥之人，当初新郑城里的韩王，便是和这位姜公子谈话之后，才被灭了国的。"

这人一直默不作声，但一开口，其恶毒尖刻远超费结。姜明鬼虽早知他是何人，也不由后心发冷，一瞬间又惊又怒。

便在此时，费结身旁那白衣文士也突然躬身行礼，大声道："此事关乎赵国之存亡，天下之兴衰，微臣必定秉笔直书，供后人评说借鉴。因此无论采纳与否，请王上三思。"

水榭之中，一时一片死寂。

"费先生，"良久，赵王方又问道，"听姜明鬼刚才的计划，你又算出其胜算如何？"

费结低着头，看着身前排列的竹筹，微微叹息道："加减之下，仍不过是二成七分而已。"

赵王沉吟着，随手拿起手旁那张红色长弓，拨动弓弦，发出嗡嗡低响。

那郭姓老者恭恭敬敬地站在赵王身旁，又为他沏了新茶；费结坐在地上，低头看着身前竹筹，久久不动，似在验算方才的结果；那白衣文士则在一番奋笔疾书之后，终于暂时停下了笔。

如赵葱先前所言，昔者赵王年少登基，颇有雄心，但佞臣郭开献上了二位谋士，一个计算将行之事，一个记录既成之事，终日随侍他的左右，三人一起成为赵王最重要的智囊，令他瞻前顾后，影响着他的每一个决定。

如今，这三人一同发难，果然难缠：他们先后以算率、以史笔、以利害分别谏言，不约而同劝阻赵王合纵，态度如此强硬，赵葱、黄车风、石青豹虽早有预料，却也不由紧张。一双双眼睛，只望着姜明鬼，不知他接下来要如何说服众人。

——但这一切，仍在姜明鬼的计划中！

——而他接下来要用的，便是那日他在禄谷侯府想到的破解之法。

"这位郭大人，便是相国郭开大人吗？"姜明鬼沉默片刻，一开口，指向的正是那老仆一般的郭姓老者。

"那正是相国大人。"赵葱连忙介绍道。

那郭开笑容可掬，还礼道："老臣不过是为王上牵马提靴的无用之人而已。几位小取城的少侠年少有为，姜先生尤其誉满天下，令人钦慕啊。"

他言语谦卑，面目慈祥，看来一副宽厚模样，令人一见便不由生出信任、亲近之心，但一想到他乃是靠舐痔舔疮、阿谀奉迎而受两代赵王宠幸，官拜相国、被封为建信君，便不由感到鄙夷。

而这人窃居高位，犹不知羞耻，先后逐走廉颇、构陷李牧，令赵国痛失肱股。如今，他又不动声色地处处暗示姜明鬼灭亡韩国，怎不令人毛骨悚然？

——不过，姜明鬼早知此行必会与他相遇，因此也一直在等他露头。

"郭开大人辅佐两代赵王，劳苦功高，见多识广，"姜明鬼慢慢地道，"秦王嬴政，曾在邯郸作为质子羁留，不知您是否见过他？不知您以为，此人当不当得起'秦国雄主'这四个字？"

郭开微微一愣，放下手中侍奉之物，微微一挺身，已由一个毫不起眼的老仆，变回权势熏天的赵国相国。他拈须笑道："嬴政在邯郸时，不过是个孩子，谁知道这人，如今竟成为六国之公敌。"

姜明鬼望着他，一双眼死死地盯着他面上神情，道："郭相国，当年既然不能看清亲眼所见的嬴政，今日又如何断言我这素未谋面的姜明鬼呢？"

他的语气咄咄逼人，一反常态，极为不敬。

郭开笑容转冷，双眼眯起，将他上上下下打量一番，道："你觉得，你是能和秦王嬴政相提并论的人？"

"墨家兼爱天下，"姜明鬼道，"我们爱所有人，也对所有人一视同仁。在郭相国眼中，我们固然尊卑有别，但在小取城中，姜明鬼虽是一介匹夫，一颗头颅，一副肝胆，却也不差那'秦国雄主'什么。"

他慷慨磊落，但这一番话落在别人的耳中未免天真。

谁知郭开却抚掌大笑，道："不畏王权，身同天下，好一个小取城的兼爱匹夫！"

——姜明鬼知道，他所赌的这一局，已是赢了。

九年前，嬴政化名秦雄，以赵国贵族的身份进入小取城学习墨家本领。后来他大闹百家阵，杀人潜逃之后，姜明鬼调查了他的来历，却发现他乃是受赵国相国郭开亲笔书信引荐，拜入逐日夫人门下学习的。

后来姜明鬼更得知，所谓"秦雄"，乃是"秦国雄主"之简谓，则嬴政所自认的"赵人"身份，便殊堪玩味：他在赵国质留十余年之久，对当地口音、习俗都很熟悉，若为了掩饰身份，说是半个赵人也不为过。

——但其中最有趣的，便是赵国相国郭开的引荐。

秦雄进入小取城，属于国中弟子，身份尊贵，可以只在小取城学习，而不需成为墨家信徒。

国中弟子均为七国之中的世家子弟，个个前途无量。墨家希望他们虽不正式拜入墨家门下，但潜移默化，日后封侯拜将，也能将兼爱精神发扬光大。因此，他们的身世便成了极为重要的考核条件，每个国中弟子入城，都必须带当世名臣重将、国君诸侯的引荐。

所以秦雄能够入城学习，当然是确凿地拿到了郭开的引荐。

只是秦赵相争，势同水火，郭开这封信，便显得不正常了起来——那到底是假冒的郭开的信件；还是郭开的信件误入嬴政之手？还是郭开真的出于种种原因，将那秦国国君送入了小取城呢？

姜明鬼此时将嬴政与自己相提并论，仿佛是不知轻重，但其实几句话的重点根本在强调"秦国雄主""小取城中"这八个字，以达敲山震虎之效。郭开虽面不改色，但言谈之间，显然已注意到姜

第五章 不倒翁 113

明鬼的暗示，并受其胁迫。

"若是天下人人都如墨家一般不畏强权，则强秦又如何能恃强凌弱呢？"郭开赞道。

"郭卿的意思，你觉得姜明鬼所说有理？"赵王不悦道。

"老臣以为，天下人对抗强秦，都是未战先怕，不伤一兵一卒，便先输了三成。"郭开道，"而姜明鬼敢与秦王一争胜负，其实反倒是先赢了三成。"

话锋急转，他忽然已偏向姜明鬼。

赵王皱眉道："二成七再加上三成，便是五成七——胜算过半，已可放手一搏了。"

"王上！"那黑衣的费结惊叫道，"胜算几何，不是那么草率相加的……"

"费先生，"郭开却微笑着打断他道，"王上中兴赵国，乃是如盘庚、姬诵一般的明君，只是还缺些丰功伟绩。若是每次都只干那些你算出的必成之事，则这四平八稳的一生，又如何入史，为后人所仰慕？"

费结一时语塞，顿足而叹。另一边，那白衣文士见状，躬身行礼，道："王上有比肩先贤之心，那固然是极好的。但是青史无情，成王败寇，只在一念之间，还望王上三思。"

"这位先生，便是名史家的高刻先生吗？"姜明鬼问。

那白衣文士一愣，对他叫得出自己的名字稍觉意外，道："正是在下。"

当日赵葱向他们介绍这三人的时候，姜明鬼已然想到，这智囊名为三人，但既是佞臣郭开荐入，自然唯他马首是瞻。在赵王面前，三人各有立场，据理力争什么的，只是更令赵王身处彀中而不自知的手段而已。

而当有外人想要从外部"攻破"他们的时候，这三人互为掎角，遥相呼应，便更难拆解。

如今姜明鬼敲山震虎，先镇住了郭开，而郭开为了遮掩自己的窘态，又说服费结作为掩护。但姜明鬼看得清楚，郭开只在抚须时小指一翘，那白衣文士便立即出面反对。

——郭开果然是真心反对合纵的。

——但先前嬴政化名潜入小取城，也确实是受他推荐的！

再结合郭开构陷李牧一事，姜明鬼心头一动，似在一瞬间抓住了此人的什么要害。但事态紧急，他无暇细想，需得彻底将这三人全部击破，方能真的说服赵王。

"未知高刻先生以为，"姜明鬼心念电转，开口问道，"青史留名如何才能做到？"

百家之中的名史家，原是各国史官出身，记录军政要事，连篇累牍，日以继夜，渐渐地却觉得人生在世，青史留名才是唯一的意义。

名史家认为，人生苦短，人死之后，肉身腐坏，土崩瓦解，一切荣华富贵、吃喝享乐都已失去意义，而唯有"名"，可以通过进入史书，被一代一代地传递下去，万世长存。

所以，世间万物虽然千姿百态，但唯有能被记入史册的人和事，才是有价值的。

"青史留名，自然只有大人、大事。"高刻道，"人活百年，如草木之一秋，而史书应以千秋万载为度，四海万民为量，居高临下，去粗取精，因此非大人大事，而不得入史。"

"那么，什么又叫作'大'呢？"姜明鬼问道。

"超人之人，能人所不能，谓之人之大；国是之事，关系万民福祉，谓之事之大。"高刻答道。

"我却以为，高先生此言存谬。"姜明鬼微笑道。

高刻一愣，被人直指自己的学说有误，不由大怒，喝道："那姜公子以为，何者为'大'？"

"已经过去了的人和事，方可称'大'。"姜明鬼笑道，"谁是超人之人？何为国是之事？都是只有发生过、验证过，方能评判其是'大'，还是'小'。你想助王上青史留名，却处处以'大事慎重'，他因此什么都不会做，'大'事又从何而来？"

高刻一时哑然。姜明鬼乘胜追击，又以袖遮手，对费结道："请费先生演算一番，我这只手，伸出了几根手指？"

费结向他那只手望去，只见他不唯以衣袖遮手，更将手指指地，而只以手背撑着衣袖，更令他伸出的手指丝毫不露痕迹。

"这可如何去猜？"费结不悦道，"你的手躲在袖子里，随你变化。我猜你伸了两根，你在把手探出袖子之时，随便再伸一根也好，收一根也罢，我不是都错了？"

姜明鬼笑道："正是如此。你的推算虽在此时做出，结果却需得在稍后呈现。则在这一过程中，有何变数，你岂能尽知？你连我伸出几根手指都算不出，又岂能算出合纵成败的胜算？"

"我……"费结强挣道，"若是让我知道了你的生辰、爱好、功夫、心情……足够多的资料，那我便一定能演算得出！"

"几根手指，便需算得殚精竭虑，那七国征战的天下大事，你又如何算得过来？"

姜明鬼摇了摇头，对赵王道："筹算家擅算未来，名史家只重过去，王上身为一国之君，可知赵国若不放手一搏，便亡国在即的'现在'吗？"

他说得豪迈激昂，赵王被带得热血沸腾，两眼越来越亮，正欲开口，却见郭开向后一退，黑影一闪，筹算家的费结又迈步上前，道："王上，姜公子虽然能言善辩，但下官仍不服气！"

"不服气，你又待怎的？"赵王微笑道。

"微臣恳请，姜公子给我更多的资料，供我计算！"费结大声道。

"你要他给你什么资料？"赵王问道。

费结回过神来，眼望姜明鬼，单手掐指计算，道："姜公子策划七国争鼎、六国合纵，可知之前的合纵，全因结盟各国各怀私心而分崩离析，如今你又重提此事，又该如何避免各国相互掣肘呢？"

"小取城已向六国派出弟子，"姜明鬼肃容道，"一是为了说明、沟通，促成合纵之盟；二便是保障、维护此抗秦同盟。各国君主若因私心、短视而耽搁抗秦大业，败坏大好之局，则派往他国小取城的使者必将成为他们的索命人。"

"你说你们会以各国君主为人质，确保六国合纵的稳定？"费结惊道，"你们好大的胆子！"

他一直惺惺作态，但这时大惊失色，并非伪装！

——姜明鬼竟在赵王面前，清清楚楚地说出了他有刺王之心，而小取城更有杀驾之力！

姜明鬼大笑道："六国兴衰，百姓祸福，全系于各国君主之一身。若是那君主出尔反尔，害人害己，便是害国之'独夫'。替天行道，理所当然，并不需要什么太大的胆量。"

"小取城要杀一国之君，说得竟比吹灰拂尘还要轻巧啊。"赵王冷笑道。

"兼爱天下，国君与平民，又有什么区别呢？"姜明鬼微笑道。

"好！那正好给费结一些新的资料。"赵王冷笑着，怒气勃发，反手在自己的脖颈上一斩，道，"你来杀寡人看看！杀得了寡人，算你没有胡吹大气。"

"王上，那不行，那太危险了！"郭开急忙跪倒道，"老奴愿以身相代，请王上见识姜公子的手段。"

第五章 不倒翁　　117

"姜明鬼，"赵王冷笑道，"赵国的相国，你敢杀吗？"

"演示而已。"姜明鬼听出他的言外之意，笑道，"请王上赐予郭大人一样信物。在下将那信物'杀死'，也就是了。"

赵王放声大笑，似也觉自己失态，随手将石桌上的长弓一推，递给郭开，道："那便以这柄弓为信物吧。此弓名为'赤蛟'，郭卿将它带入府中，如寡人亲至。三日之内，姜明鬼执行刺杀，赤蛟一断，如同寡人命绝，郭卿可要好好戒备。"

郭开连连叩首，道："老奴必拼死力保！"

赵王哈哈大笑，目光森然望向姜明鬼，道："那也便请姜公子让寡人看看，小取城的高徒到底有没有本事在一国之都、重重保护里，取走寡人的性命。"

三日之内，刺杀郭开。

——或者说，要刺杀一张由郭开所保护的赤蛟长弓。

众人自王宫出来，赵葱忧心忡忡，问道："姜师兄，相国府铜墙铁壁，你真有行刺那赤蛟弓之法？"

"行刺一次那张弓并不难，"姜明鬼微笑道，"难的是如何让赵王相信，我们可以随时刺杀郭相国，或者任何一个国君。"

"所以，你打算怎么做？"赵葱忐忑道。

"那还需要仔细计划，总之必有取胜之法。"姜明鬼笑道，"不过，赵将军若是能帮我们打探一下，郭相国将赤蛟弓供奉在何处，那就是帮了我们的大忙。"

他说话遮遮掩掩，不露全意，但见识了他在宫中舌战赵国君臣的场面后，赵葱却觉得，如今他说什么，也都必可践行。赵葱心中钦慕，当即道："我可以帮你们打探一下。毕竟王上所说，那张弓乃是代表了他。若郭相国只是一味将它藏匿，令你们三日之内难以找到从而无法行刺，实在与王上君临天下的行止不符。"

于是姜明鬼一行回到禄谷侯府中。到了第二日，三日之期正式生效，赵葱竟已带回了郭开送来的书信、地图。原来他去郭开府上打探，郭开却也早有准备，请他将这两样东西带给姜明鬼。那信中言明赵王所赐的赤蛟长弓，便供奉在他的小书房之中；而那地图，正是他的相府构造图。

他这般有恃无恐，无疑是在挑衅。但时间充裕，姜明鬼一行也不急。

国驷战车长途奔驰，需要养护。姜明鬼和黄车风一起，将车轴、车轮、车厢、马匹、机关……逐一调试。师兄弟二人，本就没有什么仇怨，又都觉心虚，便不约而同地装作什么都没发生，再一起忙碌半日，更是默契自如，连最后一点尴尬也没有了。

到了下午，姜明鬼独自出了禄谷侯府，来到邯郸街上，一路问询，走了约莫半个时辰，才终于看见远处一处院落。院落上方，盘旋着一片如云的鸟群。那鸟的体量远比公冶良的乌鸦军要小，乃是一群鸽子。

鸽子本是权贵用来玩赏、食用的小禽，几十年前，魏国人发现它们天生便有识家认路的本领，再加上体轻善飞，用于传信最有奇效，因此大量训练，之后更应用于各国。

眼前这群鸽子，数量既多，阵容又齐整，显然训练有素。鸽群下的院落院门大开，门上高悬一匾，上书四个字：飞奴小驿。

"飞奴"，便是鸽子的雅称，这里自然便是用鸽子来传书传信的邮驿。

姜明鬼走进院中，只见一座平旷的院子中，左右各有两座巨大的鸽笼。其高三丈，其围十抱，如同四座巨大的蜂巢，里面又分成许多小格，供鸽子居住。不断有鸽子飞出飞入，天上地下，落羽纷

第五章 不倒翁　119

纷，鸽影如织。

他一入院，便有伙计迎上来问："不知贵客驾临，有何差遣？"

姜明鬼微笑拱手，道："我是墨家弟子姜明鬼，此地可是由'风信家'弟子经营？负责人又是哪位老师？"

百家之中的风信家，创始人乃是春秋时候郑国的商人弦高。

昔者弦高贩牛为业，一日在别国收购了一批牛，连夜赶路，却忽见旷野中有秦国军队秘密行军，揣测其动向，正是要远道奔袭，攻打郑国。于是弦高拦路现身，借郑国国君之名，以十二头牛为礼，犒劳秦军。

秦将孟明视听信了他的来意，认为郑国国君已知他们的动向，因此早有防范，先礼后兵。秦国见偷袭不成，再无胜算，因此悻悻撤兵。

后人皆称颂弦高智勇无双，却也有人想到，弦高之所以能以敲山震虎之计，吓退秦军，保全郑国，最重要的其实是他提前知道了秦军的动向。因此在这一段佳话中，"信息"才是决定胜负的最重要因素。

风信家由此诞生。风信家弟子相信：信息只有越新鲜，才越有效果；越难得，则越有价值。信息是这世间事物所内藏的灵性，决定了万事万物的发展变化。而风信家弟子，便是超脱于人生命运的神使，驭风而行，随风而至，通过传递信息，搬弄胜利、因果，令贫者变富，弱者胜强，不可能变为可能。

这时姜明鬼自报名号，那伙计稍稍一愣，将他上下打量一番，肃容道："飞奴小驿正是风信家的邮驿，并由吾师虞青亲自坐镇。公子若想见他，麻烦在此相候。"

那伙计入内禀报。未几，便有一人从后院中赶来，瘦小精干，约莫四十上下的年纪。他远远地便拱手问道："风信家虞青，未知墨家高足来此，未能远迎，多有怠慢。但不知姜公子，有何指教？"

"虞先生乃是风信家的高人，可知道我此来何事吗？"姜明鬼笑道。

"倒是不难猜。"虞青笑道，"墨家姜明鬼，本是逐日夫人亲传弟子，小取城杰出人物，五年来，虽然归隐城中，但修行不辍，近日又为邯郸城李牧将军的门客石青豹姑娘请动，再次下山，来救赵国于水火。不过你尚需与师兄弟联络，恐怕是要借助我风信家的力量。"

他这番话出口，便连姜明鬼也听得呆了。风信家搬运消息，收集情报，本就见多识广，他随口说笑，是想试一试风信家的本事，虞青若能知道他之前的事迹，便足以证明其所知驳杂、势力庞大。但没想到，这人一开口，竟连他此行的内幕都说了出来。

"扑哧"一声，见他张口结舌，却是有人从旁边的鸽笼后笑出声来。

姜明鬼身子一震，回头一看，却见那人英姿勃勃，大辫垂肩，不是石青豹，又会是谁？

"原来是因为你在这里！"姜明鬼恍然大悟。

既是石青豹在这里，则之前那风信家弟子入内通禀之时，石青豹足可以将他的信息告诉虞青。

——只是，她又为何要将这些告诉那人呢？

姜明鬼心中怅然。石青豹拍了拍肩上一个包袱，笑道："李牧将军十几年来收集各国资料，一大半要仰仗风信家的帮助。我每个月都要到他们这里，代收一次新消息。如今他虽已入狱，有机会我也得送进去的。"

那包袱沉甸甸的，怕是装了七八册书简，让李牧足不出户，而知天下大事，如今他身陷囹圄，仍不懈怠，不由令人赞叹。

第五章 不倒翁

"你又来这做什么？"石青豹笑道，"真如虞青所猜，是要联系你的师兄弟？"

"那个自然。"姜明鬼整顿心情，向虞青问道："不知近两日由各国都城传来的，可有尚未领取的墨家消息？"

风信家传信，费时费力，而收寄之人，也往往因为尺牍所限，不能详述，因此收信之人及时到风信家问询，也是经验之一。姜明鬼开口问时，时间、来处清清楚楚，虞青更加不敢怠慢，道："墨家用我们风信家传递消息一向很少，这两天也全然没有。"

姜明鬼点了点头，道："我需要随时与分布各国的师兄弟互通声气，只是山高路远，传信实在艰难，恐怕误了大事，因此特来拜访，希望得到风信家的帮助。"

虞青问道："各国传信，不知是哪些国家？"

石青豹方才听说来人是姜明鬼，匆匆向虞青介绍了他，自是不能十分详尽。姜明鬼微笑道："便是齐、楚、燕、魏四国，各位师兄弟现在应当都已到了各国都城。"

六国合纵，韩国的复国志士，也在魏国大梁活动，因此韩魏合为一处。姜明鬼在邯郸发信，便是要向这四个国家的四个都城投递。

"那便简单了。"虞青道，"如果是从邯郸送信往各国都城的话，最远的乃是楚国的郢都，最近的乃是魏国大梁。若是你想要快的话，便要用到飞鸽传书。我们风信家，在各国都城都有飞鸽邮驿，鸽子飞赴郢都的话，一去一回是七天；飞赴大梁的话，一去一回是两天。"

"也就是说，我想说一件事，可能最慢要七天后才能得到回应。而我再给他回复，便已到了半个月之后了？"姜明鬼问道。

"正是如此。"虞青道，"这已是最快的办法了。"

"却还是太慢了。"姜明鬼皱眉道，"必须要再快一些才好。"

"但我们已没有更快的办法了。"虞青沉吟道，"除非我为你调集各地最好的鸽子，供你专用。那样的话，大概可以缩短为郢都五天，大梁一天半。"

"还是不够，"姜明鬼道，"我希望我的消息，可以一天之内便传到楚国；而魏国早上的消息，我也能在中午便收到。"

"那却不可能。"虞青听他无知，不由愤然，道，"你这根本是在开玩笑，我们绝做不到。而且不光是我们，方今天下，我们风信家做不到的事，便绝无任何人有能力这么快地传递消息。"

"当真吗？"姜明鬼笑道，"我若有这样的办法，你又当如何？"

"若真有这样的办法，我宁愿减免你的费用。"虞青道。

姜明鬼微微一笑，递过一片竹简，上面蝇头小文写着十四个字："与赵王赌，代刺郭开，初十二事成，墨。"又道："请虞先生将这个消息，抄录四份，由飞鸽送往四国国都。我们的师兄弟，自然也会在你们那些地方的驿站中准备收信。"

石青豹眼尖，在一旁看清内容，不由一怔，道："最后那个'墨'字，表明这消息是墨家发出、墨家接收？'与赵王赌''代刺郭开'，是我们昨日所做的约定。但'初十二事成'却是什么意思？今日初九，你是说，三天内，你一定能刺杀成功、赵国一定同意加入六国合纵之计？"

"正是如此。"姜明鬼笑道。

"我是哪里听错了吗？"石青豹冷笑道，"赵王明明还未同意合纵，你也根本还没有赢下和郭开那一场比试。"

"话虽如此，"姜明鬼笑道，"但消息送到各国师兄弟手中的时候，赤蛟弓一定已为我们斩断，赵王也一定已经同意合纵了。因此这消息便是最快、最及时地送到了。"

"可若是赵王不同意呢？"石青豹问道。

"我一定会让他同意的。"姜明鬼摇头道，"若确实出了意外，之后再传信补偿也就是了。"

正说话间，忽然有风信家弟子自鸽笼处跑来，来到三人近前，看了一眼姜明鬼，对虞青道："老师，我们接到墨家的消息了。"

虞青一惊，从他手中接过一片细细的竹皮，扫了一眼笑道："看来墨家在大梁的弟子，也已经想到了这样的办法。"

他一面说，一面将那竹皮递过，只见上面写道："清魏王侧、断无烬路，初九事成，墨。"

姜明鬼笑道："果然，张玉岩师兄、涂伐师弟，也已经接触了魏王与韩国的无烬公子，并且已清除魏王身边的奸佞小人、帮韩国无烬斩断后顾之忧，令这两国加入了合纵大计。"

虞青笑道："今日正是初九！这消息，真的'当天'送到了。"

"所以，你们这种传递消息的方式，其实就是将一件事的大致情况进行概括，列明难点、简述解决之法，然后提前告诉远方的师兄弟，此事已经解决？"石青豹皱眉道。

"解决一件事，总需要按部就班，花费时间，但一旦已有解决之法，后面的事，便只需一一完成即可。"姜明鬼笑道，"墨家弟子若是连这么点小事都做不好，也就不用奔走列国，兼济天下了。"

"若不是知道你们的本领，我真当你们是胡乱吹牛。"石青豹越想越是有趣，道，"我倒要看看，你们是不是每言必中！"

理解了墨家的传信之法，虞青便安派手下弟子，将姜明鬼的"捷报"向四国发送。

"除了送信一事之外，"姜明鬼沉吟一下，又道，"我还有另外一些邯郸旧事，想要向风信家打听。"

"姜公子是李牧将军的贵客，有所问，虞某知无不言！"虞青正色道。

"我想打听一下，"姜明鬼压低声音道，"秦王嬴政，当年在邯郸做质子时的经历。"

——那是他此行邯郸的另一个重要目的。

——嬴政，那曾令他惨败，并注定在日后再战的奇男子，他按捺不住地想要多加了解。

——而今日他在赵王面前敲山震虎，郭开的态度转变之大，更超出他的想象。此人与嬴政的勾结，必不寻常。

此言一出，石青豹、虞青都是大吃一惊。二人对视一眼，石青豹问道："好端端的，你怎会想起问那十几年前的事？"

"因为十几年前的事，关乎我们今日与郭开的赌斗。"姜明鬼随口道。

他神情郑重，虞青不敢怠慢，沉吟一下，便引他们到院旁树荫下坐，又命弟子奉上茶水。眼见左右再无闲人，他方道："嬴政在邯郸做质子，已是多年前的旧事，风信家收藏的资料，其实只有寥寥数笔。不过我作为一个邯郸人，却耿耿于怀，记得很多。"

"请虞先生告之！"姜明鬼大喜。

"嬴政的父亲子楚，在继位前便是秦国派来赵国的质子。"虞青慢慢说道，说到这敌国之君眼中竟有几分厉色，"秦赵交恶多年，子楚羊入虎口，本以为九死一生，谁知天命难测，这位子楚大人，居然在邯郸一待便是十多年，不仅不曾丧命，还结识了巨贾吕不韦，更在他的资助下，娶妻生子。"

五百年前，春秋初始，周室式微，而各地诸侯坐大。周平王与当时势力最大的郑庄公为互表信任，将各自的儿子送与对方之手质押，质子制度因此而风行。

子楚本名异人，其父有子二十余人，而他最不受宠爱，远赴赵国为质子之后，更在赵国备受欺凌，出入寒酸，如履薄冰。幸好后来"商家"奇人吕不韦见他奇货可居,才帮他易名为子楚,并多番运作,令他出奇制胜,不仅逃回秦国,更一举成为太子,最终顺利登基称王。"

"子楚便是后来的秦庄襄王。"姜明鬼道,"这些我也知道,他在位时间偏短,没有什么轰轰烈烈的功绩,但人生的大起大落,堪称奇谈。"

"正是如此。"虞青道,"而嬴政便是子楚在邯郸时所生的孩子。他们一家那时的住处,就在城东。嬴政八岁时,子楚逃回秦国,嬴政被留在赵国继任质子,又有七年的时间。他孤身一人,年纪又小,处境较之子楚当年更为艰险。可是这人也真是个厉害人物,还不到十二岁,便投靠了邯郸城内'无赖家'的帮派,从跑腿打架开始,为自己谋到了一块立身之地。"

"无赖家?"这名称,却让姜明鬼一愣。

诸子百家之中,无赖家最为人所轻视。其他各家学说,无论如何极端,都还有一定之规,追溯其初衷,往往也是为了更深入地理解世人、认识天地。

但无赖家自其诞生之始,却只以"无信无知"而著称。

在正式的学说形成以前,无赖已如社会的蠹虫存在人间。他们为恶一方、称雄一时,却没有什么大智大勇,最善于做的,只是以破坏世人习以为常的规则,来令自己获利。他们可以对父不孝,对友不信,对亲不仁,对敌不义,如此卑劣,却因每每令人出乎意料,应对不及,而占尽了上风。无赖因此并不少见,欺压良善、横行乡里,几乎村村得见,人人怨憎。直到后来出了一位无赖智者,名叫赖踵的,立言道:"窃钩者诛,窃国者侯,世间规则皆是伪善。下等无赖如张三、李四,不守家规国法,是流氓地痞;中等无赖如管仲、商鞅,破坏祖制伦常,是将相王侯;上等无赖则跳出天道地理,获得无上自由,是至圣之人。"

无赖家，因此形成自己的理论，在百家之中拥有一席之地。

只是理论说得虽好，无赖家最多的，却还是下等无赖，目光短浅、胸襟狭隘，欺行霸市，为害一方。

嬴政在邯郸时居然加入了无赖家，姜明鬼不由意外，道："他……是走投无路，想借着无赖家帮派的力量，保护自己？"

"许是有这种可能。"虞青道，"那时邯郸城无赖家的头目，名叫屠肥，最是寡廉鲜耻，贪得无厌。嬴政投靠了他，凭着心狠手黑，小小年纪，居然也能在他身边混成一条得力臂膀。后来子楚在秦国登基，三年暴毙，膝下再无子嗣，秦国因此派人接走了嬴政，自那之后，无赖家在邯郸便声势大振，屠肥声称，他们草窝中飞出了金凤凰，自己学派的兄弟当上了秦王，日后秦赵是和是战，都要看他无赖家的面子。"

"嬴政对此作何反应？"姜明鬼奇道。

"嬴政对此，没有反应。"虞青冷笑道，"而一年后，秦赵再起争端，嬴政出兵占我土地，赵人群情激愤，屠肥则在闹市街头被一秦国杀手当众杀死，刺客临走的时候，还说'两国之仇，重于一人之恩'，人们才知道，嬴政是铁了心，要与赵国为敌。而邯郸城的无赖家也因此恨透了嬴政，发誓为屠肥报仇，抵抗秦军，保卫邯郸，收了不少百姓的好处。"

无赖家见风使舵，果然名不虚传，姜明鬼深深皱眉，总觉得其中哪里不对。

"郭开呢？"他问道。

"郭相国那时负责各国质子起居，可是他对嬴政，应该是极为轻侮的。"虞青道，"想也知道，子楚回国，嬴政本应已是弃子，因此他克扣钱粮，嬴政常常连饭都吃不上，尚需去邻居家乞食。不过，"他再度压低声音，"据说嬴政才一回国，郭相国赔礼的财宝美人，就已经源源不绝地送到了咸阳。"

前倨后恭，郭开果然比无赖更为无赖。若是他这般愧对嬴政，日后惧怕嬴政、为他修书推荐一事，倒也顺理成章。

"无赖家屠肥已死，那他们现在的首领又是何人？"

"蛇蝎心肠、铁血手段——"虞青道，"无赖家这一代的首领，也是屠肥的弟子，名为蛇公子。"

打探到嬴政与郭开的旧事，姜明鬼方与石青豹离开了风信家。

二人行走于街上，石青豹背着一包书简，沉默不语，姜明鬼信步向前，心绪起伏。邯郸城繁华无两，各色人物吵闹喧哗，四方特产琳琅满目。有的珍珠如同沙土一般被贱卖，有的瓦块则被哄抬了十倍以上的价格。两人就这么慢慢地走着，一时之间，竟有恍若隔世之感。

"你知道嬴政在邯郸时的事吗？"姜明鬼忽然问道。

石青豹自幼在邯郸长大，她的父母又为秦人害死，因此她一心抗秦，但算一算时间，不知嬴政在邯郸为质的时候，他们是否曾见过。

"你真的相信，魏国那边，你的两位师兄弟已经说服了魏王与无烬公子，加入合纵大计？"石青豹却反问道。

她不欲多言，姜明鬼也就不再逼迫，道："那是自然。"

"寥寥数字，你怎么能如此肯定？"石青豹兀自不信。

"在知道魏、韩的症结所在后，实在有太多可以破解的方法了，张玉岩的'抽丝剥茧'、涂伐的'辟易之刀'，本就是对症下药。"姜明鬼仰起头来，长吁一口气，道，"何况，他们还有国驷战车。"

"国驷战车跑得虽快，又怎能在说服君王之事上起效呢？"石青豹道。

"国驷战车，绝非只是跑得快那么简单。"姜明鬼说着，随手在路边小摊上拿起一具小小的拨浪鼓，轻轻晃动，"以说服魏王为例。魏国地处险要，腹背受敌，因此朝内主战、主和、联秦、抗秦的观点，莫衷一是，十分复杂。但无论是战是和，你猜国君最看重的，会是什么？"

"胜负？"石青豹猜测道。

姜明鬼轻轻摇头，手中拨浪鼓咚咚作响："我在韩国那一败，发现国君最看重的，乃是忠诚。做臣子的，只要你忠于国君，即使你蠢一些、坏一些，国君也仍会维护于你；但你若处处为自己考量，国君一旦发现，哪怕你功高才盛，也会为他所摒弃。"

"你是说，魏王身边的臣子，有许多是因为私心而阻挠合纵抗秦，张玉岩则会揭发他们，以此来令他们失势，不能再影响魏王？"石青豹若有所思道。

"正是如此。"姜明鬼微笑道，"而想要知道一个人的心里到底是怎么想的，当然要去听听他在别人背后是怎么说的。国驷战车内备有机关'丝听'，以弓箭发射，引丝线于百步之外，传声于战车车厢之内。"他轻轻摇晃拨浪鼓，"而国驷战车的青铜车厢，便如这小鼓一般，将声音放大，无论是张玉岩还是魏王，都可以听得清清楚楚。"

石青豹望着那小鼓，想象魏国大梁城内，大臣府外的密林之中，国驷战车无声停驻，而车厢内，张玉岩领着魏王一起，窃听大臣私谈，以定忠奸，不由抚掌笑道："竟有几分鬼祟！"

"若不愧对天地，背后之言又有什么不能让人听的呢？"姜明鬼笑道。

"那无烬公子呢？涂伐又怎么用国驷战车来断绝他的后路？"石青豹又问。

第五章 不倒翁   129

"无烬公子的话,我猜涂伐要在夜里和他谈上一谈。"姜明鬼斟酌道,"无烬公子身负复国重任,稍有差池,便是万劫不复,因此他瞻前顾后,犹豫不决。国驷战车中,有一件机关,名为'倒镜',镜上另有小孔,可令人的影子在镜后颠倒映出。我若是涂伐,便在深夜长街之上,约见无烬公子。再以'辟易之刀'取火,用火光照出无烬公子的影子,而影子却在'倒镜'之后,倒悬墙上,如怒鬼含冤。无烬公子一见之下,自有所悟,必可痛下决心,断绝后路。"

——想象在黑漆漆的夜里,火焰缠绕在长刀之上,映出一个脸色惨白的亡国公子。

——在他的身后,有一辆巍峨的战车,车上伸出一面古怪的铜镜。

——铜镜背后,又是一堵高墙,墙上映出那亡国公子的倒影,头上脚下,如死去亡灵,悬于水火。

"墨家机关,真是有趣。"石青豹笑道。

说起墨家机关,推演异国之事,他们间的尴尬似也缓解了。石青豹又问道:"说服魏王以声,说服无烬公子以影,则我们要赢郭开,你们也会用到国驷战车吗?又会拿出什么法宝呢?"

姜明鬼笑道:"到时候,你就知道啦。"他目光闪烁,轻轻将拨浪鼓放下,忽然道,"你是要回禄谷侯府吗?我还想在邯郸城里逛逛,咱们先在此别过。"

第六章

无赖子

和石青豹闲聊之际，姜明鬼忽在人群中，看到了两个举止怪异的无赖。

那一瞬间，他心中一动，决定顺藤摸瓜，找到邯郸城的无赖家，再去探听一回嬴政留赵时的往事。

嬴政先前竟在无赖家立身，实在匪夷所思。他对嬴政，虽已视为强敌，心中却始终存留一份钦慕。嬴政之强横、智慧，都颇令他心折，如今得知他竟曾与无赖混迹，姜明鬼的心中，愤怒之余，更多涌起的，是强烈的失望。

辞别石青豹，姜明鬼闪身挤入人群，远远地缀上了那两个无赖。

那两人其实极为扎眼：他们用草绳拖着一张破几案，那几案倒转过来，如同一只小船，咣当咣当地漂在路上，上面又趴着一个破衣烂衫、不似人形的乞丐。几案颠簸，那乞丐大半个身子都已耷拉在外，给他们这么拖行，惨不忍睹。而闹市之中，他们这般折磨弱者，却也没人阻拦，只偶尔有人远远地指指点点，显然颇有忌惮。

姜明鬼紧走几步，伸脚一踏，正踩在几案边缘。两个拉绳的无赖，忽觉身后一重，向后一仰，几乎摔倒，回头一看，怒不可遏，叫道：

"哪来的不知死活的蠢汉！滚远些！"二人都年轻力壮，穿得邋里邋遢，半敞着怀，一身酒气，满脸横肉。

"你们要将这位……带到哪里去？"姜明鬼话说一半，一眼看清那乞丐的样貌，却不由打了个结巴。

之前他已觉那乞丐身形奇怪，模样凄惨，这时离得近了细看，更加触目惊心：只见他一身脏污，身上衣物几乎只是一堆破布。背脊佝偻，手脚蜷缩，头、面上又胡乱缠满布条，蒙住了面目。而在布条未能覆盖的地方，那些露出的皮肉，溃烂皱曲，原来是受过极为严重的烧伤，以至于身体畸变。

"老子带他去哪儿，你管得着吗？"那两个无赖叫道。

无赖一向只有自己欺负别人的份儿，哪能容许别人对自己不敬？其中一个头梳双髻的，反手自袖中一抽，拽出一柄杀猪刀来，瞪起一双牛眼，喝道："兔崽子到这儿来装好人，老子先弄死你！"话音未落，却已被姜明鬼一把夺过了刀，反压在他的肩上。

"我们是带他去吃饭的！"那梳双髻的无赖立刻变了脸，正色道，"吃香的喝辣的亏不了他的！"

他变脸迅捷，也尽显无赖家的风范。

"带人吃饭，有这般粗鲁的吗？"姜明鬼冷笑道，"你们还把他当人看吗？"

"当的！当的！"另一个脸上有青记的无赖，连忙踢了一脚那乞丐，道，"老狗，你快说！我们每次带你过去，蛇公子是不是都给你吃好的喝好的？"

那乞丐伏在几案上，一直有气无力地低着头，听他叫唤，才勉强扬起脖子。只见破布条下，他的一只眼睛泛着瓷白，显然早已盲了；另一只眼睛眼皮溃烂，眼仁浑浊不堪，显是也不年轻了。

姜明鬼也道："这位大叔，不要害怕他们，有什么委屈，我自会替你做主的。"

突然间,那乞丐的独眼中竟射出极为恶毒的光芒,对着姜明鬼,几欲扑咬一般。他口中呵呵有声,一条伤臂在几案上乱拍,道:"我……我……我要吃……快走……莫停……"

那梳双髻的赔笑道:"这位公子,你看,我们真是对他好的。"

"你们是无赖家的人?"姜明鬼见那乞丐古怪,便也暂且放下,又问道。

"邯郸无赖,忠勇无双!"那梳双髻的叫道,"我们为赵国流血牺牲,饱受百姓爱戴!谁敢动我们一根毫毛?"

"你们是蛇公子身边的人?"姜明鬼又问道。

"我们是蛇公子身边大将,黄三、孙黑!你若敢对我们动手,蛇公子绝饶不了你。"

姜明鬼微微一笑,手一转,将短刀递还给那梳双髻的,道:"我不为难你们,我也正找蛇公子有事,带我去见他。"

"你还敢见我们蛇公子?"那梳双髻的惊讶道,"我们蛇公子可不像我们这么好说话!"

"抗秦卫赵,人人有责。"姜明鬼笑道,"我正有些财物,要捐与无赖家的英雄,须得面呈蛇公子才行!"

那两个无赖面面相觑,一听姜明鬼有财物相送,顿时乐得合不拢嘴,连忙拉着那乞丐,带姜明鬼往无赖家在邯郸城的落脚之地而去。只是这一回,有了姜明鬼在旁,拉动那被烧伤的乞丐时,动作自然是轻得多了。

无赖家好吃懒做,坑蒙拐骗,所作所为,自然得以人为目标,落脚之处自然也就在市井之中。那两人带着姜明鬼,沿着大街又走了里许,于最繁华处一转,转入背后的一片民居,又行数百步,来到了一座大宅前。

只见那座大宅坐北朝南，高墙厚门，建造得颇见排场。然而这门口处却一片凌乱，杂草落叶、马溺狗粪，似是许久无人打扫。大门洞开，门槛上坐着几个无赖，个个大叉着双腿，一脸鄙夷地盯着往来行人。

"黄三！怎么来得这么慢！"那几人随口招呼，"那老狗还没死啊？"

那乞丐低着头，趴在几案上，给黄三、孙黑抬着，进了大门，路过那几人时，免不了又被扇了几巴掌。

姜明鬼冷冷地望着他们，那几人见他眼神不善，一个个也立起了眼睛，叫道："黄三，这小子又是哪来的？眼珠子不想要了，跟爷爷们瞪眼睛？"

那梳双髻的黄三连忙劝止，叫道："这是自己找上门来的有钱少爷，说要给咱们捐钱捐物，抗秦救赵。我们这就带他去见蛇公子，可不能辜负了人家！"

对无赖来说，什么意气之争，归根结底，还是在敛财获利。那几个无赖听说姜明鬼原来是个冤大头，登时个个眉开眼笑，道："这位少爷一看就品行端正，出手大方，快快请进！和我们蛇公子谈不清楚，我们可不让你出来！"

姜明鬼这才随黄三、孙黑走进大宅。

只见那大宅之中，更是一片乌烟瘴气。地上到处是便溺痰涕，蝇虫乱飞；花树上高高地挂着衣裳，滴滴答答地淌着脏水。甬路上一大摊乌黑的血渍，不知是人是兽的，尚未干涸，极见凶险。

许多房间的门窗都已不知去向，透过门洞窗洞，可以看见一个个无赖盘踞其中，赌钱喝酒，丑态百出，令人作呕。

穿过前面院子，他们来到后院的内宅，却立时清净了许多。只见院正中一棵古树，有五六丈高，冠盖如伞，在中间的枝丫上，垂

第六章 无赖子

下了两面白旗。白旗上有字,左面一幅,上面写着"万法制人";右面一幅,上面写着"无法律己"。

院中也有数名无赖,虽然数量不多,但剽悍凶恶,穷形尽相,远甚前院。看见姜明鬼进来,二话不说,先一个个恶狠狠地望来,似是一群饿狼,磨牙吮血,不怀好意。

大树底下一块巨石,形如青牛,这时一人正敞怀躺着,拿着把扇子扇风。旁边一老一少两个男子,衣饰整洁,与院中无赖格格不入,看来乃是一主一仆。他二人正愁眉苦脸,向那青石上的人苦苦哀求。

远远的,便听那老丈道:"蛇公子,你当日借住我这房子,明明说只住你一人,后面却接进来几十个兄弟;开始时说好只住一冬,如今却都已经住了一年。你上个月说这个月搬走,三天前说今天搬走。可是今天你们还在这里,你们……你们太欺负人了!"

"今天过了吗?太阳落山了吗?"青石上那人懒洋洋地道,"一大早你就过来催命,你是活不到那个时候了是吗?"

"蛇公子,当初我儿子把你当成朋友,让你借住,可到头来,你们却将我们赶了出去。如今我儿子死了,我这一把老骨头,孤苦无依,这房子就是最后的念想。你行行好,带你的弟兄们离开,让我死在这祖宅里,下辈子我们做牛做马,感谢你的大恩大德。"那老丈道。

"你儿子死了,是我害的吗?跟我有关系吗?当初他就差点没命,是我们救了他,让你们多享了两年的天伦之乐,这会儿你翻脸不认人了?我住在这儿是把他当兄弟,现在你要赶我走,他同意了吗?你把他从坟里刨出来,让他清清楚楚地跟我说一句'蛇公子请你滚蛋',那我二话不说,拍屁股就走!"青石上那人笑嘻嘻地道,"否则你把我赶走了,我怕将来你死了,你儿子也要恨你,那就不好了。"

"你明知道他已不在了,这不是强人所难吗?"那老丈气得哽咽。

"蛇公子!"黄三却不等他说完,已叫道,"我们把老狗带来了!

路上还遇上了个想给咱们捐钱抗秦的糊涂……不是,大好人!"

听见他们的声音,青石上那人挺身坐起,却是一个面皮白净的青年男子,不过二十多岁,手中摇着一把蒲扇,眉目颇为清秀,但眼神冰冷,极为残酷无情。看着姜明鬼过来,他大笑道:"那算贵宾啊,欢迎欢迎!"

见有人打扰,他身旁那正哀求的老丈,不由面露沮丧之色,大着胆子,上前一步,道:"蛇公子,你就行行好,搬了……"话未说完,只听"啪"的一声,已给那叫蛇公子的青年男子劈头拍了一扇。

蛇公子喝道:"我说要搬,便是会搬!你这么三番四次地催我,是不信我吗?那我就偏不搬了!你能把我怎样?你去告官吧!大不了鱼死网破,我们这么多兄弟,怕你一个老鬼吗?"

蒲扇扇头,声音响亮,却是羞辱大于疼痛。那老丈胡子都白了,凭白遭他这样对待,脸涨得通红,眼泪在眼眶中打转,却还是赔笑道:"不敢不敢,你别生气,是我的错……我老糊涂了!"

"滚一边去!"蛇公子厉喝一声,"我要和贵客谈正事,你有什么话、有什么屁,都一会儿再放!"

那老丈眼泪簌簌而下,却终是不敢说话,给那仆从扶着,走到了一边。

蛇公子转过头来,把蒲扇摇上两摇,已变了一张脸,对姜明鬼笑道:"这位兄弟远道而来,不知如何称呼?"

这人一时声色俱厉,一时和颜悦色,变换自如,令人难以捉摸。一般人给他们反复折磨,自然不由心生畏惧,这正是无赖家最常用的胁迫人的手段。姜明鬼见那老丈不知何事,已被他拿捏得服服帖帖,不由暗自义愤,对这人又多了几分厌恶。

姜明鬼一面心中盘算,一面冷笑道:"不敢,在下墨家弟子姜明鬼。"

第六章 无赖子

"蛇公子，不用跟他客气！"黄三兴致勃勃地道，"他说咱们是抗秦义士，要给咱们捐钱捐物，肯定油水十足！咱们可不能要少了！"

姜明鬼孤身一人，跟随他们来到无赖家的地盘，从进门开始，在他们看来，便已如羊入虎口，鱼上砧板。这黄三心花怒放，全没注意到姜明鬼神情冷峻，所报师门之不俗，只道自己立下大功，连伪装都顾不上，只差招呼首领明抢了。

"哦，原来是墨家弟子啊。"蛇公子笑了笑，道，"也要麻烦姜少侠稍等。我得先请故人吃个饭。"点手令黄三、孙黑将那乞丐抬到脚边，又从身边拿出一碟鸡骨残肉，一股脑地倒在那乞丐的头上，道，"这个月，我也请你吃肉了啊。"

那乞丐低着头，扒拉着残肉断骨，一口口往嘴巴里塞，道："吃了，吃了！"

蛇公子又拿起一杯酒，也是浇到他的头上，道："酒，我也请你喝了。"

那乞丐低着头，噎得喘了口气，口中含混道："喝了。"

"那你便好好活着吧！"蛇公子大笑一声，让黄三、孙黑再将那乞丐抬到一边去，这才一抬头，眼中精光闪烁，冷笑道，"姜明鬼？这个名字听着好不耳熟……五年前，大闹新郑，挟持韩王，一夜尽诛酒、色、财、气，不就是你吗？"

五年前水丰城那事，姜明鬼闯出的名声实在太大，以至连邯郸城里无赖家的首领都能想起。他身为墨家弟子，既然不愿隐瞒身份，便只能受此虚名拖累，这时索性也不多言，只道："正是。"

蛇公子哈哈大笑道："人人以为你是好人，你却偏偏挟持君王，犯下诛九族的大罪；人人以为你是草民，你却直接毁了韩国的栋梁，让它索性亡了国。你年纪轻轻，做出这等破格违规的异事，我们无赖家的，都应当以你为表率啊！"

姜明鬼微笑道："比不上你们培养了秦王嬴政，又称为抗秦义士。"

"啪"的一声，有人将手中酒碗摔得粉碎，院中的无赖几乎同时站起，目露凶光。

那蛇公子听他提到"嬴政"这名字，显然也颇吃了一惊，用蒲扇挠挠头，失笑道："嬴政啊，那忘恩负义的小子！吃我师父的、喝我师父的，后来回了国、当了王，回过头来就派杀手杀了我师父。这不是巧了？这样的人，我们无赖家当然要与他抗争到底。"

他口中所述，果如虞青之言：蛇公子乃是屠肥的弟子，师死徒继，掌管无赖家。

"那么我便很想听一听，无赖家是怎么给他吃喝的。"姜明鬼沉吟道，"是像给这位大叔一般，当狗一样地喂着吗？"

他一言既出，登时如捅了马蜂窝一般，院中那些本就已虎视眈眈的无赖，纷纷破口大骂，一面骂，一面从四面聚拢过来，撸胳膊挽袖子，作势便要动手。

"你果然是来找事的！"蛇公子摇头叹道。

"你们做了什么不能让人知道的事吗？"姜明鬼笑道。

"这个，你可以死了以后，去问我师父。"蛇公子眨了眨眼，道。

那无疑是一个信号，围拢过来的众无赖立时大喝一声，一起向姜明鬼抓来。有几个人的手已搭上他的肩膀，但姜明鬼肩膀一晃，周身骨骼爆响，一瞬间，整个身体竟像是张大了一些——

更魁伟了一些，也更瘦削了一些！

脸色铁青，血肉干枯，承字诀古木之力已经运起，姜明鬼迈步向前冲出，"砰"的一声，那梳双髻的黄三和其他两名想要从前面推他的无赖，同时被撞得倒飞而起，而几名从两侧、后面抓住他的

第六章 无赖子

无赖，却被他拖得摔倒在地。

一瞬间，众无赖已是人仰马翻，姜明鬼如同一头犍牛，"犁"开阻拦他的无赖，直扑蛇公子！

他看起来斯文秀气，可是一动起手来，却如此蛮横凶狠。那蛇公子原本是等院中十来个无赖都集结在身旁，才开始发难，只道以众击寡，即使对手是墨家弟子也必可全胜，谁知这一动上手，自己的兄弟竟连拦都拦不住姜明鬼一下。

"砰"的一声，姜明鬼已拖倒数人逼到他的面前，劈胸抓住了蛇公子的衣襟。

"还是你来告诉我吧！"姜明鬼喝道。

那蛇公子穿衣松松垮垮，胸襟大开，姜明鬼双手伸出，各抓他一边的衣襟向上一提，蛇公子立刻叫道："哎呀，好疼！"

他口中叫痛，面上却笑吟吟的，显然"疼"的不会是他。

姜明鬼双手握着他的衣襟，怒目圆睁，一时没有动作。蛇公子笑道："我们无赖家的人，最喜欢抓人胸襟，也最讨厌别人抓自己的胸襟，所以我未雨绸缪，在衣下藏蛇，你这一抓，两只手让它们咬了几个窟窿？"

姜明鬼左手继续提着他的左襟，右手却已松开，掌心向上，慢慢张开。只见他的掌心里，湛青碧绿，躺着一条小蛇，长约半尺，头如三角，显具剧毒。只是，那小蛇口吐鲜血，已然扭曲僵硬！

古木之力运起，姜明鬼周身刀枪不入，那毒蛇毒牙虽然锋利，仍没能刺破他的皮肤，反而被他巨力一握，不及挣扎，便已气绝。

蛇公子大吃一惊，姜明鬼冷笑一声，扔下小蛇，右手又握紧成拳，向着蛇公子的面门，一拳打来。

"刺啦"一声，蛇公子猛地向后一挣，他身上的衣袍，突然自背心处裂成两半，人向后急退，已脱出了姜明鬼的控制。

"弄他！"蛇公子大叫一声。"噗"的一声，已有一蓬白烟，从他身前扬起。

那是一包石灰，劈头盖脑地向姜明鬼打来。姜明鬼将头一侧，让开了这一包，却见白烟四起，竟是周围的无赖纷纷向他掷出石灰。

石灰一物，以牡蛎壳燔烧而得，自周朝起应用于民间，铺垫墓穴，涂抹房屋，有驱蝇杀蚁的异效。然而其性燥烈，内藏火毒，随风而走时，沾肤则烂，入目则瞎，正是无赖家的秘密武器。

院中无赖人人出手，一瞬间，已不知扔出多少石灰，整个院中一片白茫茫，令人目不视物。

但众无赖却早有准备。他们没有什么特别的本事，也没有专门的武技，每日里游手好闲，就是在揣摩如何坑人打架，因此颇有些花招怪招，聚集此院中的人，更是个中好手。

那蛇公子藏于襟内的小蛇，一撕就破、便于脱身的长袍，众无赖人手一份的石灰包……都是他们平日出其不意、克敌制胜的伎俩。这时撒出了石灰，迷住对手的眼睛，无赖们纷纷一手衣袖遮住口鼻，另一手自腰间、袖内抽出短棍、短刀，扑进了石灰之中。

可是白尘之中，"砰砰"作响，那些扑进去的无赖，进去得快，出来得更快。

姜明鬼人在白灰之中，早已闭目屏息。石灰之用，小取城造字诀早已研究透彻，姜明鬼岂会不知？一见白灰扬起，便以单臂遮面，护住了口鼻双眼，免于石灰内的火毒伤身。

他一手护面，另一手却大张，向外迎出，只等无赖们碰到他。

他有古木之力护体，无赖们碰到他时，别说是拳脚试探，便是刀棒落下，也难伤毫发，反倒是一触之下，便暴露了自己的位置，给姜明鬼顺势赶来，一拳一脚，打得屁滚尿流。

可怜这些无赖，平日颇下心思练的在石灰中闭眼作战的法门，

第六章 无赖子

全无作用，给姜明鬼打得一个个自石灰中飞出，哼哼唧唧，一时爬不起来。

石灰散尽，姜明鬼重新现身，头上身上斑斑点点，身上衣裳也被无赖们撕破几处。

可是他杀气凛冽，昂然阔步，气势更是惊人。

"老丈！"

姜明鬼突然对那躲在一旁、吓得瑟瑟发抖的老丈道："这是你的房子吗？"

那老丈先前被蛇公子斥退，和仆从守在一旁，原本想等姜明鬼到访之事过了，再去哀求。谁知双方一言不合，大打出手，而姜明鬼以一敌众，竟然无人能挡。

"是……是我的！"那老丈叫道，"这本是我的祖宅，房契地契俱全，可被蛇公子他们占了，一直要不回来……"

"躲开些，"姜明鬼道，"我把他们打走，房子自然还你。"

"姓姜的！"蛇公子在不远处一个门洞中喊道，"你来！"

方才石灰扬起，一阵乱战，这蛇公子却没有冒进，而是退回了后面的住房之中。

这院中布局，北面四间正房，西面五间厢房，每间房门窗尽失，只剩黑乎乎的门洞窗洞，有的空着，有的垂着苇帘，遮挡了阳光。那蛇公子站在正房的门洞前，赤裸上身，一手提了一口短刀，极其剽悍。他另一手向姜明鬼一招，见姜明鬼望过来，猛啐一口，便钻入房内。

姜明鬼连走几步，来到门洞前，只觉洞中腥风弥漫，光线昏暗，影影绰绰地，仿佛一个简陋的迷宫。但他艺高胆大，身形一晃，已跃入房中。

从院中进入屋中，光线一暗，忽听得泼剌一声，姜明鬼头顶上倾倒下一盆菜油。姜明鬼足下发力,再向前一蹿,风声呼啸,前方两根短棒已一捶胸、一扫腿,迎着他打来!

姜明鬼闷哼一声,一脚踢出,扫向他足胫的短棒,应声而折。

与此同时,打在他胸前的那根短棒,"咚"的一声,发出擂鼓似的一声闷响,也被他劈手夺下。握棒的无赖一个狗啃屎,扑倒在地,又被姜明鬼顺势一脚,踢得翻了个身,当场昏倒。同时姜明鬼反手一掷,"夺"的一声,短棒离手,又将蹲踞在门框上方倒油的无赖射了下来。

只见屋内一片狼藉,好好的一间大屋,床翻案倒,杯盘狼藉。地上铺着稻草和兽皮,旁边一扇屏风,原本画的是仙鹤祥云,如今却已被炭灰、血渍涂抹,变得污秽不堪。

——才看到屏风,便见屏风一动,几丸石弹已钻破屏面,激射而出!

姜明鬼半步不退,双臂一拦,挡下石弹,自己也如弩弓发射,向前冲去。"哗啦"一声,那屏风被他一头撞碎。屏风后的两个无赖,手持弹弓,哪里来得及逃走?又被他一手一个,掼到墙上,摔得昏了。

他如虎入羊群,所向披靡,可是蛇公子趁他被稍稍拦下,已逃入下一个房间!

姜明鬼迈步追赶,来到下一间房,房中数名无赖,当先两人,一个手持短刀,一个手持双棍,正是先前在大门口守卫的几名无赖之一。

"臭小子,你果然是来闹事的!"其中一人喝道。

他们从前门赶回,距此最远。他们都到了,则前院的几十名无赖,只怕也都已赶到!

"姓姜的!"蛇公子喝道,"哪怕你浑身是铁,又能打几根钉!"

姜明鬼微微冷笑,凛然无惧,大步冲上。

第六章 无赖子　143

院中那老丈给仆从扶着,战战兢兢退到墙角。姜明鬼既许诺帮他夺回房子,他自然倍加关心,人离得远了,却瞪起眼睛,竖着耳朵,不敢错过一丝一毫屋内的战局。

只听黑屋之中,棍棒呼啸,拳脚生风,打击声不绝于耳,惨叫声此起彼伏。这所大宅被无赖们窃据已久,房屋院落,一方面被无赖们损毁糟蹋,另一方面又被他们打通、改造,如同龙潭虎穴,最是易守难攻。

这老丈人从一个个窗洞、门洞中望去,只见姜明鬼如同厉鬼,一路迎着不同房间中的无赖向前,面对各路攻势,几乎都是不闪不避,笔直冲上。众无赖人数虽多,花招虽多,但打在他的身上,全都如清风拂面一般,毫无作用。唯一能做的,也不过就是将他在各间屋中拦下的时长变得不同了而已。

"轰隆""哎哟",不时有无赖从门洞、窗洞中摔出,而一经摔出,便哼哼唧唧,再也爬不起来。

无赖从四面八方,不绝赶来,除了被他击倒的人,其余的都只能且战且退,越积越多,如一个雪球一般越滚越大,从正房退到了厢房,又从厢房被一股脑地赶到了院子里。

"哗啦"一声,一群无赖跌出了最后一间厢房的门洞,人仰马翻,狼狈万状。

姜明鬼缓步走出,手中倒提着一人,正是蛇公子。他身上更脏,衣衫更破,双拳染血,但一双眼如同寒星,摄人心魄。

"说了!说了!"蛇公子叫道,"别打了,你想问谁?你想问啥?我都说!"

姜明鬼将蛇公子扔在地上,蛇公子往后缩了缩,半靠在一棵花树上,呼呼喘息。

"嬴政当初,真的是加入了无赖家?"姜明鬼问道。

"当然是加入了的！真算起来，我其实算是他的师弟，他在邯郸横行无阻的时候，背后可都站着我呢。"蛇公子口中说着，眼珠滴溜乱转。眼见姜明鬼渐渐听得认真，他忽然又笑了起来，道："算了，你还是打死我吧，我突然又不想说了。"

"你以为我不敢杀你？"姜明鬼冷笑道。

"我赌你不能杀我。"那毒蛇般的男子大笑着，摊开了手脚，毫无防备，道，"我认输啦！我绝不反抗啦！你还凭什么杀我？墨家不是号称兼爱、非攻吗？对一个手无寸铁、毫无反抗的人，我看看你姜明鬼，能下得了什么杀手！"

姜明鬼倒吸一口冷气，一时之间杀气顿泄，还真给他难住了。

墨家弟子扶危济困，一身的本领，只用于以弱胜强、以少胜多，姜明鬼所修炼的承字诀，更是习惯后发制人。敌人越是强横，他越是冲锋陷阵、战无不胜。可敌人一旦懈怠，让他对一个毫无还手之力的人动手，哪怕明知那是一个"恶人"，姜明鬼却也无法再下狠手。

"你想知道嬴政的消息？"蛇公子笑吟吟地道，"你为什么想知道他过去的事？"

见他嬉皮笑脸，姜明鬼愈加怒火中烧，却终究无法再加一拳一脚于他身上。姜明鬼叹息一声，看了一眼旁边的老丈，道："你们马上离开此地，将这宅子还给这位老先生。"

"可以！"蛇公子半躺在那里，哈哈一笑，道，"小的们，搬家！"

他若还敢强赖，便也给了姜明鬼一个教训他的理由，可他这么痛快地答应下来，姜明鬼登时如一拳打空。那老丈眼见之前跑断腿、磨破嘴尚不能解决的事，突然有了结果，不由又惊又喜，叫道："多谢恩公！多谢恩公！"

姜明鬼铁青着脸，根本无暇回应于他。

"那位为大火烧伤的乞丐，你不可以再折辱他！"姜明鬼又道。

第六章 无赖子　　145

"没问题！"蛇公子大笑道，"可日后他自己找我要吃要喝，那我也没办法。"

这无赖仰着脸，懒洋洋地望着姜明鬼，笑道："你还有什么看我不顺眼的，你说，我改。今天你让我干什么都行，我逆来顺受，绝不说半个不字！可是除此之外——"他的目光渐渐森冷，"墨家小子，你别想从无赖家这儿得到一星半点儿关于嬴政的消息！"

他并不知姜明鬼与嬴政的关系，也不知姜明鬼到底有多想探听嬴政的旧事，可是无赖的精明、无赖的狠辣，偏偏令他在这一败涂地的时候，孤注一掷，要挟姜明鬼。

场面难堪，却无法可解，姜明鬼心中不安，叹息一声，转身便走。

"这就走啦？"蛇公子却在他背后又笑道，"你不想知道嬴政的消息了？我这里有许多嬴政的秘闻呢！"眼见姜明鬼脚步一滞，蛇公子又笑道，"我只说不会被你胁迫说出那些旧事，可是，我没说不能交换啊！"

姜明鬼心中一动，终于回头，道："如何交换？"

"卸了你那身古怪的力气。"蛇公子早有准备，听他就范，立刻爬起身来，道，"让我赤手空拳，打你三下！打一下，我回答你一个问题！"

"赤手空拳？"蛇公子如此要挟，却只提这么低的条件，姜明鬼不由稍觉意外。

"不错！正是赤手空拳！"蛇公子咬牙道，"今天栽在你这怪物的手里，我也认了！可这口气我咽不下去，你卸了你那怪力，让我结结实实地打你一轮，出一口气，我今天便是死了，也闭得上眼！"

他看来已是狗急跳墙，姜明鬼不以为意，道："好。"

——他实在太过想要知道嬴政在邯郸时的遭遇。

——也实在对自己的本领，太过自信。

说着，姜明鬼终于卸下身上的古木之力，松了口气，道："赤手空拳，来吧。"

周身血脉畅通，筋骨松弛，他的身形又变小了一些，那些原本便破破烂烂的衣裳，这时挂在身上，更显落拓。

"赤手空拳。"他谨慎地指了指蛇公子手上的短刀。

蛇公子哈哈一笑，也不废话，将手中短刀用力一掷，寒光一闪，斜斜插在脚边地上，道："当然！"

"好。"姜明鬼点了点头，微微垂目，道，"一拳一个问题，我就让你三拳。"

他卸去古木之力，一旁鼻青脸肿的无赖们看出便宜，好几个人跃跃欲试，又想上前动手，却给蛇公子一声厉喝，喝退数步，露出一片空地，只将姜明鬼留在正中。

"谁都不许对姜少侠无礼。"蛇公子冷笑道，"男子汉大丈夫，咱们都得说话算话。"

"明白！"无赖们一起欢呼，"说话算话，才是英雄好汉！"

"这话没错。"蛇公子微微颔首，笑道，"姓姜的，墨家弟子言必信、行必果，你说了接我三下赤手空拳，该不会到时候觉得疼了、亏了，便反悔了吧？"

"绝不反悔。"姜明鬼淡淡地道。

"所以，你不会逃，不会躲，不会反击，不会再用那古怪的力气。"蛇公子道。

"受你三拳而已，不必麻烦。"姜明鬼冷笑道。

他身子虽不健硕，但多年习练承字诀的武技，早已令他的身体坚韧有力，即便不用古木之力，其忍痛、耐打的本领也远胜常人。蛇公子的拳劲，他刚才在屋洞内已有所领教，即便硬受三拳，也绝不在话下。

"那就好。"蛇公子笑道，"不过，我从来没说，我是打你'三拳'。"他笑声越来越大，周围的无赖见姜明鬼入彀，也都放声大笑。蛇公子笑道："我说的一直是，我'赤手空拳，打你三下'——弟兄们，把我的'赤手''空拳'拿来！"

　　他的话说得奇怪，众无赖笑得更颇有深意，姜明鬼暗觉不妙，果然就见有人大声答应，飞奔到那树下的青石旁，转眼便从石下掏出两件奇形兵刃：都是一尺半长的木柄，顶上镶着锤头一般的铜块。只不过一枚铜块形如展开的巴掌，一枚铜块形如握紧的拳头。

　　"此为'赤手'。"蛇公子扬起巴掌形的铜锤道，又扬起拳头形的铜锤道，"此为'空拳'。'赤手''空拳'分别打你三下，恭喜姜公子，你可以问我六个问题！"

　　他在兵器的名字上大做文章，以此来引人上当，如儿戏一般幼稚。可当此之时，言之凿凿，又让人如何与他计较？

　　姜明鬼勃然变色，道："你好不卑鄙！"

　　"我是无赖，自然便该卑鄙！"蛇公子冷笑道，"不过，谁又说过，锤子不能起这样的名字呢？你一个墨家的侠者，难道也要像我一般，出尔反尔，食言而肥吗？"

　　周遭的无赖纷纷吼道："墨家说得好听，还不是贪生怕死！"

　　"什么侠义墨家，拉出的屎也吃得回去！"

　　他们七嘴八舌，污言秽语，围着姜明鬼一人叫骂不休。姜明鬼额上青筋挑起，把牙一咬，道："便受你六锤，又当如何！"

　　众无赖轰然叫好，叫骂道："你躲上一躲，便是懦夫！"

　　赤手、空拳！

　　蛇公子森然向姜明鬼走来，两个奇形铜锤沉甸甸地掂在手中。

　　——不过是六锤而已。

姜明鬼长长地吐了一口气，一面回想自己此前的锻炼，一面活动肩颈，准备硬接这六锤。

　　他此前修习承字诀的本领，无数次承受刀砍枪刺、石砸火烧等伤害，九死一生之际，早已练得钢筋铁骨，铜头铁额。可那毕竟还需有古木之力护身，若是纯凭血肉之躯来硬受重击，他也并非坚不可摧。

　　"你一定不会老老实实地接完我六锤的，因为你根本撑不到第六锤。"蛇公子狞笑道，"'赤手'十斤、'空拳'九斤，一锤下去，足可以打碎两寸厚的石板，拿别人家的猪狗练手，击杀也不过是一两锤的事，打你一个不闪不避的活人，又哪费得了什么力气？"

　　"我比石板硬。"姜明鬼摇头道，"比猪狗的命更长。"

　　"好啊，那我便绝不留情了。"蛇公子一步步来到姜明鬼面前，又再确认道，"不准逃、不准闪、不准还手、不准用你那个古怪的力气护身！"

　　姜明鬼看他一眼，将双手垂下，道："那个自然。"

　　"好！"蛇公子眼珠一转，道，"我不占你的便宜，你先问一个问题吧。我答了你再说。"

　　"那么，嬴政为什么会加入无赖家？"姜明鬼也不多言，直接问道。

　　"当年各国交恶，那些质子备受冷落，被安置在邯郸城东，出无车、食无肉，比咱们老百姓还要惨一些。何况他们还是赵国的敌人。我们赵人，自然对他们更没什么好脸色。疏远冷落已是轻的，街上看见打一顿、没人的时候抢几个钱，都不算事。"

　　蛇公子手中掂着铜锤，继续回忆道："开始的时候，秦国质子是嬴政的父亲异人，但他在嬴政八岁时，便回了秦国，只把嬴政母子留在邯郸。嬴政从小就很倔强，十来岁的时候，就敢拎着把柴刀，出来和欺负他娘俩的赵人拼命。可他一个小孩子,吹上天了能有多大本事,还不是天天被小赵公子他们打得鼻青脸肿的?"

蛇公子摇了摇头,叹道:"他后来找到我师父,说要加入我们无赖家,当时我师父也十分意外。其实那时候在邯郸城里,除了我们这些如过街之鼠的无赖,谁又会正眼看他一眼呢?他来无赖家,已是走投无路,唯一的选择了。

"我师父一时心软,收了他。谁知这小子也真行,什么危险都不怕,什么难题都能解,十二岁便在邯郸街头闯出了名声。"

原来嬴政加入无赖家,竟有这般苦衷。姜明鬼想到他一个小小少年,受人辱骂、殴打而不屈服,最后自污托身加入无赖家,心中不由五味杂陈。

蛇公子笑道:"第一锤来了!"

大喝一声,他右手的"空拳"已高高举起,挂定风声,向下一落,直奔姜明鬼头顶而来。姜明鬼心不在焉,随手一挡,"咚"的一声,那一锤正砸在他的手臂上。虽然久经训练,但没了古木之力护体,阵阵剧痛令他脸色一变。

蛇公子看他神情,不似作伪,极为满意,道:"你来问第二个问题吧!"

"第二个问题,"姜明鬼沉吟片刻,道,"你的师父屠肥后来被人当街杀死,那个杀手真的是嬴政派来的吗?"

屠肥当日于闹市街头被杀手当众杀死,姜明鬼却觉得,嬴政堂堂一国之君,志气高昂,何至于在数年后,还对异国的一个无赖首领下诛杀令呢?

"当然是他。"蛇公子冷笑道,"他当了秦王,就不可能留着我的师父。堂堂一国之君,给人知道在无赖家和我们一起,做了那么多鸡鸣狗盗之事,岂非笑话?无赖、无赖,天生就是让人看不起的。他派了杀手来灭口,也算是看重我们,给我们一个交代了。"

——落魄的时候,给他一碗饱饭,或许就救了他的性命;

——可风光的时候,那人想起那碗饱饭,却可能只觉得羞耻。

蛇公子咬牙道:"可我们不服气。凭啥我们好心没好报,为什么无赖就让人看不起?所以,我们无赖家矢志抗秦,誓与邯郸共存亡!"他将左手铜锤一摆,喝道,"第二锤来了!"

"咚"的一声,这一锤打在姜明鬼的胸口上。

姜明鬼踉跄后退,只觉胸口如同火烧,疼得一口气喘不上来。

——但于他而言,更令他心中愤怒的,却是嬴政这般忘恩负义。

他将嬴政当成了最大的敌人、最好的对手,可到头来,那人竟是一个如此自命不凡、厚颜无耻之徒。

"第三个问题,"姜明鬼道,"嬴政在邯郸的时候,做的最大的坏事是什么?"

"最大的坏事?"蛇公子愣了愣,道,"他……他在回秦国的前夜,将他邻居一家全都害死,这算是坏事吧?"

"此话怎讲?"姜明鬼一惊,全没想到会有这种秘事。

"那是十四年前的事了。"蛇公子回忆道,"十四年前,秦昭襄王驾崩,膝下再无二子,秦国只好立嬴政为太子,并派人将他秘密接回咸阳。可是与此同时,秦国朝中另有一股势力,派人前来刺杀嬴政。据说那一夜,杀手潜入了嬴政家中,嬴政先中了一刀,却仍负伤逃走,逃入了他的邻居家。那邻居原是位教书的夫子,心地善良,多年来,算是除我们之外唯一一个不时接济他们母子的好人了。嬴政躲在他家,杀手追踪而至,为了将他逼出来,将那夫子家中七口全给杀了。"

姜明鬼冷汗淋漓,只觉一颗心都揪了起来。

"据说那些杀手,杀一人、问一声,但嬴政始终没有现身。直

第六章 无赖子　　151

到天光大亮，秦国使者赶到，杀手退去，他才从那家的夹壁中走出。当日他便离开邯郸，返回秦国，不久便继承了王位。"蛇公子悠然道，"和那夫子一家比起来，我无赖家只死了个师父，已是大幸了！"

一言已毕，第三锤又至，姜明鬼右臂一搪，硬接了下来。

他心中乱纷纷的，一个此前从未见过的嬴政，仿佛就在他的面前慢慢地向他回过头来。

"你说那一家人都死了，而杀手后来也退去了，那么那一晚，嬴政逃入夫子家，杀手杀一人、问一声之事你又是如何听说的？"姜明鬼慢慢地问道。

"因为那七人中，有一人是当时未死的。"蛇公子的一双蛇眼死死地盯着姜明鬼，不错过他的每一喜、每一怒，慢慢道，"她就是那夫子的女儿，虽未立时便死，却惨遭杀手玷辱，第二天被我们发现之后，想要投水自尽。那天晚上，嬴政便是眼看着这恩人之女受辱，也没有出来相救——"

话说至此，他已蓦然跃起，挥手一锤，喝道："第四锤！"

一锤换一个问题，蛇公子当然不是为了成全姜明鬼，而是要用这法子报仇雪恨，击败这墨家弟子。先前三锤，他自是看得出来，虽然也打"疼"了姜明鬼，但绝没有真的伤到他。

蛇公子并不着急，他一直在寻找姜明鬼的破绽——每个姜明鬼提出的问题，他在回答时其实也是在试探姜明鬼的虚实。三个问题答完，他已可看出，眼前这人虽然不知与嬴政有什么关系，却极其关心嬴政，并对嬴政期许甚高。

因此，当他一举说出嬴政最不堪的往事的时候，他看到姜明鬼明显地恍惚了一下！

就在这一瞬间，他的铜锤如毒蛇出洞，猛地砸下！

"砰"的一声，这一锤正中姜明鬼颅顶。姜明鬼身子一震，还不及反应，血已如泉涌般自他额上流出。蛇公子一招得手，更不停歇，又一锤紧跟而来，打横扫在姜明鬼的左颊之上。"腾腾腾腾"，姜明鬼站立不稳，踉跄而出，斜着摔出两丈多远，一头撞上了旁边的院墙才停下。

血流披面，姜明鬼的头转眼成了个血葫芦。这两锤来得刁钻，几乎是在他全无防备之下，只靠皮、肉、血、骨本身的韧性硬接下来的，一时间皮开肉绽，他的脑中更是嗡嗡作响，天旋地转。

"第五锤也打过了。"蛇公子笑道，"所以你也可以问第五个问题了。"他冷笑着将双锤碰了碰，道："不如，你问问你会怎么死。"

眼前发黑，耳中轰鸣，姜明鬼斜靠在墙上，大口喘气。

血从他的头皮上、脸颊上汹涌而出，他头上、肩上一片濡湿，这么低着头，只一会儿，脚下也已淋淋漓漓地洒了一片血污。

"别……别打了！"那求房的老丈在旁叫道，"他……他快被你打死了！饶命啊！"

"快死了吗？"蛇公子的声音，似是很远，又似是很近，问道，"你不是很厉害吗？你还有问题吗？"

——有。

姜明鬼深深吸气，唯有这样，才能保持神智不失。

"你……你说……那被嬴政连累的教书夫子，他姓什么？"他挣扎着抬起头，被血糊住的眼睛射出令人心悸的光芒，"那被人玷辱、之后投水自尽的女子，又叫什么？"

在姜明鬼心中，他对嬴政的失望，已无以复加。

那曾令他引为知己、许为劲敌的不世枭雄，原来不过是一个自私卑劣的小人、一个连无赖都嫌弃的无赖，而姜明鬼此时此刻，甚至也是为嬴政所害，陷入绝境之中！

方才的两锤,打得实在太狠,他此刻的伤势之重,远超预料。之后第六锤若还是那般狠辣,他是死是活,殊难断言。邯郸城一个小小的无赖,竟将他逼至如此绝境,只怕九泉之下,早已灭国的韩国君臣气得都要活过来了。

不唯如此,他本是墨家弟子,一身本领足以锄强扶弱,济困安邦,此前更被逐日夫人委以重任,乃是小取城延续的希望,墨家发扬光大的寄托,然而此时此刻,却莫名其妙地陷入濒死的绝境,何其可笑?

可是他现在却根本顾不得这些,他不能闪避、不能还击,甚至不能用古木之力抵御,却只是因为他一诺既出,要用六锤,换取六个关于嬴政往事的问题。

——豁出了性命,却只听到这样令人失望的往事……

姜明鬼只觉此事荒唐至极、可笑至极,却又令他愤怒至极。他挺身站起,血糊住了眼睛,用力擦去,转眼又被糊住,于是只好眯着。

蛇公子一愣,没想到他的第五个问题,会突然问到了那不起眼的一家人身上。

他刚才为了震慑姜明鬼,一鼓作气说出嬴政不为人知的罪恶,其间脱口而出,带出了那夫子姓石的事。只是他却如何能想到,真正动摇了姜明鬼,令他失魂落魄、硬受自己两锤的原因,竟在于此呢?

"那教书夫子……姓石。"蛇公子不敢大意,小心翼翼地道,"他的女儿,从小就香香的,远近闻名,应该叫作兰草。"

斜倚在墙上的姜明鬼安静了一下,血污下的一双眼剧烈地震动起来。

——什么?!

他原本只是想要顺藤摸瓜,去找到那一件惨案的幸存者,好去更好地了解嬴政,为日后战胜那秦国雄主做好准备。

——但这只是巧合吗？！

　　——可那夫子原来是姓石的；那受了玷辱，投河自尽的女孩，原来从小身上便有香气。

　　而石青豹，体有异香，家住邯郸，因父母为秦人所害而心性大变，父亲石夫子正是一名信奉圣贤之道的教书先生。

　　——难道……她便是那受辱的女孩？

　　——难怪石青豹会说，除了天欲家，她别无可信。

　　"她还活着吗？"姜明鬼猛地一推墙壁，站起身来，嘶声道，"她还活着吗？！"

　　——如果石兰草投水未死，那么她一定就是石青豹。

　　石家孤女，命如草芥。只是从石兰草到石青豹，她所遭受的折磨，是一次死后重生能够忘记的吗？

　　——可笑他听说秦人害死了石青豹的家人，还以为是因秦赵交战，两国之争。

　　"还有一锤！"姜明鬼叫道，"那女孩还活着吗？"

　　他满脸血污，如同厉鬼，在这一瞬间，竟忘记了一切，而只想知道，那女孩是不是石青豹，石青豹是否曾遭遇过那些不幸。

　　他的左眼已全然不能视物，右眼中一片赤红，勉强找到蛇公子，死死盯着。

　　——他若死在这里，便是小取城千古罪人！

　　可是……

　　——石兰草到底是不是还活着？！

　　——那个女孩到底是不是石青豹？！

　　姜明鬼咬紧牙关，头上似有千斤之重，远远地似乎看见蛇公子将右手的"空拳"在手中一抛，短锤转个圈子，短柄"啪"地落回他的掌心。

第六章 无赖子　155

"第六锤不打了。"蛇公子突然将双锤交给身边无赖,笑道,"算我输了。"

姜明鬼一愣,一瞬间竟只觉得绝望。

全身仅存的力气突然泄去,他整个人溜墙坐倒,怒道:"那女孩……是否还活着……"

"穷的怕横的,横的怕愣的,愣的怕不要命的。"蛇公子却已听不清他说话,只是笑嘻嘻地道,"他妈的,我第六锤打不死你,只怕就得被你宰了;打死了你,墨家回头找来也是麻烦。墨家的人都像你这么疯,我还活不活了?咱们反正也没什么仇,既然如此,第六锤我存下不打,不如交个朋友。"

无赖家自私自利,凡事以"得利"为优先,而"不吃亏"则更排在"得利"的前面。

蛇公子精打细算,占了姜明鬼五锤的便宜,却在自己要还债之前罢手休战,不愧是无赖家的领袖;只是他前面亲手将姜明鬼打成这般模样,一转脸说到"交个朋友",却又理所当然,丝毫不见惭愧。

姜明鬼被他玩弄于股掌之间,心中愈加愤怒,拼命想要继续追问,一瞬间却觉天旋地转,所见人、物,一明一暗,越闪越快,终于"啪"的一声,似是脑中什么断掉了,眼前一黑昏了过去。

头痛欲裂,姜明鬼只觉那"赤手""空拳"两柄短锤,无一刻停歇,不住砸在他的头上。

两锤交替,一锤重过一锤,他的头颅似乎已被砸扁,而他的脑浆沸腾,几乎随时要从口、鼻、耳、目中喷涌而出。

而每当他几乎无法忍耐的时候,便有一道凉气,钻入他的脑中,令那沸腾稍解。

——这不算什么。

剧痛中逃出仅有的一点神智，不住告诉姜明鬼："这不算什么，你曾经遭受过比这更重的伤。你的身体千锤百炼，如古木高山，即便未用古木之力，一个无赖的几锤，也绝不至于将你杀死。"

忍耐中，痛苦渐渐减轻，那钻入脑中的凉气，带来的舒适越来越久。

姜明鬼久经折磨，终于得以喘息，不觉昏昏睡去，未几又被头痛疼醒，只觉咽喉如同火烧，四肢百骸无一不痛。有人撬开他的牙关，为他灌入药汤，一股清凉之意随血脉钻入周身各处，再度帮他镇痛。

如此昏昏醒醒数回，姜明鬼终于彻底醒来，触目所及，眼前一片陌生的屋顶，鼻端药香袭人。一个老者的声音道："嗯，看来是活过来了。"

姜明鬼如在云端，头晕欲呕，重又闭目养神，半晌方确定自己正躺在一张硬榻之上，睁开眼来，勉强回头，只见所处乃是一间极为宽敞的大屋，四壁木架林立，整整齐齐地晾晒着各式草药，离他不远的地方，黄车风和一个陌生老者正关切地望着他。

"能醒过来，就是没事了。"那陌生老者道，"我以虫喙放血是有效的。"

"这是……在哪……"姜明鬼艰难问道，一开口，声音沙哑，自己都吓了一跳。

"禄谷侯府。"黄车风在旁连忙道，"你是怎么会被一群无赖伤成这样的？若不是石姑娘不放心，出去寻你，只怕你就死在外面了。幸好她把你找了回来，赵葱十分生气，也请了邯郸最好的医家圣手乌先生前来救你。"

——石青豹去找他？

姜明鬼心中一动，却不及多想，只挣扎道："多谢……乌先生。"

"不用客气。"那乌先生道，"我是'医家'的乌风。为你治伤，

第六章 无赖子

有一半是在试验我新研究出来的医术。"

百家之中,医家以治病救人、泽惠众生而为人称道,神医扁鹊等人更是其中翘楚。

"姜明鬼能体验医家的神术……十分荣幸。"姜明鬼喘息片刻,越来越清醒,慢慢道。

"话说得好听,"那乌风冷笑道,"我便是用这个治你,你也觉得荣幸吗?"

生老病死,本是人生常事,而医家逆天而行,一心以医术救人,许多治人的手法匪夷所思,甚至有悖人伦。乌风身为邯郸名医,也常被人视为疯子,被人敬畏惯了,这时听姜明鬼客套,立时觉得虚伪。

他随手端过一张木盘,木盘上摆着一只陶盒,掀开盖子,陶盒中以白麻布衬底,上面趴着四只鸡蛋大的虻虫。虻虫色泽乌黑,形容狰狞,口器上沾了血,涂得麻布上黑一道,红一道,腥气扑鼻。

乌风道:"这是楚国的毒虫犀虻,专门生在犀牛的身上,口中可以伸出三寸长的毒针,奇硬无比,穿皮钻骨,食髓吸血,都不在话下。过去的六个时辰里,我便是用它们吸去你颅内瘀血。吸少了,你痛楚不减;吸多了,可能当场便吸干了你的脑髓。"

那四只犀虻蠕蠕而动,口器张合,令人毛骨悚然。

姜明鬼虽然胆大,看那丑恶情状,也不禁起了一阵寒栗。但他毕竟也曾学习过医家的学说,正色道:"医家有些医术,虽然尚有争议,但神乎其技,毋庸置疑。假以时日,终会发扬光大的。"

"一厢情愿,你凭什么这么说?"乌风冷笑道。

"因为我作为一个濒死之人,最庆幸的,便是遇上了逆天行事的乌先生……"姜明鬼微笑道,"至于你是用虻虫,还是别的什么恶心之物,和性命比起来,又有什么关系呢?"

他说的话,表明自己贪生怕死,却可见坦诚。

乌风看他良久，终于微笑道："墨家弟子，果然见识不俗。"起身将陶盒收好，道，"我还要令四只犀虻吐出伤血、吸食鲜血，又得忙上半日。你好好休息，按时服药，三日之内，不可下榻；七日之内，不可大动；三十天后，应该就无碍了。"

"可是最迟明天，我们便要与郭开决一死战了。"黄车风犹豫道。

"那你们不是决一死战，"乌风撇了撇嘴，道，"是你让他去死而已。"

"有没有别的法子，能让我快些好？"姜明鬼问道。

"你三十天能好，我让你二十天没事，这叫让你快些好；你三十天能好，我让你明天就和人打架，这叫让你快些成仙。"乌风冷笑道，"说到成仙，那法子就多了。我听说楚国的龟山上有一种老鼋，寿命可达千年，它们吃山上一种奇果，吃足八百年，体内可结一种灵丹，服用此丹，可以瞬间消肿化瘀，断骨生肌。你们要是急着让他动手，不如现在就找这灵丹去。"

"楚国千里迢迢，我们这一日一夜地上哪儿找去？"黄车风沮丧道。

"去了你也找不着啊！"乌风大笑道，"人们都传有那种灵丹，可有谁真的见过？千年老鼋，八百年奇果，又有谁见过？真有这种灵丹，还要我们医家作甚？"

这人年纪虽然不小了，但说起话来一张嘴处处带刺，着实让人哭笑不得。

姜明鬼犹豫一下，道："这个……我可能有……"

乌风说的时候，他已意识到了这一点，这时让黄车风拿来自己的包袱，取出罗蚕给他的那瓶丹药，交给乌风检验。

他居然说自己有老鼋丹，乌风大吃一惊，拿起那瓷瓶一看，只见瓷瓶瓶口以火漆密封，瓶体温热，稍高于常温，再轻轻用指甲一

第六章 无赖子　159

抠,瓷瓶上立时出现了一道凹痕,竟似已变得柔软了,不由点了点头,道:"四季温热,化石如肉……至少这两样是和传说对上了的。"说到这里,突然沮丧起来,"你既有这灵丹,我还费那事干吗?你既是有修仙之法,还找我这医家干吗?"

说罢,他气呼呼地把药瓶往姜明鬼身上一扔,转身就走。

姜明鬼心中愧疚,道:"乌先生……"

却见乌风又转回了头,道:"万仞之山可崩,千顷之海可涸,何况人的血肉之躯?墨家的古木之力虽然神奇,但我们医家的人却可看出,它对你的身体其实已造成很大的损伤。这一次你再用灵丹治伤,不走正道,我怕你身体大损,以后英年早逝。"

姜明鬼愣了愣,仰面望着房顶,微笑道:"其实乱世之中,谁又能知道自己什么时候死呢?"

他于昨日傍晚时重伤,昏迷一日夜后,天色又近黄昏,躺在榻上,望着窗上余晖,越发感到困顿。

黄车风喂他喝了几口水,便出去为他煎药。煎药时间漫长,姜明鬼昏昏沉沉的,醒了又睡,睡了又醒,再睁眼时,天色全黑,屋内满是药香。

姜明鬼头如灌铅,挣扎着想要坐起来,却听嗒嗒几声火镰敲打,有人点起一盏灯火如豆。

灯光中,石青豹笑嘻嘻地端着一碗药,来到他身边坐下,道:"姜师兄,吃药了。"

之前姜明鬼醒来弄出不小的动静,她也并未过来,如今夜深人静,她却出现在此。姜明鬼心潮起伏,道:"怎么……是你?"

"怎么不能是我?"石青豹笑道,"我要给你煎药,黄胖子还能跟我抢吗?"

黄车风在她的口中已变成了"黄胖子",虽然轻佻,却更见亲昵。姜明鬼心中苦涩,慢慢别过头去。

"昨天分开之后,我猜你是去找无赖家了。"石青豹道,"蛇公子诡计多端,心狠手辣,我怕你吃亏——可惜你还是吃了大亏。"

"嗯。"姜明鬼道,"我一时大意。"

"那你从他们那里,打听到什么了?"石青豹又问道。

"没有什么。"姜明鬼看着她的眼睛,终是问不出那般残忍的话,慢慢地道,"只是可以确定,他果然进过无赖家,果然是一个无赖。"

"是。"石青豹道,"所以,你有机会一定不要留情,一定要杀了他。"

"我一定会杀了他。"姜明鬼微笑道,"赵国的事情结束以后,我带你去咸阳吧——我会在你面前,和他做个了断。"

石青豹身子一震,抬起头来。

她吃惊地望着姜明鬼,眼中似有泪光,但慢慢地还是消失了。

"吃药吧!都让人打成这样了,就别急着吹牛了!"石青豹将一旁的药碗端来,放在姜明鬼身边,言毕便转身离开,头也不回地出门去了。

屋中一时又只剩了姜明鬼。

灯影跳动,斯人已去,他慢慢坐起身,端起药碗,一小口一小口将这夜的药喝了。

第七章

丧家犬

次日一早，晨曦微露，姜明鬼昏昏醒来，精神较之昨日又好了许多。

今日便该与郭开决战，他挣扎起身，只见身上一件宽袍，全然陌生，想是自己的衣裤全在和无赖们的打斗中撕破、沾血，黄车风等人在为他治伤时，便换了这么一件。

姜明鬼苦笑一下，想起那一场莫名其妙的争斗，至今都觉难以置信。他挣扎起身，拿过自己的包袱，取出罗蚕送他的衣物，慢慢穿了。那衣服质料颇为特异，似麻非麻，似丝非丝，穿在身上又轻又暖，却坚韧无比。

——若是他一早穿了这件衣服，也许和无赖家打斗时，便不会衣不蔽体了。

——那罗蚕，只因知道他用起古木之力会格外损耗衣服，便专门给他做了这么一件。

一想到这点，姜明鬼便心情沉重。

衣服剪裁得体，姜明鬼穿好了，缓步来到窗前。禄谷侯府招待周到，窗前一张梳洗的几案上，陶盆铜镜一应俱全。姜明鬼随意往镜中一看，直把自己也吓了一跳。

只见镜中那人，面容浮肿，两眼无神，肤色灰败，鼻翼旁全是干涸的血痂。尤为吓人的是，他头上一片雪白，缠满绷带，看那包裹的形状，怕是下面的头发都已被剃净了。

蛇公子那五锤，实在打得他好惨。姜明鬼摇头苦笑，可才一摇头，只觉天旋地转，只得慢慢伏身，就着陶盆中的清水漱口洗脸。

洗漱已毕，镜中人看来振奋了不少，姜明鬼松了口气，回到榻上坐下。那包裹里还有罗蚕写给他的信，姜明鬼犹豫半晌，终于将那两片竹板打开。

弟明鬼如晤：

　　近年游走四极，时逢异事。怪兽灵石，远非道理可解。天地源头，岂真混沌哉？

信很短，也只是罗蚕没头没脑的一句感叹，在说她游历天下，寻找奇珍异兽，每每出乎意表，而对天地本源产生的疑惑。看到她并没有说什么令人难堪的事，姜明鬼不由暗暗松了一口气，将竹板重新合好系上。

罗蚕给的三样东西，最重要的，无疑便是那老鼋丹。姜明鬼原本打算一早服食此灵丹，治愈头上锤伤，但想到自己下山不过数日，衣服、丹丸便都需要用了，一言一行几乎全被罗蚕预料到，不由面上发烧，叹了口气，将竹板、丹丸重新收好。

这一日，他仍是休息、服药，试运古木之力，一直到了傍晚时分，才将六合长剑拄着当拐杖一般，走出房门。来到禄谷侯府门前，黄车风已拉了国驷战车，等在门外。那拉车的四匹健马，不知何时都配上了特制的头盔，前有面罩，只露出双眼，后戴锁甲，护住长颈，

第七章　丧家犬　　165

瞧来越发高大凶恶。

"姜师兄,你撑得住吗?"黄车风问道。

"你这边,都准备好了吗?"姜明鬼反问道。

按照他们两天前的计划,现在才是他们去与郭开一决胜负的时候。

"准备好了。"黄车风拍了拍车厢,道,"损耗之物,全已补足;临时装备之物,也都配好了。"

"地图记住了吗?"姜明鬼又问。

"全在心里。"黄车风道。

"那就好。"姜明鬼道,"时候不早,叫石姑娘上车吧。"

黄车风答应一声,入内去叫了石青豹出来。石青豹赶出府来,又惊又喜,问道:"上车去哪里?"

"自然是按照约定,去刺杀郭开手中的赤蛟长弓。"姜明鬼正色道。

他终于决定动手,石青豹振奋道:"怎么刺杀?"

"由黄师弟驾驶国驷战车,从正门直闯相府。"姜明鬼挂着六合长剑,自己先上了车,在车厢内稳稳坐好,横剑膝上,道,"到达郭开的书房后,再由我手持六合长剑,进行刺杀。"

"就这么坐着马车过去?"石青豹简直难以置信,道,"那岂不是一上来便暴露了行踪?再说就是给我们冲了进去,相府之中地势复杂,马车又哪里跑得开?到时候引来相府的守备,我们双拳难敌四手,和专程前去送死又有什么区别?"

"一者,郭开一定想不到我们就这样堂而皇之地冲进去,因此四处布防,兵力分散,反倒容易突破;二者,我也正是想让他们知道国驷战车的厉害。只要我墨家弟子想,便是铜墙铁壁、千军万马,我们也无可阻挡。"姜明鬼坐在车中,安然道。

他说得坚定不移,直似胜券在握。石青豹看看他,再看看黄车风,眼见两人神情严肃,并无玩笑之意,不由也起了豪兴,道:"好,大不了是个死!"纵身一跃,坐入车厢。

"国驷战车本就有破国之力。有我驾车,有姜师兄在车内操纵机关,你便放心吧。"黄车风笑着为他们关上车门。

"只有黄胖子一人驾车可以吗?"车门一关,石青豹立刻又问。

姜明鬼笑道:"国驷战车操纵不易,黄师弟较我更为熟练。何况我现在身上有伤,本不适合出去作战,何必拖他后腿?"

只听车厢外黄车风一声呼哨,已跳上了御车之位,扬鞭打马,那战车一晃,轰然启动。

这个时候,天色黄昏。

日夜交替,阳气转弱,阴气上升,正是人在一天中最懈怠的三个时候之一。

郭开的相府上下,戒备姜明鬼一行前来刺杀,已提防了整整三天。三天来,门客、家丁、府兵全程戒备,在相府中布下了天罗地网,然而直到今天,仍连一个刺客的影子都没见着。

带班的将领不断鞭策,提醒各处执勤之人,越到最后时刻姜明鬼越可能随时出现。但强弩之末,众人明知道要打起精神,仍无可避免地越来越懈怠。

在相府正门,由"卫家"高手带队的二十个人,四明十六暗,正在相府的大门前、前街上,提防着有人混进相府。

百家之中的卫家,乃是近年来发展迅速的一家学派。

卫家本源,原是国君座下的扈从、诸侯身边的侍卫,职责便是保护主人。只是时逢乱世,兴衰难料,千乘之君说不定一觉醒来,已是阶下之囚,则那些扈从侍卫,便有许多流落民间。这些人除了一身守强攻弱的守备功夫之外，身无长技，为了谋生，渐渐地不得不给民间的富户做起了护院、保镖。

这些人本应忠于主公，却为生活所迫，给那些平民驱使，怎不倍感羞辱？直到十几年前，终于出现了一位了不起的人物，名为卫斗，这才将保护一事发扬光大，发展成了一门学说。

卫家的学说认为，卫家弟子不应忠诚于某一主人，并从一而终；而应转而忠诚于"保护他人"这一信仰，为所有雇佣他们的人提供服务。

须知世间鸟兽，皆有求生的本能。山羊野鹿，在同伴被虎狼猎杀时，都只会四散而逃，无视同伴死活。只有人类，才真正有保护同伴、守卫弱者的心思。卫家为了救护他人不惜牺牲自己的精神，正是人类有别于禽兽的最可贵的品质；而卫家弟子，为人看家护院、打更守门，更是一种远非金钱所能衡量的高尚行为。

卫家因此兴盛起来。乱世之中，需要雇人保护的商人、地主所在皆是，卫家收益越来越好，前来投奔的人便越来越多，许多其他学派的高手，也渐渐拜入门下。其影响力越来越大，慢慢地，更从民间反哺到了朝堂，连许多大臣、国君都直接雇他们。

姜明鬼先前在韩国时所遇的金甲人、白衣人，便都是个中高手。

今日此时，在门前当值的卫家将领名叫石厌，本是齐国人，手中一对金镰，杀人如割草，与同伴数名受郭开雇佣，在相府当差已有半年。

隆隆声响由远而近，突然清晰起来。石厌抬起头，只见夕阳之中一辆格外雄伟的马车，笔直地向相府驶来。那马车由四匹健马合力拉动，每匹马的头上都戴着一副狰狞的头盔，四匹马共同拖动一个巨大的黑色车厢，向相府奔来时，竟如一座高山，黑压压、轰隆隆地滚滚而至。

守备众人都吃了一惊，虽尚不知敌友，但看那来势汹汹，本能地起了戒备之心。

石厌将手中金镰一举，大喝道："拦住了！"

啊啊几声，便已有几个人从马车旁斜飞而去。

那几个人正是混迹在相府门外长街之上，寻常百姓之中的伏兵，听见石厌的命令，立即奋不顾身，手中拿着棍棒绳索，就来拦马。

——然而国驷战车冲来的速度实在太快！

那几人连脚步都没站稳，就被怒马逼近，根本不及伸手，又匆忙逃开，仓促间直似左一个右一个都给撞了出去一般。

如此看来，那马车果然是敌非友，石厌大骇，右手金镰再一起，喝道："放箭！"

在府门左右，两棵大树后唰地跳出四人，手中弓箭连发，十二支快箭齐向战车射去。

四人十二箭，每个人都是三箭连珠。那四名射手，俱是弓箭手中的强人，射出的羽箭，也都是又快又准，将四匹健马全都笼罩。只见那马车上的驾车人，手中一根长梢马鞭，信手挥出，蜻蜓点水般分别抽在四匹马的背上。

那四匹健马的背上，早都负有一个长条包裹，给他长鞭一抽，"哗啦"一声，包裹散开，内藏之物已然展开、垂下，竟是覆盖马身的锁子甲。

马首有铜盔护面，马身上有锁甲护体，那十二支快箭有三箭落空，其余九箭皆中健马，却毫无作用！

马蹄喧闹如雷，携万钧之势，一瞬间已到府门前，笔直地冲上了门前石阶！

健马扬蹄咆哮，鼻息如虎，从近处仰望，不由令人胆战心惊。

——它们就要撞上府门，可是竟然毫不减速！

石厌肝胆俱裂，不由自主地往旁边一闪，只听"嗵"的一声巨响，相府大门已给撞破。

那相府的大门，虽不及城门厚重，但也绝非纸糊。原是那四马并驾的正中，两条并紧的青铜车辕，竟在一瞬间突然同时向前弹出一大截，较之马首更前伸数尺，如同一柄攻城锤，抢先撞上府门！

"嗵"的一声巨响，府门便如草扎的一般，豁然破开。

府门破碎，那庞大的战车直如一条黑色巨龙，呼啸着钻入相府大门！

四匹健马来势既猛，步法却极为轻盈，兼之相国府府门略宽广，并排通过竟也游刃有余。战车冲上石阶，车轮跳动，乌黑的车厢腾空而起，"喀喇"一声，撞在府门的门框上，门框、石墙登时被撕裂，整个门楼"哗啦"一声，直给撞塌了半边。

——那车厢无坚不摧，竟是精铁所制！

烟尘四起，石厌大喝一声，从旁迂回，左手金镰一挥，奋力往那马车车尾处斩去。那马车的精铁车厢虽然乍看上去平整，但其实布满细纹、凹陷。石厌看得准确，金镰如钩，往那细纹里一斩，登时挂在了马车上。

马车去势如风，石厌猛地给拽倒在地。但他早有准备，顺手扔了右手金镰，只用双手握着左手镰刀，虽然摔倒，却也因此缀在了马车之后。

人给拖在地上，石厌两手交替，几把便攀到了国驷战车的下方。看准了那车尾的凹陷，伸手一抠，哪知手上一滑，"啪"的一声，人已摔在地上，手上又黏又滑。

原来那凹陷里早已涂满了油脂，石厌先前用金镰钩车，镰尖尖锐，固然无碍，但这时他用手指去抠，登时使不上力。一手滑脱，他连忙重新把住金镰镰柄，然而指尖油脂一抹，却连另一只手也使不上力了，这才重重摔落。

石厌摔在地上，却仍未绝望，仰面朝天，正看见半边门楼上有一人盘旋而下，直往马车车顶落下，正是他卫家的同伴胡蝠。

胡蝠其人，个性乖张，一向独来独往，只与石厌偶尔搭档，但一身轻身功夫，极尽高明，乃是卫家中屈指可数的好手。他先前躲在门楼顶上，本就是做了自上而下迎击来敌的准备，却不料国驷战车来得太快，一瞬间竟已突入院中，只得由迎击变成了追击，这时他在碎石、烟尘中一跃而下，身如大鹏，直向那马车落下。

眼看就要落上车顶，在这关键时刻，只听"嘣"的一声细响，那马车车厢上，竟弹出一张大网，自下而上，将胡蝠兜了个正着。

胡蝠如飞鸟入网，闷哼一声，已失去平衡，重重摔落，跌在石厌身前数丈之外。

国驷战车疾驰而去，几乎是直接飞下院内石阶，精铁的车厢落地，轰然巨响中，闯入相国府的第一重院落！

"当当当当！"院落一角的旗楼上，示警的铜锣声大作。

府院四周，数百名府兵早已严阵以待，眼见府门告破，立时做好了迎战的准备；先是一排盾牌手，提着一人余高的重盾顶在前面；后面又是长戈手，手持如林长戈在盾后接应；与此同时屋顶、墙顶上，又站起两层弓箭手，三种兵士由远而近，迎战国驷战车。

"放箭！"领队将领喝道。

国驷战车冲入，箭如雨下，首先是高处的弓箭手发动攻势！

这一轮的箭雨，自然更为密集，然而单论箭劲，却不如门外的十二支连珠箭。国驷战车车厢既纯为铁铸，四匹健马也有盔甲护身，狂奔之中被乱箭射中，虽然"叮叮当当"响得悦耳，却几乎毫发无伤。

唯一一个暴露在外的黄车风，只在座位下伸手一按，"啪"的一声，身后的车厢顶上，便已滑出一片铁板，如同一把巨大的铁伞，

第七章 丧家犬　171

从上方将他的头、身遮住。

箭雨无效，国驷战车丝毫不停，已驰向那正面的重盾围墙。

"立盾！"负责院中守备的将领又叫道。

"嗵"的一声，正面的重盾已立于地上，盾后以木杠支撑，稳稳架起，准备硬挡国驷战车。

盾阵后的如林长戈，正欲吞吐伸缩，如毒蛇之信，只待那马车为盾墙阻住来势之后，便立刻将其刺穿、扎透。

与此同时，其他三面的持盾手也从不同方向拥盾逼近。

"火牛之势！"黄车风一面驾车，一面大喝道。

国驷战车笔直地向着盾墙冲去，眼看就要撞上，突然间左边的二马蹄下一顿，右侧的二马却加速奔跑，整个国驷战车便在急速前进中，以极小的弧度，猛地拐了一个弯。

战车奔行既速，拐弯时距离盾墙更近，车体转动时，精铁的车厢几乎整个地甩了起来，紧贴着迎面的盾墙掠了过去。

在这一瞬间，车厢临着盾墙的一面厢壁上，蓦然间打开了四扇小门。

小门中黑光一闪，喷出四道黑油。而黑油尚在半空，又为小门开合处的火石点燃，变成了四道火龙炽焰，猛地烧上了盾墙。

盾墙虽然坚不可摧，但怎能防火？那火龙撞上盾墙，黑油四溅，烈火见缝便走，随风而长。盾墙后的持盾手、长戈手猝不及防，已有人身上沾了油、着了火，登时吓得丢盔弃甲，满地翻滚。

烈火无情，昔者齐将田单，将牛尾点燃，令千牛齐驰，以火牛阵大破燕军。国驷战车的火牛之势浓烟滚滚，烈焰腾腾，一举引燃盾墙，战车兜了个圈子，再回来时，正面的盾墙已是土崩瓦解，持盾手、长戈手四散奔逃，不成阵势。

其他三面的盾墙根本还不及逼近，在一片惊叫声、惨叫声里，那带队的将领还心有不甘,正连打带骂地抓人下令,却听一声闷响,国驷战车已经撞破了无人看管的盾墙,如怒龙出海,在他的眼前疾驰而过,一举冲入相府的议事厅了。

郭开权倾朝野,相国府占地广阔,大体上可分为四层院落:第一重最大,从府门进入之后,首先是一座可容五百人操演的空场,然后以一座议事厅将院落隔断;议事厅后,便是第二重院落,分为左右两个跨院,只在两院中间留下一方空地,布置了一座假山,空地北面一排大屋乃是书房、珍宝房,供他会客,也将第二重院落隔断。

第三重院落则是相府花园,在西北角上,有郭开的第二座书房,因其面积较小,而被称为小书房,赵王所赐的赤蛟长弓,便供奉在此处。

第四重院落则在花园之后,乃是相府的私牢重地,少有人知。

国驷战车突破盾墙,带着风,卷着火,"豁啦"一声,便已撞入第一重院落的议事厅!

那议事厅乃是相府门面,建造得极为高大宽敞,正面一排,是六对雕花木门,极尽奢华。国驷战车四马并驾,笔直地撞碎了正中的三对,呼啸着驰入大厅。

战车狂奔,马蹄踏上厅中白石地面,火星四溅;车轮碾过屋中桌案灯盏,撞了个七零八落。

可是那议事厅如此宽阔,从前厅门闯入,向后厅门闯出,以国驷战车之速,也终是需要片刻的时间——

只这一瞬间,议事厅中的光线忽然一暗。

"扑啦啦"的声响中,议事厅的前后门、屋窗处突然间垂下沉重的巨网,巨网由山藤编成,更经药物炮制,坚韧无比,登时将大小出路尽数封住。

第七章 丧家犬

黄车风一声唿哨，国驷战车又在大堂中打了个转。这一转，屋中更是一片狼藉。

打转之后，战车已变成马头朝向来路的前门，车尾朝向通往第二重院落的后门。黄车风再空甩一鞭，鞭声响亮，那四匹驾车的健马齐齐向后退去，推着精铁车厢向议事厅后门撞去，只听一声巨响，那后门门碎框裂，向外倒去，早已垂在门外的藤网，便罩住了车厢的尾部。

藤网外早有伏兵，准备了挠钩套索，准备将入网之人拿住，可谁知兜住的却是一辆马车。国驷战车的厢体刀枪不入，虽给藤网罩住，又有何用？而厢体长大，这边顶住了藤网，后面驾车的黄车风、拉车的四匹马，直像是躲得远远的，令伏兵鞭长莫及，碰不到他们一根汗毛。

四匹战马不住后退，将车厢推出，那战车便如一根巨木一般，将一整张藤网都撑了起来。

"哗啦"一声，议事厅的房顶塌了一大片，原本固定在其上的藤网被彻底扯脱。国驷战车猛地退进了第二重院落！

第二重院落中，尖啸声声，几名高手从不同方位向国驷战车袭来。

府门前是卫家高手率府兵把守，第一重院落是府兵亲自戒备，第二重院落则皆是门客中的高手坐镇。五名擅于抓捕、阻挠的门客，手中挥舞铁链、套索、飞爪、链子刀、绊马绳，扑将上来，向黄车风和四匹健马发动攻势。

国驷战车的车厢虽然刀枪不入，但暴露在外的黄车风和四匹马毕竟还是血肉之躯。他们有盔甲、铁板保护，远处射来的羽箭固然难以伤到他们，但此刻，这门客中的五大高手，仗着艺高人胆大，径直逼近战车，意图在近处对他们的弱点进行攻击，威胁登时变大了。

国驷战车是倒着退入第二重院落的，黄车风连连甩鞭，将车头调正。但见绳影纷飞，五名高手已至，甩出的软兵器个个角度刁钻，分袭黄车风的头颈与四匹健马的蹄腿，直如天罗地网。黄车风根本来不及闪避，只来得及最后挥出一鞭，叫道："驾！"

一声既出，伴随着一声响亮的鞭声，那五名使用软兵器的高手，只觉眼前一花，国驷战车像是在那不容交睫的一瞬间，向前平移了一尺似的。

国驷战车刚调头成功时，几乎是停在原地，因此才被五大高手包围，但这一鞭挥出，一声令下，蓦地狂奔起来，仿佛那根本不是一辆几千斤重的马车，而只是一片羽毛、一根枯草，随风而动，极尽轻快。

这一瞬间，马车向前冲出一尺。

——虽只一尺，甩向黄车风、四匹健马的软兵器，便已同时落空。

下一瞬间，马车又向前冲出一丈。

——甩向黄车风、四匹健马的软兵器，落空后不及收回，便已扫过了国驷战车的车尾处。

车尾处的铁厢"啪"的一声，立起两根十字形铁架，一上一下、一左一右，最大限度地将前面漏过来的攻势接下，即刻与五件软兵器中的三件撞上。软兵器随形而变，登时在铁架上缠了个结结实实。

国驷战车风驰电掣，拿着那三件兵器的高手闷哼一声，已身不由己，被拖得飞了起来。其中一人仓促松手，也给带得滚出老远，一溜跟头撞上假山，跌得头晕脑涨；另一人稍慢半步，整个人便跟着战车飞出数丈，"轰隆"一声，战车撞入珍宝房，他却给斜斜甩出，撞破旁边书房的窗户，摔了进去。

只剩下第三个人，软鞭却是以皮套套在腕上的，一时竟解脱不

第七章 丧家犬　175

得,给国驷战车硬生生拖入珍宝房中。

珍宝房的墙壁并无藤网阻碍,国驷战车前面探出的车辕,便无所顾忌,"轰"的一声,索性将珍宝房的一面墙壁生生撞塌,四马并驾一起冲了进去。那珍宝房中所藏,都是郭开多年来收集的七国宝物,平素最喜对客人炫耀:齐国的珊瑚、楚国的漆器、魏国的书画、燕国的鸟雀、秦国的玉石、韩国的琴瑟……只听"哗啦啦"一阵连绵不绝的碎裂之声,已不知给撞碎了多少。

断墙处烟尘弥漫,五名门客高手仅存的二人胆战心惊,从豁口里追入珍宝房一看,只见对面的墙壁也已给国驷战车撞穿了。一片狼藉之中,那被拖入的用鞭高手满脸是血地爬起来,原是在最后的关键时刻,挣裂了皮套,方才脱困。只是他这时衣衫破烂,鼻青脸肿,也不知这满地的珍宝碎片,有多少是他亲自造成的。

"呼隆隆"一声闷响,国驷战车撞碎的这一条通路上方,房顶突然塌裂。

这几人闪避不及,又被砸得灰头土脸,勉强站定,却见头顶上青天湛湛,前后两个豁口凉风送爽,这珍宝房倒似被开通了一条四马并驾的甬路似的。

几人面面相觑,心低气沮,都已没了战意。

撞出了珍宝房,国驷战车便进入花园,来到第三重院落!

按照地图所示,郭开最为私密的小书房,便坐落于花园深处的树荫之下,似已触手可及。

四匹健马奔驰更猛,战车驶过花田,涉过浅溪,扫平绿树,撞倒游廊,铁蹄、车轮翻开一道泥浪,如一支黑色巨箭,笔直地射向那雅致的小阁。

花田之中,又不时有伏兵跃起,意图拦截。疾驰之中,国驷战车的车厢上打开了一扇扇小门,朝四面八方射出弩箭。虽然弩箭事先都取下了箭头,但仍是既快又准,直令人闪避不及。那些伏兵被近距离一一射倒,全疼得站不起来。

转眼之间,国驷战车便来到小书房前。只见那一座小小的石屋,雪白晶莹,样式古朴,为周遭绿树掩映,分外雅致。

来到书房门前,战车猛地刹住,车身一摆,车厢打横甩出,车轮在地上扫出两道深堑,车厢尾部正与小书房的房门相对,间隔不过数尺。"咯嘣"一声,车厢厢尾一裂,开出一扇较大的秘门,姜明鬼一手提着六合长剑,慢慢下车。

走至小书房房门前,姜明鬼用长剑顶端推开房门,笑道:"郭相国,我来杀那柄弓了。"

以雷霆万钧之势,正面突破相府重重包围,来到护卫森严的小书房,此次比试,可以说姜明鬼已获全胜。

郭开已一败涂地,但凡有一丝气节,便不应再安排侍卫保护赤蛟弓。

——即便真有高手守卫,姜明鬼贴身一战,又岂会畏惧?

姜明鬼走入小书房,傍晚的余晖正好自屋窗射入,一片金灿灿,明亮温暖。

只见郭开端坐于一张书案旁,膝上横放着赵王赐下的赤色长弓,却不说话——他的肩膀上空空荡荡,一颗头颅倒悬在自己的胸前,仅以一点皮肉与脖颈相连。

先前,姜明鬼与石青豹坐在国驷战车的车厢中时,车厢狭小,两人动转之间,几乎耳鬓厮磨。姜明鬼偶尔从石青豹身旁挤过,操纵机关,并利用壁上的一个个小孔,向外张望。

"你们是什么时候,定下的这个正面闯入相国府的法子?"石

第七章 丧家犬　177

青豹问道。

"从赵王那里回来的第二天吧。"姜明鬼看着车外,笑道,"黄师弟提议,既然有了国驷战车,不好好用一用,未免太可惜了。"

"你们对国驷战车这么有信心?"石青豹拍了拍车壁道。

她并不是第一次进入国驷战车的车厢,之前从小取城赶到邯郸时,一路上其实多次入内休息。然而那时的车厢,内部不过是以木板装饰,平平无奇,这时再看,却见四壁、顶棚之上遍布拉杆、转盘、按钮、镜孔……令人眼花缭乱。想是之前,都被木板掩盖了起来。

"小心些。"姜明鬼手上忙碌,笑道,"小心你拍到什么了不得的机关,外面的街上,一下子血流成河。"

石青豹吓了一跳,虽不十分相信,却也收了手,悻悻道:"吹牛!"

姜明鬼看她一眼,笑道:"你觉得,最终决定一场战斗胜负的,是什么?"

"对墨家弟子而言,是……兼爱?"石青豹虽不是墨家弟子,在姜明鬼面前,却也以墨家的理论作答。

"兼爱固然是根本,是决定天下走势的巨力,却更需要时间来考验。具体到一场战斗的胜负、一个回合的输赢,其实更有决定意义的,恐怕是技术。"

"技术?"石青豹道,"你是说,墨家的机关术?"

"不光是机关术。"姜明鬼微笑道,"机关、兵器、武艺、谋略……一切能够提高战斗效率的窍门和经验,其实都可以算作技术。墨家的前辈们有许多出身于战场,最是知道拥有一道匪夷所思的机关、一件无坚不摧的兵器、一门神乎其技的武艺、一道料敌先机的谋略,会让自己有多么大的优势。"

他说得坦诚,石青豹也不由默默点头。

"在战场上,技术关乎人命,因此,墨家特别注意对技术的提炼和打磨。我们相信,唯有当我们的机关术足够精妙,武器足够强大、承解造破四门武技足够完善,推演天下的谋略足够缜密……我们才更能战无不胜,推行兼爱之道。"姜明鬼叹了口气,道,"而你身处的这辆国驷战车,便是我们目前所能制出的最强大的武器之一。"

"足以颠覆一国吗?"石青豹为他的诚恳所动,轻声问道。

"其实还不够。"姜明鬼摇头道,"战马终究是血肉之躯,国驷战车的射程也十分有限。不过只要配合得当,于万马军中取上将首级,却也易如反掌。"

姜明鬼说着,一时有些出神,轻轻敲一下车厢的铁壁,道:"不过我倒相信,将来一定可以出现那种真正只需一件,便可覆灭一国的兵器。到那时,一器既出,天下莫敢再起刀兵,应该就可以交相兼爱了吧。"

这样说着的时候,他们已来到郭开的相国府前,黄车风一声唿哨,战车骤然加速,冲门而入。

姜明鬼在车厢内一扫萎靡,如陀螺般四处观望,一双手上下翻飞,不断发动机关,弹出猎网,兜住从天而降的胡蝠;喷出黑水,引燃院内立起的盾墙;竖起铁枝,绊住卫家高手的鞭索;射出弩箭,击倒花园跃出的伏兵……

他与黄车风一内一外,远射近撞,一路无人可挡!

"唏律律"一声,国驷战车冲破重重保卫,停在了郭开的小书房门外。

姜明鬼提起六合长剑,对石青豹笑笑道:"我去去就回。"一面说,一面慢慢探腿走下战车,推开了小书房的房门。

——然而,郭开竟已死了?

在小书房中,一瞬间,姜明鬼甚至恍惚了一下。他仔细分辨,那只差一点便身首异处的尸身，以及衣物、体态，正是郭开无疑。他抢步上前，仔细观察伤处，只见郭开的断颈中，鲜血兀自汩汩而出——这人竟只是在片刻之前，才为人一击枭首。

杀人凶手只怕是在姜明鬼进屋之前，方匆匆杀人。

姜明鬼浑身汗毛倒竖，旋身错步，飞快地打量屋内四周，只见这书房不过十步深浅，一眼尽收眼底，并不见有人藏匿。而郭开断颈处喷出的血，溅了满墙，人头仅连着一层皮肉，倒悬在胸前，被断颈处流出的血糊了一脸。

——逃走了？

小书房中，左右各有一扇窗子。左侧的窗子正对国驷战车的来路，方才若有人从此逃走，定会为黄车风所见。右侧窗子，姜明鬼推开一看，外面蓊蓊郁郁，乃是一片茂密的树林。

——凶手若是从此处逃走，则大有可能避人耳目。

姜明鬼凝神分辨，想从这个方向发现凶手痕迹，然而树木掩映，目力难以及远。

便在此时，外面人声渐响，却是相国府各处的守卫陆续赶到了。

之前姜明鬼一行凭借国驷战车的冲击，自正门突破，只用了不到十次呼吸的时间，将郭开的相国府纵向贯穿，可谓迅雷不及掩耳，让许多守卫无暇反应，只得仓促应战，也令更多的人根本来不及参战。

如今他们既已抵达小书房，其实此番比斗便应告一段落。国驷战车停在屋外，听说刺客已然入府的守卫也纷纷从四处赶来。

若是按照姜明鬼与黄车风先前的计划，他冲进屋来，一剑断弦，将赤蛟弓"杀死"，则他与郭开、与赵王的这场比试，便告结束，那么外面再来多少相国府的守卫都无关紧要，他们已赢得六国合纵的机会，而本身也该成为赵王的座上嘉宾。

但现在，意外陡然出现，郭开惨死，则相国府府兵的到来，便无关"断弓"的赌斗，只与郭开之死相关了。

姜明鬼心头一沉，忽生不祥之感，游目四顾，果然看见地上正扔着一口染血钢刀，刀身修长，木柄可供两手齐握，看那制式，正是墨家弟子常用的一种。

——原来那杀人凶手处心积虑，偏在他们闯府的时候杀人，正是要将这杀人重罪推到墨家弟子的身上！

——如今人赃并获，那些府兵、门客、百家的高手不会停手，一定会不惜一切代价，将他这杀人凶手碎尸万段。

一念及此，姜明鬼不及细想，一把抓起赤蛟弓反身出屋，对黄车风叫一声："出事了，快走！"纵身上车，重将车厢的小门紧闭。

墨家弟子行动默契，姜明鬼所言虽然没头没脑，但关键时刻，黄车风不曾犹豫，眼见姜明鬼上车，立时扬鞭打马，"啪啦"一声，国驷战车便向斜刺里冲出。

相国府的各路守卫本也知道，他们的职责只是守卫赤蛟弓。国驷战车冲入府来，他们固然失利，却也只当是正常比试，虽然失了面子，也不是什么大错，因此虽从四面汇聚过来，但彼此间有说有笑，全都没有防备。

然而此时，那国驷战车明明胜利在握，却这样突然逃走，他们一时不由都反应不及，眼睁睁看着国驷战车横穿花园，撞破围墙，逃出府去了。

"发生了什么事？"一路撞出相国府，黄车风一面驾车，一面大喝道。

"啪"的一声，他脑后的车厢打开一扇小窗，姜明鬼在车内露出半张脸，沉声道："郭开死了！"

第七章 丧家犬　181

黄车风大吃一惊，手中的缰绳一抖，连国驷战车都不由颠簸了一下。车内的石青豹也又是惊讶又是好奇，叫道："你怎么真的把他给杀了？"

"不是我！"姜明鬼皱眉道，"我一进去，便看见郭开坐在那里，人头都掉了，颈子上却还在流血，显然是刚刚遇害。"

"凶手可能并未走远！"黄车风马上反应道。

"正是如此！"姜明鬼叹道，"可是我已经来不及找了。地上扔着一把染血的墨家钢刀，显然是成心栽赃给我们。外面的守卫包围过来，我们百口莫辩，到时候生杀大权交予他人，反而不妙。我只得仓促逃走，咱们再慢慢想办法。"

"你怎么知道是郭开？"石青豹敏锐地问道。

"衣饰都是郭开的！"姜明鬼也早有此怀疑，道，"但到底是不是他，正需要调查！"

"姜师兄考量得对。"黄车风道，"那接下来，你有什么打算？"

"此时我们正向城南，你找个地方将我和石姑娘放下，然后趁着消息未出，城门未闭，马上出城！"姜明鬼心念急转，道，"国驷战车目标太大，城内难有藏身之地，一旦遭受围攻，难保全胜。它也不能落入外人之手——你就先驾车在城外山中藏着，等我们调查清楚，再去与你会合！"

"好！"黄车风也不多言，道，"我会沿途留下标记，等你会合。三日后你们不来，我回城找你！"

三言两语，他们定下计划。前方一段小路荒僻无人，黄车风勒马停车，放下姜明鬼与石青豹，道一声："万事小心！"便绝尘而去。

姜明鬼背负赤蛟长弓，手中提着六合长剑，石青豹背负长剑，肋下倒插两把短剑。两人皆是高手，一下车，立即隐藏身形。目送黄车风离开，姜明鬼问道："郭开之死，是李将军的人干的吗？"

石青豹一愣，问道："什么意思？"

"郭开突然遇刺，最有可能获益的人，其实便是李牧将军吧？"姜明鬼目光灼灼，道，"李将军所谓的'自有脱困之法'，难道便是釜底抽薪，杀死郭开吗？"

当初石青豹来小取城求援，说到李牧蒙冤、赵国危在旦夕之事，逐日夫人、姜明鬼都曾说可以先帮她救出李牧将军。然而石青豹一力拒绝，只说李牧虽然身陷囹圄，却定会自救，因此只让小取城想办法"救赵国"。

而此时，郭开既死，李牧受诬的最大元凶便没了；赵王没了左膀右臂，重新启用李牧更是顺理成章的事。

然则唯一问题便成了：如何能杀死郭开，以及令郭开的死与李牧无关。

那么，姜明鬼一行大张旗鼓地闯入相国府，行刺赤蛟弓，便成为最好的契机。真凶浑水摸鱼，趁乱杀人，并将罪责全都推到了墨家弟子的身上，可称一箭双雕之计。

只是在这样的计策中，墨家弟子在毫不知情的情况下被出卖，成了无辜的牺牲品。

石青豹听到姜明鬼的质疑，稍稍一想也明白了其中的利害，冷笑一声，反手自肋下抽出一柄短剑，倒持剑柄，递给姜明鬼，道："李将军被捕后，他的门客死走逃亡，我几乎已是他唯一可信的人。是否还有别的义士暗中营救，我不敢做十足保证，但至少在我这里，我从不知道有人为救李将军，要刺杀郭开——你若不信，不妨立即将我杀了。"

她说得极为诚恳，姜明鬼望着她，但见她双目中一片坦然，稍一沉吟，道："好，我相信你。那接下来，我们便需同心协力，查明真凶了。"

第七章 丧家犬　183

"你先别跟我'我们''我们'的。"石青豹冷笑道,"我怎么知道,是不是你真的进屋去,一刀杀了人——反正屋内所有的事,都只有你一个人在说。"

"我手提长剑,剑上无血。"姜明鬼道。

"你说过,郭开死于墨家钢刀之下。"石青豹寸步不让,道,"谁知道你是不是藏了别的刀,或者派了别的墨家弟子。"

"第一,墨家弟子甚众,墨家钢刀流落民间的有很多,用墨家钢刀的,不一定是墨家弟子;"姜明鬼皱眉道,"第二,三年来,我面壁自省,几乎已在师兄弟中除名,除了这一趟出来的几位,我恐怕指使不动任何别的人;第三,如果我要杀郭开,我不会用这么迂回的办法。"

"倒也有理。"石青豹沉吟一下,粲然一笑,将短剑收起,道,"什么第一、第三,我全都不信。不过你的人缘之差,依我看来,倒是十分肯定。"

她的笑容,虽在危急之时也明朗动人。

姜明鬼微微苦笑,石青豹又道:"可是郭开一死,六国合纵的事便耽搁了吧?你发给其他墨家弟子的消息,岂不是错了?"

"事虽突然,但三天之内,我必能找出真凶,将六国合纵大计继续推行。"姜明鬼摇头道,"你不用总担心我那封预知之信,有那个工夫,不如先带我找一个安全的藏身之所。"

"现在邯郸城中哪里还有安全的地方?"石青豹皱眉道,"要不然,我们看看李牧将军的锦囊?"

在他们这样商议着的时候,黄车风已驾车冲向邯郸城的南门。

其时天色将晚,夕阳落山,晚霞一片赤红。守城的士卒正待关上城门,却见一驾马车自远方轰隆隆驶来。郭开遇刺的消息虽然还未传开,但那带队的将领眼见这马车来势是要闯关,连连大叫道:"停下!快关城门!"

前一句"停下",是喝止那黑色的马车;后一句"快关城门"自然是催促己方的士卒。正在推动城门的士卒,连忙加紧用力,只是城门沉重,门轴滞涩,再怎么催促,也只能慢慢合上。便在这时,那马车已闪电般冲入城门前一百步内!

车上的驾车人回手一拉,凭空自身后车厢中拉出好大一架弩弓。弩弓一半扣在车厢中,一半扛在驾车人的肩上,驾车人对准城门,稍一瞄准,便扣发了机关。

"嗖嗖"声中,几支五尺多长、鸽蛋粗细的弩箭,破空飞至。守城将士吓得一乱,那几支弩箭却尽皆射空,全都射到了门框顶上。带队的将领大喜,叫道:"关门!落闩!"然而士卒再想关门,那两扇城门半开半闭,却像是生了根一般,再也难动分毫。有人眼尖,往门框上一看,惊叫道:"他把门给卡死了!"

原来方才那几支弩箭,射上门框,竟正钉在门框与城门的交会之处,将门轴卡死了。

只这么稍稍一慢,黄车风便已驾车赶到。国驷战车山崩地裂一般的气势,挡者披靡,概莫能外。守城的将士心胆皆丧,不由自主地往两旁闪开。

那一人一车,便自城门洞中驶出,冲入城外深山里去了!

姜明鬼一行莫名逃走,相国府的守备终于察觉不妙。有人急忙进小书房求见郭开,登时便发现这堂堂相国大人,已被人摘掉了脑袋。

相国府上下一时大乱,亲眷固然哭天抢地,向赵王禀报;一众保护不力的守备将士,却也难辞其咎。卫家此行的头领、门客中的领袖、府兵带队的将军,全都为郭开之子郭团亲手处死,数名羞愤难当的门客,也当场自尽而亡。

小书房外,一时七零八落,躺满一地尸体,人人战战兢兢,不敢稍出大气。

过了约莫一个时辰,宫中传来消息,赵王听说此事冲冲大怒,已下令全城戒严,抓捕姜明鬼三人,有擒获其中之一的,赏金一万;有杀死其中一人的,每人赏金五千。

就在这时,另一个消息传来,墨家的马车已自南门闯出,脱城而去。

郭开之子郭团,为赵军中军副将,官拜中尉,三十多岁年纪,个子不高,长得又黑又胖,平素里颇为跋扈。这时见父亲惨死,他越发暴跳如雷,连杀数人,毫不手软,一双细细的眼睛里,寒光凛冽,令人望之胆战心惊。他手提长剑,周身浴血,道:"那便全国抓捕。传话出去,无论什么人,有能抓住这三个墨家逆贼的,无论死活,我郭家每人再加赏十万钱!"

重赏之下,自有勇夫。相国府的门客之中,立刻有人两眼放光,跃跃欲试。

但卫家这边,十几名之前受郭开雇佣而来的卫家高手,却已收拾了头领的尸首准备离开。

石厌问道:"我们不去抓捕那姜明鬼一行吗?"

卫家新递补上来的头领摇头道:"我们收钱办事,只负责保护郭相国。如今郭相国遇害,钱我们是拿不着了,命也赔了一条,这一单的生意其实已算结束。郭团公子是要继续追责,还是要雇我们保护他,都是他之后和咱们卫家大当家商量的事了。可是我猜,追捕什么的并非我们所长,也肯定与我们无关。"

"姜明鬼在我们面前杀了相国,折了我们卫家的威风,难道不用讨回来吗？"石厌怒道。

"你该不会以为，咱们卫家拿人钱财，与人消灾，真是什么'守卫同类'吧？"那新头领笑道，"不过是生意而已。保护目标，终是有输有赢，有成有败。若是我们输了，便死缠烂打，非要寻人报仇，那我们赢了的时候，难道也要忍受对手的穷追不舍吗？若是每一次都没完没了，我们还怎么接下一单的生意？"

"那郭团公子给出十万的赏金，我们不拿？"一向和石厌搭档的胡蝠问道。

"十万赏金固然可观，可其实也没那么多。"新头领微笑道，"若因此转守为攻，坏了卫家的规矩，更得罪了墨家，恐怕得不偿失。须知只要还有人在，便会有人需要我们的保护。我们的生意，因此可以千秋万载地做下去，这么算来，十万钱不过沧海一粟罢了。"

他算得清楚，也解释得明白，向郭团告罪之后，便带了伤员、尸体上路离开。

石厌却犹犹豫豫地，落在后面不想走。胡蝠看他神色，问道："你想再与那墨家的车马一战？"

石厌心中沮丧，点了点头，道："实在太不甘心。"

胡蝠一张青青长脸，两眼森森，道："那我们便不走了！"几步来到卫家新头领面前，说了几句话。

那新头领回过头来，再三打量他们二人，道："你们若非要计较此事，只怕会连累了卫家。除非你们就此退出，从此以后，生死有命，咱们再无关系。"

石厌稍一犹豫，道："我被那墨家的马车吓破了胆，若不赢回这一场，只怕再也没有信心去保护别人。"他从腰间掏出卫家的腰牌，交还给了新头领。一旁的胡蝠，也将自己的腰牌随手交回。

那新头领接过两枚腰牌仔细收好，道："那你们好自为之。"

石厌、胡蝠拱了拱手,便一起往邯郸城南门而去。

另一边,相国府的门客却分成了两群。主人遇害,对他们来说无疑是奇耻大辱,而门客之中的领袖,也被郭团当场处死,不禁令许多门客起了兔死狐悲之意。再到郭团提高赏金,不少门客见钱眼开,可也有老成持重的不以为然。

"郭相国照顾我们的饮食起居,对我们恩重如山,如今他不幸遇害,我们自然应当为他报仇。可是,墨家弟子本领高强,先前我们在府中联手卫家高手,占据天时地利人和,都不曾拦住他们,这一跑出城去,天大地大,我们又如何找到那几人报仇呢?"这一群人中,有人发愁道。

"先要找到他们。而找到他们之后,可能又根本来不及召集同伴,只能以少胜多地赢过他们——就愈发难上加难了。"又有人分析道。

"我听说,他们那一行人其实有三个人。当面顶撞王上、进入小书房杀害相国的姜明鬼,是他们的头目;那驾车的胖子叫作黄车风,曾经在禄谷侯府中一对一击败赵葱将军。赵葱将军的赤眼白发,已是仇家顶尖的本领,可那黄车风据说只是轻描淡写便赢了他——即使这样,黄车风都还要听姜明鬼的,则姜明鬼又得有多厉害?"另有人道。

"还有一人,虽是女子,但能和姜、黄二人并列,又岂会是易与之辈?"先前那人道。

"想来想去……"第一个人道,"难道要将那个怪物,请出来吗?"

这话一说,在场的几个人不由都激灵灵打了个寒战,可是沉默半晌,却又不约而同地道:"若想对付墨家凶徒,只怕还真得让那怪物出手!"

相国府的第四重院落，其实是郭开所设的一处私狱。地面上住着一些郭开最为亲信的门客，也即是私狱的看守。而东北角上，一条甬道通入地下，便到了相国府的秘密地牢。

进入地牢，扑面而来的是污浊的血腥气、霉烂味。一条通道隔开，左三、右二，共计五座木栅的牢房，霉草堆上倒着破衣烂衫的囚徒。火把摇曳，照出墙角碎裂的牙齿、地上用指甲刨出的指痕、木栅上散落的头发、土墙上干瘪的眼珠⋯⋯有许多胆敢忤逆郭开的人，便是在这里，无声无息地死去了。

那几名寻援的门客，由今日当值的看守带领，来到右侧两个牢房隔出的一小片空地上。地牢的石壁上，有一面锈迹斑斑的铜门，以暗号轻敲数下，那特殊的牢门便轻轻打开。

一股异香扑鼻而来，只见那牢门之内一片明亮整洁。这秘密的牢房内部，四壁、地面、屋顶全部以白灰粉刷过，一尘不染。十二盏最好的油灯，明晃晃地将屋内每个角落都照得清清楚楚。

屋内几乎没有什么家什。只在屋子正中，立着一根木桩，又有一个半人在木桩前交谈着。

之所以说是一个半人，是因为有一个人固然是完整的，但另一个人却已残缺不全。那人看身架，本应也是个魁梧的人，但被绑在那里的时候，却显得十分短小：他不知被拷打了多久，也不知经历了怎样的折磨，以至于身体的轮廓，都已模糊了。而之所以还能被认出是一个人，而不是一团别的什么东西，大概只是因为，在他对面的"那个人"，仍然在耐心地折磨着他。

——而这种残忍的耐心，应该只有人类对人类才有。

屋中的异香，原来掩藏着极度的恶臭和恐惧。那施刑的"一个人"喃喃低语，问着那"半个人"一个又一个的问题。他一手施刑，一手拿着白绢，仔细地擦拭那受刑的"半个人"身上的伤口，以确保那些地方不会有哪怕一滴的血液、体液滴下,弄脏这雪白的屋子——虽然那"半个人"张大了嘴,已如一块被绞干了的抹布,几乎再也挤不出什么了。

和这芬芳整洁的房间相比,外面那肮脏黑暗的地牢,简直明媚如阳光下的乐土。

"邢……邢先生。"最先止住呕吐之感的门客轻声叫道。

正在细心地折磨那"半个人"的"一个人",抬起头来。他没有头发,没有胡子,没有眉毛,甚至都没有睫毛,一颗光秃秃的头上,两只眼睛开朗、天真,几乎令人错以为他还是十几岁的少年。他停下哼歌,直起身来,换了一块白绢擦手,微笑道:"你们是谁?郭相国送你们过来,是帮我寻找大道吗?"

百家之中,有一个臭名昭著的学派,名为"刑求家"。

刑求家的人,原本是官府的行刑人。终日拷打囚犯、刑讯逼供,眼看着一个个声称自己无辜、无知的人,在被拷打之后,吐露出越来越多、越来越令人意外的秘密,他们便在不知不觉中产生了一种奇怪的想法——那些最后被招供出来的东西,到底是他们一开始佯装不知,结果受刑不过,只得吐露;还是他们其实本来真不知道,而在被拷打之中,福至灵通,意外知道的呢?

——为什么会意外知道呢?

——人,到底知道什么呢?

这世上的真相,到底为何?百家所求之大道,到底何解?它是否也早已存在于每个人的心中,人们只是因时间的久远、鬼神的阻碍、造物的玩弄,而将它忘了呢?

刑求家因此相信,只要通过细心的拷打,人们便一定能够说出本来连他自己都不知道的真相和秘密;而如果这个拷打足够极致、足够神圣,那么甚至会问出天地之间的至道,令人一跃成为圣人。

刑求家由此开始尝试各种刑求之法。他们的手段残忍，灭绝人性，百年前更曾引发混乱，遭受各国围剿，几乎被斩草除根。

而在这地牢密室之中的人，自然便是刑求家仅有的幸存之人，并且将自己的名字改为学派之名"邢裘"，立志要将其发扬光大。

帮他求道，便是要受他拷打。那几个门客吓得魂飞魄散，慌忙摆手否认，摇头摇得连脖子都快断了。那为首的门客大着胆子道："邢先生，我们此来，乃是有事相告：郭相国遇害了，他为墨家刺客所杀，几乎身首异处。"

多年以来，邢裘一直隐身于郭开府中。郭开为他提供庇护，也源源不绝地送来自己的仇家，供邢裘拷打求道。邢裘只需偶尔从那些人身上问出一些郭开所需之事，剩下的便可随意发挥，用那些人的血与骨探索天地至道。

果然，邢裘听说郭开已死，登时瞪起了眼睛，咬牙切齿。

"郭相国位极人臣，所知甚多，本应也是一块可以拷打的好材料。"邢裘顿足怒道，"这么多年，我一直隐忍，按捺着没有对他动手，他却被这么轻松简单地杀了，实在可恶！"

原来他竟对郭开也存有拷打之心，众门客听了倍感意外，更觉毛骨悚然。

"不过，对手若是墨家弟子，倒也不错。"邢裘翻起眼睛，问道，"你们来告诉我这个消息，可是让我去给郭相国报仇吗？"

"正是！"那几个门客争先恐后地道，"墨家弟子嚣张跋扈，恐怕只有邢先生能够制裁！"

"我若是将他们抓住，也能问问他们关于天地的理解吗？"邢裘问道。

那一众门客点头如捣蒜，道："全任您自便！"

邢裘微笑道："那好。"竟将手中的白绢一扔，从众人中间挤身过去，自顾自地走了。

密室之中，一时便只剩了那几个门客。

屋中没有了邢裘，那股令人压抑得喘不上气来的绝望气氛忽然散去，"恐怖"猛地浮现出来。劫后余生的虚脱感袭来，两股战战，冷汗瞬间已沁透众人的衣衫。

那被绑在木桩上的半个人，忽然轻轻地抽搐了一下。

一滴淡黄色的油液，缓缓从他如同枯枝一般的残腿上滴落，落在地上。

他那支离破碎的"脸"上，已容不下任何表情，如同烂泥潭一般的嘴里，几乎发不出任何声音。但他就那么悬在木柱上，凄惨的样子，却比任何哀求都更令人难过。

"我们……要不要行行好……"门客中有人问道，"行行好——给他一个痛快？"

"人不该受这样的苦。"便有人抽出兵刃，小心翼翼地走近那半个人。

"等等……"忽然又有人问道，"老张呢？"

老张是和他们一起下到地牢，进入密室的一个同伴，身强力壮，说起话来嗡嗡作响。

"是……是邢先生……"站在最后的一个门客颤声道，"他刚才从我们身边走过，随手……随手捏住了老张的脖子……老张便一声不吭，跟着他出去了！"

"邢先生抓了他？抓他做什么？"有人问道。

"他要去追捕姜明鬼……要从见过姜明鬼的人开始拷打……"最后一个门客颤声道，"抓老张的时候，他看了我一眼……他那双眼睛，只看了我一眼，我就知道他想干什么了！老张完了！他会用最残忍的手段，问出老张知道的一切关于姜明鬼的事！"

"你怎么不制止他呢？"有人气道，"你怎么不提醒我们一声呢？"

"邢先生看了我一眼……我发不出声音……"最后那个门客涕泪横流，"我从没见过那么可怕的眼神，我以为他要带我走了！我以为我已经死了！"

"其实……便是我们知道他要带走老张，我们敢反抗吗？"带头的门客慢慢地道，"刚才邢先生从我们身边走过的时候，我们真的不知道他要干什么吗？可是有谁敢多看他一眼？我们都傻呆呆地看着前面，盼着我们不看他，他就不看我们。就像是鸡窝里闯进了黄鼠狼，不敢叫、不敢躲……只不过，我们运气好，老张是那只被他叼走的鸡罢了。"

众人回想片刻前，邢衷从他们身边穿过，然后随手捏住了一个人的脖子。于是那个大嗓门的壮汉，便垂头丧气地跟着他走出门去，毫不反抗、毫不声张。而其他人，他们这些算得上强人的相府门客、老张的好友，则都默契地望着前面，不想看，也不想听。

"是啊……"有人道，"没有选中你我，其实便是我们的运气好罢了……"

"那……我们还管这个人吗？"已抽出兵器的那个人问道。

"别管了吧。"那带头的门客道，"谁知邢先生还回不回来，还要不要他？若是因此得罪了邢先生，我们都活不了。"

几个门客说着，默默退出门外，慢慢地将门关了。

天近寅时，因郭开遇刺而喧闹了一夜的后花园，终于稍微安静了些。

郭团作为郭开长子，入宫去向赵王报丧，其余家眷则在前院布置灵堂，准备郭开的丧事，偶尔传来一阵阵哭闹喧哗，越发衬得后面一片死寂。黎明前，夜色漆黑如墨，第二重院落的大书房，后窗一掀，两道人影跳进后花园里。

一个行动缓慢，手拄长剑，一个身形矫健，长腿丰胸，自然正是姜明鬼和石青豹。

——李牧给的第三个锦囊中所藏的，仍是一个名字，"郭开"。

若要寻找一个安稳的地方躲起来，又有哪里比得上郭开的相国府呢？谁也不曾料到，当相国府阖府上下一片人心惶惶之际，这两个"凶手"竟已从正门处大摇大摆地回来，就躲在大书房里，看着后花园小书房外的一切。

郭开遇刺，四下里鸡飞狗跳，固然给了他们混入的机会，而且这两人在国驷战车闯府之时，都是藏在车厢之中，并未真正露面，也令他们堂而皇之地进来更为容易。

大书房曾在国驷战车闯府时，被一名摔出去的高手撞破窗户，除此之外，几乎没有任何损坏。相国大人遇害，那是天塌了一般的大事，自然也无人顾及这一点破损，更没有人进来收拾。姜明鬼和石青豹躲在其中，有书架隔挡，越发安全，两人吃了几口干粮，姜明鬼甚至还枕着书简，小睡了一下。

直到此时，后花园中再无人声，二人才从大书房里溜了出来。

后花园里高树密花，漆黑一片，只有远处小书房前点着两支火把，照亮了房前的一片空地。门客、府兵早已各自散去，只有两名被留下来打扫的仆人，正拿了筐锄，把地上染血的泥土挖走，再换上干净的新土。

"我来解决那两个人。"石青豹低声道。

"有劳。"姜明鬼有伤在身，也不客气，轻声同意。

石青豹悄无声息地走过去，准确地在火把光亮与黑暗交接的边缘，停了下来。之前为郭团处死和自杀而死的几人，尸身并排停在离她不远的地方,在火光之中透着阴森可怖。

然后她稍稍伏下身,柔韧的腰背弓起,双手交错,自肋下抽出两柄短剑。

姜明鬼眼角一跳,待要阻止,石青豹却回过头来,向他微微一笑。

——然后她猛地蹿出!

从黑暗中骤然现身,石青豹如同一只隐忍多时的母豹,扑向自己的猎物。两柄短剑,在她身体两侧划出两道长长的银光,直取那两名仆从的脑袋。姜明鬼大骇,正欲出手阻止,却见那两道银光于途中一转,在石青豹的手中转了半个圈子,变成剑尖在上,剑柄在下,"砰砰"两声,重重砸在那两个仆人的后脑。

那两个仆人正低头干活,被她一人一剑全给打昏了,直挺挺地扑倒在地。石青豹收回双剑,将那两人拖到旁边的树下,抱锄躺着,假装是在偷懒。

"真是利索。"姜明鬼拄着长剑,慢慢走过来。

"不然你以为我会滥杀无辜吗?"石青豹低笑道,"不过也幸好他们没有留下重兵把守,否则,就真的不能留情了。"

"人都死了,想必他们也想不到我们还会回来吧?"姜明鬼笑道。

二人进得小书房,将房门掩好。姜明鬼借着窗外火把的光亮,只见屋中一片凌乱,郭开的尸首自然已被抬走入殓;墙上地上,血迹也被草草擦洗,并铺了薄薄的一层石灰,防蝇驱虫——却被踩得到处是脚印,姜明鬼暗暗叫了声苦。

眼见他失算,石青豹不由开心起来,笑道:"可惜啊可惜,姜大侠千算万算,却不料世人不像你们墨家,有那么多鬼门道,还会在这死人的不祥之地绕来绕去。死了人、流了血,总不能老摆着看,自然得该装棺材装棺材，该打扫打扫，不会留下个原样来让你反复调查。"

此前姜明鬼提出要到相国府中躲避，石青豹已是吓了一跳；到后来姜明鬼更进一步要求，要到小书房再作调查，石青豹不由又气又怒，不解他好不容易逃出来，为何还非要回去，徒增嫌疑。姜明鬼却笑说，小书房是郭开的遇害之地，必会留下那凶手的痕迹，他要洗脱冤屈，少不了要回现场去调查一番。

这时石青豹戏谑，姜明鬼却无暇玩笑，稍稍皱眉，回想昨日傍晚时的情形，走到郭开所坐之处的前方，将手中六合长剑前伸，比画着与"郭开"的距离。

石青豹在门边为他把风，见他动作怪异，笑道："这又是做什么？可是发现什么了？"

"屋中还是会留有线索，只是太少太杂、太乱太深，不好探查。"姜明鬼沉声道，"而凶手行凶之时，太过仓促，因此他的举动，其实选择很少。我这样模仿他的行动，顺藤摸瓜，应该可以更快地发现真正有用的东西。"

他带鞘的六合长剑斜指前方，忽然一顿，仿佛剑刃已经停在"郭开"的颈间。

"我曾看过死者颈上的伤口，那应是凶手在正面挥刀，一刀砍中郭开的脖颈，用力之大，几乎将他的人头直接斩下。"他作势挥剑，然后向前走去，"这样的距离，血一定会喷得那凶手一头一脸。然后他顺势甩刀，刀身上的血，会在地上甩出一条弧线。"

在地上的一片污糟中，果然有一条弧形的血痕若隐若现。

"之后，凶手将凶刀随手扔下，按照常理，必会朝相反的方向逃去，于是逃向了东首的窗子。"他来到东首的窗下，伏下身来，果然在墙上找到一小片血痕。

"他衣上的鲜血蹭到了墙上,而他犹自不觉。他发现我们来得太快,已无暇脱身,于是只好在这屋中暂时藏好。"

姜明鬼回过身来,望着整间小书房:"书房就这么小,他能藏在哪里?"

他单膝点地,蹲在那个位置上,手中六合长剑伸出,缓缓在眼前扫过,以长剑剑身聚拢视线,艰难地在那一片凌乱的地面上仔细搜寻。

几枚模糊难辨的带血脚印从窗口出发,笔直向前,清晰地指出了一条那人再度返回屋内的路线。

"这也是墨家的技术?"石青豹问道。

"其实只是经验罢了。"姜明鬼轻声道,"当你练习过无数用力技巧,用身体感受过各种招式攻击,自然就会对一切动作和一切力量的开始、运转、流动、结束,烂熟于心。而从其中的任何一个环节推演上一个、下一个,都会变得很简单。"

循着那路线追出数步,姜明鬼绕到一排书架之后。

书架后的光线更为黯淡,若非姜明鬼一双夜眼,几乎难以辨物。带血的脚印消失不见,姜明鬼仔细寻找,终于又在书架上找出血痕。推了推那书架,"咯吱"一声,书架发出极轻微的一声响动,已向一旁滑开半尺。

此地竟有机关,姜明鬼登时大喜,石青豹也吃了一惊,连忙赶来。姜明鬼找准方向,再稍微用力一推,那书架的机关极为灵活,几乎无声无息地移开数尺,露出地下的一个暗坑。

那暗坑约莫二尺宽、七尺长,上方正好可以被书架底部盖上,内里深约三尺,正好可藏下一人。而此时此刻,那浅坑中果然也藏着一个人。

只是那人仰面朝天,口中滴血,已满脸惊讶地死了。

一波未平,一波又起,昨日郭开在此遇刺,今日同样在这小书房中,竟又出现一个死人。石青豹吓得往后一跳,姜明鬼倒抽一口冷气,稍一打量,只见那人年纪已然不轻,头发花白,满脸皱纹,衣衫褴褛,身材矮小,仰面躺在坑中,心口上插着一柄短刀。

短刀刀柄上缠着金丝,镶有明珠,极为华丽。刀身入体极深,只怕是一刀刺破心脏,因此那人连面上的表情都不及变化,便已死去。

"这又是什么人?"石青豹奇道。

鲜血未凝,姜明鬼在坑边蹲下身来,一拉那老者的手掌,触手尚有余温。

"又是一个刚死的人。"姜明鬼沉吟道,"为求稳妥,我们是在后花园里的众人离去之后,又等了半晌,确定没人回来,才摸黑过来的。但这人,应该是在众人离去之后,不久便遭人杀害的。"

石青豹皱眉道:"那他又会是谁?又是谁杀了他?"

"自然便是原本藏在这坑中的凶手了。"姜明鬼道。他伸手一指,在那死者的腰旁,暗坑坑壁上有几枚清晰的带血掌纹,道:"他被刺破心肺,当场毙命,凶手并不拔刀,因此出血极少。他的双手干干净净,则这带血的掌纹便是那凶手留下的。"

"凶手藏在这里,怎么又想起来出去杀了这个人?"石青豹问道。

姜明鬼的手,掠过死者胸前的短刀,轻轻摩挲,刀柄虽然做工精致,却并无特殊的标记。

他转而向下,又在那死者的腰间摸过,手指一勾,从他的腰带里拉出一块腰牌。

那是一块枣木圆牌,正面雕刻"郭府"二字,精美工整,乃是相国府的门客标记。背面有人用尖锐之物,歪歪扭扭地划出了两个字:"株守"。

"原来，是株守家的人。"姜明鬼叹道。

株守家，乃是百家之中极不起眼，却颇有影响的一家。

昔者，有农人耕于田上，有野兔逃来，不慎撞树而死。农人因此不劳而获，得其皮肉。那农人满心欢喜，后来更日日守在树前，从早到晚，等候野兔自来，以致荒废农田，成人笑柄。

这故事原是在嘲笑世人贪心短视，后来有些人却觉得，时运之力，远非人力所能胜。与其徒劳努力，真不如守株待兔，省事省心。人的一生，一定会有一次两次的好运，足以改变命运，鱼化为龙，只要能等、能熬，它一定会降临到头上。到那时，荣华富贵，便都不在话下。

株守家因此鼓励世人，停止奋斗，不思进取。其学说固然为智者所不齿，却也为许多痴人蠢汉的懒惰懈怠做了开脱。因此信其学说，以致终其一生碌碌无为的也大有人在。

眼前这老者，已是郭开府上的门客，有吃有穿，每月有饷钱，却仍然衣衫褴褛，蓬头垢面，正是株守家坐吃山空、一辈子徒劳等待，却郁郁不得志的特征。而他死在这里，只怕也正因他的等待。

"株守家的等待，因为不需努力，而往往起止莫名，出人意表。昨夜郭开遇刺，郭团悬赏十万，众门客热情高涨，呐喊声我们在大书房都听见了。则这株守家的老人，想必也动了心。此地是郭开遇害之处，也便是此事之'株'，于是他便当场等了起来，等待我们这三只兔子回到现场，等待我们死在他的面前、那十万金落到他的头上。"姜明鬼叹道，"只是这一次，他真的等对了——我们回来了，只不过在我们之前，凶手也出现了。"

"他于是被凶手灭了口。"石青豹也猜到了这一点。

"凶手在此藏身，苦等到众人终于散去，于是现身，打算趁夜逃走，谁知才一出来，就被此人等到了，为了不暴露自己，便在外边的两个仆从听到之前,将他当场杀了,之后又将尸身藏回暗坑。"

窗外火光微弱,映在那老者的脸上,他脸上的皱纹更深,愁苦更重。想到那老者,一辈子在漫无目的的等待中,越活越是悲惨,为人嘲笑,而当幸运终于降临,却变成了更大的不幸,以致当场丧命,石青豹虽是一个没心没肺的人,却也不由一阵唏嘘。

"凶手何必杀他?"石青豹问道,"株守家的人,恐怕也没练过什么武技,打昏他也就是了。"

"问得好,"姜明鬼抬起头来,道,"谁会在杀人之后,马上知道这个暗坑可以藏人?谁绝不允许别人知道,他曾藏在这里?又是什么人,他的出现,会让这株守家的老者惊讶万分,至死难解呢?更是什么人,一出手就是这么名贵的短刀?"

"是郭府的人?"石青豹脱口而出。

郭开之死,实在满是蹊跷:他于间不容发之际,被人杀死在重重把守的相国府小书房中;凶手发现脱身不易之后,竟能立刻找到暗坑藏身,显然早知其所在;之后凶手脱身时,杀死株守家的老者,那老者满脸讶异,显然是认识他。

再加上这样一柄价值不菲的短刀,凶手是郭府的显赫人物,几乎已是板上钉钉的事。

"是郭府的大人物!"姜明鬼沉声道,"我们去找郭团!他是郭开长子,在相国府中权势最大,此次对郭开的保护,显然也是他来统率的。凶手先前孤身行刺,想要脱身,便需要熟知后花园中的部署,这是其一;发现父亲遇刺后,郭团急着打扫现场、转移尸体,以致小书房人员空虚,方便藏于暗坑之中的凶手二度脱身,此为其二。"

"而且,暗坑这么隐蔽,想来知道的人不多。但郭团身为郭开长子,必定知道,岂非其三?"石青豹也斟酌道。

"凶手若是郭团的亲信,与那株守家的老者认识也不足为奇。因此凶手骤然现身,才令那老者惊讶不已,此为其四。"姜明鬼补充道。

"而郭开一死,郭团继承他的爵位,更是一步登天——这就是其五!"石青豹惊叫道。

二人一番分析,一瞬间找出五条嫌疑,几乎已确定了郭团的大罪。石青豹问道:"郭团进宫去了,我们怎么办?"

"杀人放火,"姜明鬼傲然道,"也要将他抓过来!"

却听门外一人冷冷地道:"厨房最好放火,杀人不如杀我。"

姜明鬼、石青豹都是一惊。石青豹听那声音耳熟,叫道:"丁丸?"

小书房房门被推开,门外一个少年森然而立,虽然背向火把,面目模糊,但身材瘦削,猿臂长腰,右腰后横出半截宽阔的刀身,一截短短的刀柄,乃是一柄菜刀。果然正是先前帮他们入城的相国府厨子丁丸。

"丁丸,"石青豹见是他,放下心来,笑道,"你怎么来了?"

丁丸站在门口,少年人的身形如同铁条,格外剽悍,而声音也如岩石般冷硬,道:"就是你们杀害了郭相国?听他们说起那辆黑色的马车,我才知道刺客原来就是你们。只是我万万想不到,把你们带进城来,竟害了相国大人。"

他的语气,越来越有敌意。姜明鬼看了一眼石青豹,仍追问道:"未知丁兄是怎么知道我们在这里的?"

"我是'庖家'弟子,分辨色、香、味是我的专长。"阴影中,丁丸两只眼睛闪烁着令人悸动的光芒,一眨不眨地望向石青豹,道,"你们在大书房待得太久了。我早起时只在门前路过,便闻出了你的味道。"

石青豹体有异香,尤其是情热之时更是馥郁。

姜明鬼深知此事,这时听丁丸骤然提起,不由便是一怒,冷哼一声,道:"那是我们疏忽了。如今既然暴露了,未知丁兄又打算如何处置我们这两个通缉重犯呢?"

"你?"丁丸冷冷地看他一眼,道,"我现在只要喊一声,就可以找团公子领赏了。"

"丁丸,"石青豹听他们话锋不对,连忙道,"郭相国不是我们杀的,我们被人栽赃,正想找出真凶,你别捣乱。"

她之前与丁丸相好,深知这少年忠心耿直。郭开赏识他的厨艺,对他有知遇之恩,若丁丸认定他们是凶手,闹将起来,还真不好办。

"你不用跟我说这些,"丁丸慢慢地道,声音平静,却更显出他的愤怒,"我只想知道,你为什么让我带你入城。"

原来他怒气冲冲,只是埋怨石青豹利用了他。

石青豹放下心来,笑道:"这可真是个误会。我请墨家弟子入城,是想要请他们帮忙击退秦军、保全赵国,只是不想节外生枝,才麻烦你在城门接应。谁知后来朝堂之上一场争辩,竟变成墨家要与郭相国斩弓决斗,我们因此而驾车闯府,可是决斗之中,各凭手段,闯府又是多大的罪过?最后蒙上不白之冤,全然是个意外。总之,你只管相信我,我让你带我们入城的时候,绝没有令你背叛郭相国的意思。"

丁丸深吸一口气,目光似乎略为柔和,道:"好,我可以相信你。"

"你自然该相信我!"石青豹啐道,"你这小家伙,胆子大了,还敢怀疑起我来了!"

丁丸肩膀一耸,无声地笑了一下,道:"那我的第二个问题是:你为什么要离开我?"

这问题一出,石青豹、姜明鬼不由都是一愣,当此生死攸关的时刻,这少年堵着门,竟然问起了情爱之事。姜明鬼满心不悦,石青豹也稍觉尴尬，道："丁丸，咱们先不说这个吧。"

可是丁丸摇了摇头，道："不，我想说这个。"

黑暗中，他望向石青豹的眼睛，更加深情，也更加绝望，道："三个月前，你跟我说一声'有缘再见'，就走了。我开始时以为你不会那么绝情，过两天就会回来；可是你没有回来，我才知道你是真的走了。十七天前，你找我帮忙，我高兴得想哭，可是不敢让你看见，于是只好装得若无其事，之后天天守在城门，等着见你。"

"你的苦心，我明白。"石青豹笑道。

"可是我不明白你啊！"丁丸怒道，"你见了我，真的一眼都不多看我，一个字都不多说。你是怎么做到，一转身就忘了一个人的？"

他说的话，越来越深情，却也越来越让人不适。姜明鬼咳嗽一下，道："丁兄，可否让我们先行离去？我们急需证明自己的清白，好再推动六国合纵的大计，绝不可陷在此处。"

丁丸这回看都不看他一眼，道："不行。"

他态度倨傲，姜明鬼怒火上撞，道："我说的，可关系到六国之战和，天下之福祉！"

丁丸望着石青豹的眼中也是怒火一炽，道："我说的，可是爱啊！"

——爱。

石青豹与丁丸，在三个月前是说过很多次爱的。

三个月前，他们在邯郸街头偶遇，其时丁丸正在采买菜蔬，却因争买一把极为鲜嫩的椿芽而与石青豹相识。丁丸想要为郭开换换口味，石青豹想要为探视李牧而准备食物，两人因此切磋厨艺，一见如故。两人岁数虽然相差不少，但天欲家风流随性，丁丸更血气方刚，一来二去，便好了起来。

二人干柴烈火，连日缠绵，其浓情蜜意，自不必多说。丁丸本是初识男女滋味，对石青豹越来越是迷恋。但石青豹天欲家出身，情欲来得快，去得也快，过了数日，便觉兴味索然，终于在对丁丸说了一句"有缘再见"后便消失不见。

而她再次出现在丁丸面前时，便是十七日之前。石青豹即将出发去小取城求援，于是找到丁丸，让他之后常在邯郸城西门等候，好帮她顺利入城。

"你看，我需要帮忙的时候，第一个便想到了你。"石青豹苦笑道，"我们好歹也是相好过的，以后也可能再睡几觉，温故知新，难道不应该是最好的朋友吗？"

"怎么可能是朋友？"丁丸怒道，"我喜欢你，怎么可能还是你的朋友！"

他突然声色俱厉，石青豹给他一噎，一时说不出话来。

"在你走后，我恨你入骨。"丁丸的牙齿咬得咯吱吱地响，"我去找过别的女人，可她们都不是你。我还找到过你的几个相好，可是你离开他们，也从不回头。你回来找我，我欣喜若狂，你却只让我帮你做事。我假装在你面前离开，而你竟真的毫不在意。"

他越来越怒，姜明鬼也不由动容，看着这受了天大的委屈一般的少年，忽然间竟生出几分同情：在一个男子最单纯、最热情的时候，爱上了一位天欲家的女子，是何其无奈？而一旦沉溺其中，却又何其可悲！

"丁兄，"他突然开口，声音干涩，道，"其实，爱不应当是自私的。爱一个人，只会令我们患得患失，争斗不休。唯有兼爱天下，同时爱着所有人、爱所有人一样多，我们才能实现大爱。"

"我只想爱她，只想她为我一人所有，怎么可能再去爱别人，又怎么可能再任她去爱别人？"丁丸终于望向姜明鬼，眼中却有了几分讥诮,"你也和石姐睡过了吧?"

姜明鬼一愕,一瞬间面红耳赤,支支吾吾地说不出话来。

"我在城门口第一眼看见你,就知道了。"丁丸冷笑道,"可是你别得意得太早,她当初能离开我,将来也必会离开你。当她厌倦了你、想要离开你的时候,我倒要看看,到那时你是不是还说得出什么兼爱、大爱来。"

他的话越来越过分,石青豹忍无可忍,道:"丁丸,你到底想怎么样?"

丁丸沉默不语,良久,忽然"唰"的一声,自腰后拔出了自己的菜刀,慢慢地道:"我……找到了把你留在我身边的办法。"

"我还真想知道,腿长在我身上,你怎么能留下我来。"石青豹被他惹恼,终于反问道。

"其实……很简单,"丁丸道,"只要杀了你就好了。"

丁丸的双眼死死地盯着石青豹,身子却慢慢地后退,来到院子里。

站在火把的光亮中,他手腕一翻,将那口菜刀担于小臂之上,平平举起,道:"杀了你,把你做成最美的一道菜,再连皮带骨地吃下去,你自然就永远地属于我了。"

那口菜刀,刀身乌黑,只有二指宽的刀刃雪白如浪。

他的一双眼睛,自刀刃上方望过来,视线之中更带着森森杀气。

他的念头竟如此疯狂,姜明鬼、石青豹都是一阵恶寒,道:"你已疯了!"

"其实对我庖家来说,人,本来就是一种食材。"丁丸冷笑道。

百家之中,庖家乃是以烹饪、做饭为专长。

庖家认为,世间万物只有人类以熟食美味为乐事,在饥饱之上更追求口腹的享受,因此,烹饪之术便是人区别于禽兽的大道,也

第七章 丧家犬 205

蕴藏着宇宙至理。所谓治大国若烹小鲜，和烹饪相比，治国都不是什么难事。

而庖家的创始人，乃是齐国人易牙。昔者齐桓公喜食美味，而宠臣易牙乃将自己四岁的幼子烹为肉羹，齐桓公因此认为他爱自己胜于骨肉，从此更为宠信他。

"以人为食，其实是每个庖家弟子一生只有一次的机会。"丁丸沉声道，"人食万物，而庖家便烹饪万物，只有人本身，因为物伤其类，而不能动念。但万中少一，这唯一的缺憾，便成为庖家最大的心病，反倒念念不忘。因此，许多人相信，为了庖家大道，我们可以以人为食材烹饪一次；但因人性之善，食人者当死，在做完这一次美食之后，庖家子弟当自我了断。"

他的声音低沉、平静，透出一股肃穆之意，姜明鬼、石青豹听了，只觉后颈发冷，竟比什么威胁恫吓都更令人毛骨悚然。

"郭相国多次流露出想要尝尝人肉滋味的念头，但我一直推托。如今他死了，这一次烹饪的机会，我决定选择你。"丁丸继续道，痴痴地望着石青豹，梦呓一般，"吃了你之后，我会随你一起死。无论生死，我们永不分离。"

"同类相食，你已不如禽兽。"姜明鬼叹道，一面说，一面挂着六合长剑，要出房迎战。

石青豹却拦在了他的身前。

"唰"的一声，她拔出背后长剑，剑光清冷，将姜明鬼和丁丸隔开。

"这是我和丁丸的事，"石青豹冷冷地道，"我来解决。"

院中的两支火把燃烧许久，已濒临熄灭。
漆漆夜空却已泛起铁青色，隐隐透出蒙蒙曙光。

石青豹走进院中，先扫视四周，确认除他们之外再无旁人，却发现不远处那两个先前为自己击晕的郭府仆人，这时躺倒的姿态都已改变，肢体扭曲，身前一片乌黑的血迹。

"我不会让人打扰我们的。"丁丸看她视线所及，微笑道。

在他现身之前，竟已将那两个仆人下手斩杀。这少年如此心狠手辣，石青豹不由越来越怒，迎向丁丸，道："我本以为，你是一个老实孩子。"

"可是老实孩子却得不到你。"丁丸苦笑道，"多说无益，你若不想就这样任我烹宰便动手吧。"

"好！"石青豹大喝一声，双手持剑，当头向丁丸劈下。

天欲家的学说，核心是淡化道德束缚，释放男女大欲，而在此过程中，其兽欲外化，弟子所习武技，也近乎于拟兽。

此时石青豹长剑劈下，所拟之态，正如猛虎一爪拍下。

"唰"的一声，那一剑在丁丸面前劈空，丁丸手持短柄菜刀并不招架，反而向旁稍稍一闪，便躲过了这一剑。

一剑躲过，白光骤起，丁丸的菜刀已紧贴着石青豹的长剑，向上撩起。

石青豹撤步变招，长剑横封，想要将丁丸的菜刀隔开，可是那看来沉重笨拙的菜刀，却滴溜溜地一转，变成斜压着长剑剑身，继续向上滑来。

那笨重的菜刀，动起手来竟如一条毒蛇，在石青豹的"虎爪"一爪拍空之后，缠着她的剑飞快地向她咬来。

两道寒光骤然亮起，却是石青豹及时撒手扔下长剑，又从肋下抽出两柄短剑。

——长剑如爪，而短剑如牙！

两柄短剑一开一合，猛地咬向那毒蛇的蛇头。

双剑交错，可那菜刀仍然轻轻一滑，便在电光石火的瞬间，自两剑中滑出！

刀光一闪而没，石青豹猛地翻身滚出，半空中，一绺发丝缓缓飘落。

"好灵巧的刀。"姜明鬼倒吸一口冷气，赞道。

"以无厚入有间，是道家对我们庖家刀法的评价。"丁丸道，"刀刃所向，天下万物不过是砧板上的死鱼烂肉，绕过筋节，剔出骨头，刀锋游走，都不过是随心所欲而已。"

"原来，我竟睡过这么一个用刀的高手啊。"石青豹站起身来，一边的鬓角稀疏，已为丁丸刚才的那一刀削断，脖颈下一道隐隐的红线触目惊心，更是为锐风所伤。她伸手一摸，笑道："好险好险，幸好不曾出血。"

"我来吧，"姜明鬼叹道，"庖家的刀法，太凶险了。"

"不用，"石青豹大大咧咧地一挥手，道，"一个小厨子，他赢不了我。"

她语气轻蔑，丁丸也不由生起气来，手中菜刀一转，道："你别想激怒我，我不会对一具食材生气的。"

"哦，是吗？"石青豹微笑道，"那你会对食材动情吗？"

她先前闪避丁丸的菜刀，就地翻滚，连手中的短剑也早就丢了一柄，这时手中反握仅剩的那把短剑，剑锋所向，却是自己，一剑下划，"嘶"的一声，已将自己的上衣剖开。

入城以来，她身上所穿的都非皮甲，只是寻常衣衫，这时衣襟裂开，顿时春光大盛。石青豹双手交替，左一撕，右一拉，索性将两片破衣整个扒下，露出自己的上身。其时晨曦微露，苍白的曙光照在她的身上，只见她身形健美，丰乳涡脐，一身紧致如缎的肌肤反出令人炫目的银光。

"来，我这俎上鱼肉，你且切一切看。"石青豹昂然道。

天欲家以男女之欲为寻常乐事，对人的身体也并不如何避讳。石青豹平素穿着就较为暴露，眼下对战之时，竟突然做出如此举动，登时令丁丸、姜明鬼都惊呆了。

石青豹挺起胸膛，慢慢走向丁丸，道："我这一身好肉，你想如何炮制？"

丰乳微颤，丁丸面红耳赤，面对这令自己魂牵梦萦的身子，一瞬间竟是手足无措，"当"的一声，连菜刀都掉了。

"我们初遇时，便是在争执做菜；今日决裂，我再送你一道菜。"石青豹微笑道。

丁丸一愣，抬头才待说话，便觉眼前白光如扇，猛地从他的颔下扫过。石青豹手中短剑已为鲜血染红，人向后退了两步，笑容收敛，冷冷地道："这道菜包你没有吃过，我给它起了个名字，叫作'喉红'。"

"咕"的一声，一口鲜血从丁丸的口中喷出，与此同时，他的喉间裂开，血如泉涌。丁丸身子一晃，一手紧紧捂住喉间，可是汩汩鲜血仍不绝自指缝流下。

所谓"喉红"，自然便是石青豹一剑割断他的咽喉，他的喉间血涌向口中。

只一瞬间，丁丸便已摇摇欲坠。

"略……腥……"他捂着咽喉，艰难说道。

他望着石青豹，脸上笑容忽然一僵，整个人扑地而死。

第八章

亡命徒

邯郸城外三十里，有一座马服山。马服山山体特异，崖岩皆作紫金之色，一早一晚，日光斜照之时，山中雾气缭绕，紫光闪烁，云蒸霞蔚，瑞气纵横，宛若人间仙境。

黄车风驾驶国驷战车，从邯郸城中夺路逃出，只用数里便甩掉追兵，遁入马服山后，又连设几处伪装，才在一片谷地中藏好。他将四匹健马解开，让它们各自休息，自己则钻回车厢中，找出备用的干粮饮水，吃饱喝足，更美美地睡了一觉。

次日天明，黄车风从车中出来，洗漱一番，又将四匹健马召回，重新驾辕，收拾已毕，正待再做转移，忽然"啪"的一声，有一物从高处落下，砸在地上，骨碌碌地滚了几滚。

黄车风吃了一惊，回头一看，却见那物血淋淋的，是一颗人头。

那人头滚在地上，又是血，又是泥，面目扭曲，但一脸大胡子却极为醒目。黄车风稍一分辨，并不认识，心中疑惑，抬头去找那人头落下的方向，却见谷地的坡上有一块大石兀立。人头看轨迹应是从那里飞出，但大石遮挡，一时看不清后面的情形。

正自疑惑，大石后却又飞出一颗人头，"啪"的一声，落在黄车风脚下。

那人头皮肤光滑,却似是一个年轻小伙,只是双眼已是两个血窟窿,越发难辨面目。

一个头之后,又是一个头。那大石后的人,像是杂耍似的,断断续续地扔出了五个人头。黄车风暗暗心惊,但见那人故作姿态,便也不急着催其现身,将那五颗人头排成一列,仔细辨认,先松了一口气,那五颗人头中至少没有姜明鬼和石青豹的。

但看得多了,他也觉得浑身发冷,几欲作呕。

黄车风并非没有见过死人,但那五颗人头,却令他毛骨悚然。它们每一个都面目扭曲,凄惨无比,无疑生前遭受了巨大的痛苦,但仔细看来,这些饱受折磨的人头,最后的表情居然都是释然与轻松。

有微笑、有狂喜,仿佛死亡于他们而言,是最幸福的事。

而这么多幸福的人头排成一列,给人带来的不适加倍强烈,仿佛他们的痛苦和疯狂,只是通过表情,便已传染到了黄车风的身上。

就这么多看两眼,其中一人,黄车风忽觉似曾相识。他心头一震,仔细回想,那似乎是自己之前驾驶国驷战车闯入相国府的时候,在相国府正门前,曾经正面拦过战车的一个守备高手。

认出是他,黄车风对这五颗人头的主人有了一点推测,以此为准,再详加分辨,果然又有一人,似乎是他闯出邯郸城时的守城将领。连续认出两人,黄车风心中再无怀疑,大笑道:"是相国府的朋友来兴师问罪了吗?"

眼前的五颗人头,应当都是在黄车风、姜明鬼一行闯府及闯城的过程中失职、失利的人,他们因此而被处死,人头还被扔到黄车风面前,以作震慑之用。

敌人如此狠辣残忍,黄车风不由暗暗心惊,能这么快就找到他,则更令他感到意外。

——最令他不安的,却还是那几颗人头,每一个都极尽享受。

但国驷战车便在身旁,而自己一身本领,更非易与。敌人声息全无,显然人数极少,如此一来,一旦动手,自己至少自保无虞。

一念及此,黄车风已然镇定下来,笑道:"石头后的朋友,请现身指教吧!"

只听巨石之后有人咯咯笑道:"你就是黄车风吧?你果然在这里啊。这里果然只有你一个人啊。"

一面说,在那巨石之后,已转出一个人来。这人穿着一身血渍斑斑的白衣,看岁数并不很年轻,但一双眼睛极尽灵动,几乎满含天真。他没有头发,没有胡子,没有眉毛,甚至仔细看时,连眼睫毛都没有,只有一颗头光秃秃的,仿佛一个鸡蛋。

这光秃秃的人笑道:"好极了,他们的招供,果然是真的。"

这人说的话没头没脑,周身上下也透着邪气。他望着黄车风,黄车风给他视线一扫,忽觉一种极为熟悉的感觉涌上心头,一时竟是周身都不自在,勉强笑道:"这几位,可是因保护郭相国不周而被处死的兄弟吗?可惜,那虽非我等之罪,却害了他们。"

那光秃秃的人饶有兴致地看着他,目光中充满好奇与渴望。他摇了摇头,道:"你们是墨家高足,个个是以一当百的高手,他们拦不住你们本就是理所当然的事,又有什么过错呢?我杀他们,并不是为了惩罚他们,而是奖励他们。"

"奖励他们?"黄车风越发糊涂。

"他们告诉了我你的来历、你的武技、你的弱点、你的去向、你的战车的秘密……立下如此大功,他们又那么痛苦,我当然便将死亡当作奖励,赏赐给了他们。"那光秃秃的人笑道,"你看,他们最后的表情,多么快乐。"

"他们知道我的弱点？我的去向？"黄车风又是好笑，又是吃惊，笑道，"我逃到这里来，纯属临时起意，在那之前连我都不知道。"

"不，你知道。"那光秃秃的人笑道，"你出了城门，便知道要逃进山中躲避；进山之后，你也知道在最安全的地方藏身。这一路上的每一树、每一石，你都看到了，但你都没有停下，直到来到此地。因为你知道，此地就是你最佳的选择。"

他所说虽然拗口，却颇有几分道理，黄车风心中不安更甚，勉强笑道："便算是我知道吧，他们又如何知道呢？"

那光秃秃的人认真地看着他，道："你在哪里，他们固然是不知道的，但是，若是我通过严刑拷打，令他们承受极度的痛苦和恐惧，他们因此而超越生死、通晓神鬼，则他们不知道的，便也知道了。"

他说的话如此离谱，可黄车风却觉得身上那令人不安的熟悉感越来越强烈。他心中灵光一闪，忽然反应过来——那竟是他久违了的羞涩的感觉。在这怪人的注视之下，他忽然觉得自己竟似周身赤裸、纤毫毕现，以至于又羞涩起来。

"你……"黄车风猜到了那怪人的身份，"你是刑求家的人！"

那光秃秃的人状甚腼腆，道："不错，我正是刑求家的邢裘。"

在此地竟遇到刑求家的人，黄车风满心震骇，一时说不出话来。

邢裘从山坡上施施然走下，来到黄车风刚才摆好的一排人头前，正襟坐下，端起第一颗蓄有大胡子的人头，道："这第一颗头，乃是相国府的门客张熊。他们一群人前去找我，请我来抓捕你们，为郭相国报仇，我因此需要知道你们最详细的资料，他也因此变成了我的第一个拷打对象。"

他捧着那颗人头，大胡子满脸含笑，他也极为和蔼，继续道："我仔仔细细地打断了他身上每一个骨节。他招供的内容包括：你们的名字、你们的来历、你们的形貌、你们曾与什么人动过手、你们如

第八章 亡命徒 215

何与郭相国产生矛盾、谁将你们引荐给赵王、赵葱和你打的一场谁胜谁败、那一场围观的都有什么人……"

他一一历数，仿佛回想起那张熊在他手上，由一个铁打般的汉子变成一摊烂泥的情形。

"这第二颗人头，便是赵葱府上一名曾见过你们动手的甲兵。"邢裘放下张熊，捧起第二颗那失目的人头，道，"其实本来我应该去拷打赵葱的，但他毕竟身份不同，所以暂且留他一条性命。但也正因此，为了取得同样的信息，我不得不在这个甲兵身上，多花了十倍不止的耐心。他叫刘甲，我拷打了他足足一个时辰，只问他一个问题。这个问题就是：如何才能击败你？"

那失目的人头，没有了眼睛，已看不出大半的表情，但那上翘的嘴角，无疑正在微笑。

"他一个普通士兵，岂能胜我？你根本是强人所难！"黄车风怒喝道。

"你太狂妄了，这可不好。"邢裘微笑道，"你为什么会觉得，一个普通士兵便赢不了你？你所仰仗的，不过是墨家积累百年的智慧和经验而已。而这人在极端的痛苦中所迸发的智慧，你知道又有多少吗？"

黄车风一愣，一时竟不敢断言。

"人，一定是在痛苦中变强的。因挨饿受冻，而学会捕猎；因病痛缠身，而揣摩医药；因被强者欺侮，而发明武器；因国破家亡，而开创出各派学说，以求统一四海，重振乾坤。"邢裘笑道，"因此，痛苦是创造一切奇迹的最大动力。这名叫刘甲的士兵曾亲自与你动手，被你扯掉了腰带；又在一旁观战，目睹了你战胜赵葱。他便是整个邯郸城里，除你的同伴外，最了解你身手的人。"

邢裘将那颗人头向黄车风转了转，令那头颅的两只空荡荡的眼眶，"注视"着黄车风。

"他的身手、眼光、经验、见识，固然和你差了很多很多，"邢裘笑道，"但是，我的刑罚所给予他的远超人类所能忍耐的疼痛和恐惧，却帮助他急速成长了。他被迫想尽一切办法来战胜你，他被迫在最短的时间里，爆发出最高的智慧，来理解你、超越你。虽然他最后疼痛致死，但是我相信，他临终前告诉我的能够破解你身法的办法一定是正确的。"

他津津乐道于自己的残忍，黄车风只觉后背发凉，两手全是冷汗。

"第三颗人头，便是邯郸城东门守城将领樊松的。他终日在东门镇守，对城门内外的地形都十分谙熟，又曾目睹你们驾车逃走，是最后看见你们的人。那么，我问他的问题就是：你从这座城门开始逃走，能逃到哪里去？"邢裘笑道。

他将那守城将领的人头拿在手中，神情变得极为严肃。

"这是最简单的问题，也是最难的问题。"邢裘肃然道，"猜出你们的大致方向并不难，但想猜出你的具体位置，却着实不容易。最初的时候，樊将军只是哭喊着告诉我，他不知道；但当我把他的双腿打没了的时候，他告诉了我十个你可能在的地方；而当我把他腰以下的身体都打没了的时候，他告诉了我三个你最可能藏身的地方；他的身体很好，即使这样，也没有立刻便死，最后为了求我杀死他，他再三考量，告诉我最后一个地方，说你一定在这里。"

邢裘将那颗人头恭恭敬敬地放下，道："而我，就真的在这里找到了你。"

黄车风站在那里，才发现樊松的人头眼角都已瞪裂，但眼流血泪，笑极为安详。他只觉此事诡异而又疯狂，似有一道寒气自脚后跟涌起，一时间，一个身子竟似被冰冻住了一般。

"樊将军完美地解答了我的问题，凭空猜到你的藏身之地，他用自己的生命，最直接地验证了我们刑求家的正确，因此我很尊重他。"邢裘一本正经地道。

黄车风虽然惶恐，仍敏锐地抓到他话中的漏洞，道："到此人这里，你才验证了刑求的正确？所以，其实，你平素里的拷打逼供却是失败的更多吧？你们的'刑求问道'，根本是无稽之谈，那些被折磨的人的胡言乱语被你们奉为至宝，你们不过是一群沉迷于折磨别人的疯子而已。"

"不，"邢裘微笑着道，"我们的拷问，失败固然会有很多，其实是因为我们拷问的材料，往往实在太差。要承受我们的拷打并突破极限的人，需得具备以下条件：他们的身体要健壮、他们的意志要坚定，以及他们的见识要广博。而能同时具备此三类者，本就少之又少，偏偏多数又身世显赫，令我们不好动手，最后能落到我们手里的，不过是些软弱无用的人，因此往往白费力气。"

"你又怎知，你这次不是白费力气呢？"黄车风咬牙道，"即便你按照他们的供词找到了我，也有可能，不过是万中有一的巧合而已。"

"不是巧合。"邢裘微微一笑，那双天真却残忍的眼睛，玩弄似的盯着黄车风的眼睛，道，"因为，他们的供词，是彼此勾连、相互印证的。"

他拍一拍第一颗人头，道："第一颗人头，张熊，告诉了我你的战车从东城门逃走，我应该去找守将樊松；第三颗人头，樊松，告诉了我你的位置，我因此找到了你——你难道不觉得，张熊的话因此也被证明是对的吗？"

黄车风看着那颗名叫"张熊"的人头，忽然在它那含笑的表情中，感到了巨大的恶意。

"而张熊还告诉我，你的战车曾与卫家高手过招。我应该去找第四人、第五人。"邢裘将第四颗、第五颗人头轻轻一转,转得它们面朝自己,道,"这两个人,一个叫作石厌,一个叫作胡蝠,都是卫家高手。我从张熊的口中,打探出了他们武功的弱点,然后暗中追击,将他们拿获,并帮他们好好地思考,如何才能破你的国驷战车。我将他们交替折磨,令这两名好友彼此折磨,在我给予他们更大的恐惧与痛苦之下,他们终于不再畏惧你的国驷战车,也终于开始认真地思考,如何才能真的赢过你——因为如果没有赢过你,我就绝不会停止对他们的刑求。最后,他们给了我两个办法。"

那两颗人头都在大笑。邢裘的眼中闪过一丝狡黠,笑道:"这两个办法,我再怎么拷打,他们竟也无法决定哪一个是更好的。所以我一会儿,其实也是要验证这两个办法到底哪一个更为有效,能彻底战胜你的国驷战车。"

"你赢不了的。"黄车风咬牙道,"即使你赢了我,你也赢不了国驷战车。"

对于他的挣扎,邢裘置若罔闻,他只是摩挲着那两颗人头,仿佛充满爱慕与怜惜,道:"我想他们应该是会感激我的。因为靠我的帮助,他们在临死前终于赢过了你。所谓'朝闻道,夕死可矣',他们大笑着死去了。能在生命的最后一刻想到战胜你的方法,他们一定了无遗憾了。"

他望着黄车风,突然挺身站起,又深深一躬,道:"我也要特别感谢你们。因为你们墨家弟子的牵引,这次我找到的五个人都是好材料。我拷打他们,好生满足。"

——这人虐杀猎物乐在其中,根本无法解脱!

而那饱受折磨的五颗人头,在临死之时所留下的微笑、狂喜的表情,更令黄车风不安。

——他们的解脱,到底是因为终于可以死去,不再受苦;还是

第八章 亡命徒　219

因为他们真的突破了自己的极限，得窥天道，而由衷喜悦？

黄车风望着邢裘那双仿佛孩子般的眼睛，身体如堕冰窟。

他从来没有这么后悔，自己所学的竟是墨家解字诀当中的解脱之技，因为解脱的前提在于理解，但他此时此刻只能深刻地理解到眼前这个人的疯狂。

突然间，他又开始后悔，自己不该听邢裘详解五颗人头的身份与经历，因为那会令自己未战先怯，已输了大半。

他发现，自己五年来眠花宿柳所积攒的勇气，竟已冰消雪融。

在这刑求家的怪物面前，他不知何时已变回了五年前那个敏感、自卑的少年。他不敢和女人说一句话，不敢看女人一眼，仿佛她们高立云端，而他不过是泥淖中的虫豸。

在这一瞬间，这光秃秃的男子，竟比任何一个绝色佳人更令他无处遁形、丑态百出。

他的手拢在袖中，暗暗地扣着自己的止马蛛丝。

可是指尖冰冷，却又如何动手？

"如何？"邢裘稍稍歪着头，饶有兴致地望着他，"你理解到，遇到我你必死无疑了吗？"

黄车风一愣，蓦地明白这已是邢裘对自己的攻击！

他一恍惚，急忙回过神来，却觉眼前一花，邢裘的一只手已向他胸前探来。

那手来得不快，却恰恰卡在了黄车风心慌意乱而又灵光一闪的瞬间。当他反应过来时，指尖几乎已沾上他的衣襟。黄车风大叫一声，猛地一吸胸，他那因肥胖而挺出的胸口蓦然缩扁，避开了那只手的大部分攻势。

一只手的五根手指，他避开了三根，另外食指、中指两根轻轻地在他的胸前扫过。

——只是扫过而已!

衣衫未破,皮肉未损,但一股前所未有的剧痛,却在一瞬间便贯穿了黄车风的胸口。

似有两柄看不见的锯子,突然钉入他的胸口,然后前后拉动,无声地却不间断地锯开骨肉。

只一瞬间,黄车风已疼得浑身的力气都泄掉了,"扑通"一声,重重摔倒在地。

"让人疼痛,其实不需要多大的力气、多么锋利的工具。"邢裘看到黄车风跌倒,微笑道,"相信我,在这方面,我是天下第一。"

"这……这便是你能够打赢我的取胜之道?"黄车风忍痛道。

"不错,"邢裘笑道,"这便是我拷问刘甲,他想出的战胜你的办法。他注意到你擅长利用骨节的收缩,再用很小的动作闪避;同时又善于与人谈话攻心。因此,我要战胜你,也应该先动摇你的心智,然后在方寸之内决胜。"

这人扔出五颗人头并侃侃而谈,原来已是在向黄车风发动攻势。而黄车风一时不察,吃了大亏。

这时黄车风倒在地上,手按胸口的伤处,想要止痛,却越发疼得浑身发抖。

"只要被我碰到,你便是输了。"邢裘微笑着伸出自己的手,手指修长,屈伸之际竟灵活得像是各有生命一般,道,"因为我给你的疼痛,永远也不会减弱,而你也永远不会适应。"

"嗖"的一声,话音未落,黄车风却猛地向后滑去!

——他几乎连站起来的力量都没有了,但墨家弟子在关键时刻还有机关之力!

之前邢裘抛出人头的时候,黄车风正在收拾国驷战车。人头来意不明,黄车风在迎上去之前,已做了万全的准备,将止马蛛丝的其中一根暗中扣在了车辕之上。

这时他咬牙发动机关，止马蛛丝嗖地收回，左腕上巨大的机关之力，登时拉着黄车风胖大的身体，飞一般地滑向车辕。来到车下后，黄车风奋力一挺身，借势跃回车驾。

只这几个动作，便已疼得他眼前发黑，几欲晕倒。

但他回到了国驷战车上！

——回到了天下无敌的国驷战车之上！

黄车风大喝一声催动国驷战车，猛地向邢裘撞去。而在这一瞬间，他已将国驷战车所有的机关都发动开来。

铜锤、铁叉、浓烟、烈火、弩箭、弹网、投枪、飞镰、针雨……国驷战车仿佛一头浑身尖刺戟张的刺猬，团起了身体，向所有方向、所有角度发出自己最凌厉的攻势。而这些攻势，甚至不是想要杀死敌人，而只是为了逼退敌人，给自己的逃走创造机会。

"真有你的。"在黄车风以止马蛛丝骤然退回车上的时候，邢裘大笑着赞道。

国驷战车向他撞来，他也只微笑道："不过也唯其如此，我才可以试试，石厌与胡蝠的破车之计到底是否可行！"

战车隆隆而至，黄车风圆睁双目，邢裘始终没有闪避，在这一瞬间，黄车风甚至有了一点期待，让这刑求家的怪物死于铁蹄之下该有多好！

可邢裘终于还是有了动作！

健马已到他的身前，铁蹄踏起的碎石几乎已崩到了他的脸上，他骤然跳起，竟自四匹健马的正中间穿了过去。

四马并排，左边二匹、右边二匹，两马中间相隔两尺。

但正中两匹马之间的距离却要稍稍宽一些，约有三尺。

因为在这个地方，架设有国驷战车最为无坚不摧的机关：那柄突出于战车的、视相国府大门如无物的攻城槌。

这时黄车风不顾一切地发动了国驷战车的所有机关,那柄攻城槌自然也已弹出,气势汹汹,直撞邢裘。但邢裘那一跃,却避过槌头,跳到了槌后半尺多宽的车辕之上。

跳过三尺不到的空隙,并落在急速抖动的半尺车辕上,做出这样的动作固然难得,而在战马狂奔、其势排山倒海的关键时刻,做出这样的动作,邢裘那近乎绝情的冷静与执着才更令人骇然。

于是,他便到了国驷战车最为薄弱的地方。

强弱相生,国驷战车最无坚不摧的机关后,正是它最不设防的地方。以往这里的漏洞本应由驾车人加以照应、弥补,但这时黄车风胸口剧痛,哪里还动得了?

黄车风大骇,邢裘手中寒光一闪,一柄短刀已刺入右手边健马的耳中。

那健马头、颈都有盔甲保护,只有眼、耳暴露在外,此时耳中受伤,顿时失去平衡,连忍痛奔驰都已不行,只是长声残嘶,脚步登时凌乱。国驷战车一往无前的去势顿止,整个车向左边偏向,车辕嘎吱作响,疾驰数十丈之后,终于轰然倒塌。

一匹马挣断了车辕,远远跑开;一匹马耳中中刀,倒在地上奄奄一息;一匹马在摔倒时折断前腿,惨嘶抽搐;剩下一匹马不知所措,想要独力将马车顶起,却力有未逮。

黄车风摔倒在地,一条腿为马车压住,想要起身,却也不能。

突然头顶上光线一暗,他一抬头,原来邢裘正一边好整以暇地擦着手里短刀,一边站到了他面前。

"是那个叫石厌的人的办法奏了效。"邢裘宣布道,望着黄车风又由衷地笑了起来,"我听说你的同伴中,那个叫作姜明鬼的男子比你更加厉害。樊松说,从你出城时的情形看,你们是兵分两路了。

那他现在在哪儿,我如何赢他,就都要靠你来告诉我了。"

当黄车风遭遇邢袭的时候,姜明鬼与石青豹正在邯郸城里等待郭团的到来。

昨夜于后花园杀死丁丸后,他们终于又出了相国府,按照计划找郭开的长子郭团探寻真相。

郭团自昨夜起入宫向赵王禀报郭开之死,迄今尚未回府,而姜、石二人便在他的必经之路上,准备伏击他。

人人都以为他们受到悬赏缉拿,必是四处躲藏,不敢见人,岂料他们偏偏迎难而上,先在相国府里真正杀了人,如今又跑来闹市之中准备对苦主下手。

其时天光大亮,邯郸城的街道上人来人往,恢复了每日的繁华。

而在大道旁的一处窄巷之中,姜明鬼和石青豹躲在几口闲置的瓦缸之后,悠然等待。

姜明鬼闭目养神,将六合长剑横在膝上。石青豹则坐在一旁,默默地擦拭自己的长短三剑。她已换了一件从相国府中"借"来的衣裳,虽是男人款式,不似自己的衣衫合体,但英姿飒爽,也另有一种动人之处。

"一会儿我们要将郭团劫走,好好讯问。"姜明鬼忽然道。

"你吩咐,我照做。"石青豹被他的突然开口吓了一跳,反应过来后失笑道。

"一会儿郭团从宫中回来,途经此地,我上前冲撞仪仗,将他送出队伍。"姜明鬼道,"你就在这巷口等他。人一到,你便将他劫走,我再反过来断后。"

"你行不行?"石青豹问道,"你的头伤,能做这样剧烈的战斗吗?你从昨夜起便没有吃药了。"

"一定可以，"姜明鬼正色道，"我已经好很多了。"

"那由你断后的话，我们后面又在哪里会合？在哪里审问郭团？"石青豹问道。

"那个地方不能太显眼，否则容易为人发现；也不应牵涉普通百姓，否则可能给人带来无妄之灾。"姜明鬼的嘴角提起，露出一个笑容，道，"我想到一个地方，这个地方，连我们现在都不知道在哪里，但一定可以找到它，并在那里会合。"

石青豹大感好奇，姜明鬼说出一个地方，她稍稍一愣，却也不由哈哈大笑。

二人商议已毕，又继续等待，那郭团却仍然未到。

"我杀丁丸，你怎么看？"石青豹忽然问道。

姜明鬼闭着眼睛，将头靠在墙上，沉默了一会儿，道："杀得很好。"

"如何好法？"石青豹又问。

"丁丸该杀，这人因爱生恨也就罢了，可怕的是，他已在庖家入了魔道，想要吃人。此为一好。"姜明鬼慢慢地道，"另一好，则是你杀得巧。丁丸的刀法相当可观，与墨家解字诀颇有异曲同工之妙。单以武技而论，恐怕你还真不是他的对手。但你利用他的欲望，将他一击毙命，少了很多风险，可谓智勇双全。"

"叮"的一声，石青豹将手中的短剑入鞘，皱眉道："你会不会觉得我太过分了？毕竟，丁丸也是喜欢我的。"

"我们墨家以为，我们可以兼爱世人，但如果有人已经不配做人，那么我们杀掉他将毫不手软。"姜明鬼平静地道，"不过，其实你那样杀他，仍然是冒险的。"

"那如何才不冒险？"石青豹好奇道。

"交给我。"姜明鬼又沉默了一下，才道，"把他交给我，你

第八章 亡命徒　225

最安全。"

他心中所想,原来还是自己的安全。石青豹笑逐颜开,忽然向前膝行两步,凑到姜明鬼身边,道:"你生气了吗?"

异香扑鼻,姜明鬼睁开眼来,看了她一眼。

朝阳初升,洒在石青豹未施粉黛的一张素面上,眼角丝丝细纹,分外清晰。

姜明鬼道:"我生什么气?"

"我和丁丸好过,你不生气?"石青豹笑道,眉目生动。

"你说过,你之前和很多人好过,之后也会和很多人好。"姜明鬼慢慢地道,"所以,我于你不过是众生中的一个过客,此战之后,我们也许再也不会相见,我怎么会生你的气?"

"我那样在他面前袒露身体,你也不生气?"石青豹不信。

裸身杀死丁丸,其手法惊世骇俗,而姜明鬼自那之后却只字不提,不由令石青豹好奇。

"身体天然,衣物不过是矫饰。"姜明鬼仍是不疾不徐地道,"你是天欲家的弟子,我应当尊重你们的天真。"

"所以你是真的生气了!"石青豹愣了愣,忽地恍然大悟。

"我是墨家弟子,我只会爱人,不会恨人。"姜明鬼道,"我固然只是你生命中的一个过客,而你也刚好是我兼爱世人中的一员——从这个角度讲,我们颇为相似,我真的不会生气。"

"嗤"的一声,石青豹笑了出来。她将自己的三口剑全都放下,一耸身已爬上姜明鬼的膝头,双手缠住姜明鬼的脖子,笑道:"好啦,不要生气了。你对我好,我都知道。我这几天早想补偿你,可不就是怕你伤势太重,一时顶不住?现在可好,我管你顶不顶得住,反正我是忍不了了。"

她丰满的身子紧紧地贴着姜明鬼,在他耳边嗤笑道:"你知不知道,野兽在面对危险的时候,偏偏会情欲高涨。因为它们知道自己随时可能死去,因此格外想要交配,好将自己的生命延续下去——这也是天然的欲望。"

她的嘴唇吻上姜明鬼的嘴唇,炽热、激烈,仿佛母兽发出贪婪的鼻息。

但姜明鬼任她吻着,一动不动。

"你害怕了?"石青豹喘息道,"没关系,我们可以快一点,不会误事的。"

但姜明鬼坐在那里,仍然如石雕般毫无反应。石青豹索取半晌,毫无回应,终于怒道:"你是死了吗?"

姜明鬼垂下眼皮,不去看她,只清清楚楚地道:"我们不会死,所以你不必感到危险,以后也不必再因为这种事去找男人。"

他的声音虽然轻柔,但语气斩钉截铁,丝毫不容质疑。

"嗬,你又想管教我了?"石青豹冷笑道。

"我以后会保护你。我会帮你杀掉嬴政。"姜明鬼脸色惨白,道,"所以石兰草,你以后只需有我一个男人就行了。"

石青豹愣了愣,注目看他半晌,终于放开了他,又慢慢地退了回去。

"你……你在胡说什么?"她稍觉尴尬,退回自己的墙角,将长短三剑佩回身上,方勉强道,"墨家弟子,真是莫名其妙。"

天近辰时三刻,日光灿烈。外面的长街上,又传来一队人马的脚步声。

远远的,已有人叫道:"中尉郭大人行路,众人回避!"紧接着人喊马嘶,乃是自赵王王宫方向而来。

"来了。"姜明鬼对石青豹微微一笑,道,"你且在此地接着。"

说话间,一挺身,他已自地上站起,伸个懒腰,将长剑扛在肩上,大步走出小巷。

只见青天万里,阳光照得四下里一片白亮。长街之上,一队人马正好走到距离巷口二十丈左右的地方。当先两匹骏马开路,后面两队持戈的士兵左右跟随,在士兵的保护中,正有一辆灰绿色的马车居中驶来。

行人纷纷走避,唯恐冲撞。偏有姜明鬼肩扛长剑,逆流而上,大笑道:"来的可是中尉郭团的仪仗?"

那骏马上两名开路的侍卫对视一眼,其中一人喝道:"你是何人,敢拦中尉大人的舆驾?"

他这一问无异于自认,姜明鬼咧嘴一笑,道:"我是,十万钱!"

先前时郭团在后花园中对姜明鬼一行悬赏十万钱,姜明鬼犹记在心中,此刻一时玩笑,自报身价,众侍卫先是一愣,旋即反应过来,一片大哗。一众喧哗里,姜明鬼已左手拉鞘,右手挥剑,一举将六合长剑拔出鞘来。

——嬴政拔此剑时,必是震碎剑鞘,剑气冲天。

——而那一剑出手,也必拥有斩断一切、刺破一切的威力。

嬴政是破字诀的高手,姜明鬼这时出剑,威力自不如他。挥剑而出,剑鞘尚能完整,但那席卷六合的长剑,却也立时刷出一道白光,蜿蜒流转,如一条白龙,摇头摆尾,张口咆哮,向那郭团的仪仗"咬"去。

姜明鬼手握剑柄,纵跃之间,好似是用一只手挽着这条白龙,御风而行。

郭团的仪仗之中,当先的那两名骑士一催马,已迎了上来。两人训练有素,都是大喝一声,一人手提长枪,分心便刺,一人手挥长斧，当头劈下！

"当"的一声，那六合长剑的白光已自那一枪、一斧中穿过。

虽是穿过，但下一瞬间，枪折、斧断，那两柄长兵器竟同时断为两截，三尺枪头、二尺斧头齐齐倒飞而出，远远落下。

那两名骑士只觉一股大力自手中断柄传来，一个坐立不稳，当场滚下马来。

——而姜明鬼，却已消失。

那两匹快马骤然失了主人，登时受惊，一匹朝前跑去，另一匹"唏律律"地叫了一声，掉过头来往郭团的舆驾处撞去。

后面的两队士兵高声呐喊，想要抓捕姜明鬼，却遍寻不获，一时不知所措。那冲回仪仗的快马少了人阻挡，转眼间奔到郭团的马车处，马腹下人影一闪，姜明鬼手持长剑，蓦然现身，已来到了车门前。

"郭大人，我们来谈一谈吧。"姜明鬼大笑一声，一剑劈落，将车门劈开。

车门掉落，车内骤然而出的，乃是一道刀光！

刀光虽厉，但姜明鬼本就不信车厢中人会坐以待毙，故而早有防备。他左手剑鞘一挡，右手长剑霍然劈下，"叮"的一声，将那刀光劈断！

断刀飞出，使刀之人大喝一声，自车厢之中跃身扑出。

人在半空，那人往腰上一按。他背上背着一只二尺见方的木盒，这时一按之下，木盒霍然打开，内里弹出两根铁枝。铁枝由机关巧制，一经弹出，立刻节节展开，立在他的肩上，又在高出他头顶两尺之处向前一折，再探出四尺。

然后叮叮两声，那四尺铁枝的前端更垂下两柄铁链系着的铜剑来。

那人落地之后将手中的断刀一扔，又从腰后抽出一柄长刀，大喝一声，向姜明鬼拦腰削来。这一刀削出，他自然向前跨步，而这一步跨出，他肩上支出的两柄铜剑当先向姜明鬼的头上甩去。

如此一来，像是他一个人催动了三件兵器一般，而三件兵器，一前、两后，一下、两上，竟是将姜明鬼全面包围起来。

那两柄铜剑分量十足，被两根短短的铁链悬着，连甩带晃，既无知无觉，更无惧无畏，在敌人头部的高度扫来扫去，彼此碰撞，几乎毫无章法可言，也更难防备。

"是垂天剑盒！"姜明鬼低头旋身，笑道，"我竟在这里遇到了墨家的国中弟子。"

那背着剑盒的人手上不停，钢刀如风，肩头耸动，剑如雨下，微笑道："姜师兄，久仰大名，惜乎在小取城不曾谋面。今日一见，你这十万钱的大礼就便宜了我吧！回头我自会向郭大人求情，保你不会受苦，也会向钜子禀告此事，请她周旋。"

墨家弟子众多，除山中弟子终生追随钜子之外，更多国中弟子只是在小取城学习之后，便照常生活，自谋出路。眼前这人虽是郭团的贴身护卫，但身背墨家造字诀的垂天剑盒，又敢于与姜明鬼为敌，自然便属此例。

"郭相国小书房里的那口墨家钢刀是你的吗？"姜明鬼百忙之中让过一刀，又一剑拨开头上铜剑，好整以暇地笑着问道。

"什么？"那墨家弟子愕然道，"你闯的祸，可别诬赖我！"

"无所谓，反正问问郭团总会清楚！"姜明鬼大笑道，一剑前刺，逼得那墨家弟子向后一退。

他背后木架所挑出的两柄铜剑，本已垂在姜明鬼脑后，他这一退，登时甩得双剑一前一后，向姜明鬼的后脑扫去，虽然力道尚显不足，但剑刃锋利，后脑要害，又有谁真敢不理？

——亦守亦攻，这正是垂天剑盒的玄妙之处。

"垂天剑盒虽然巧妙，但你可知，它最早是谁做出来的？"姜明鬼一偏头闪过铜剑，前面那墨家弟子的钢刀又到，上下交击，绵绵不绝。姜明鬼随手招架，笑道："造字诀罗蚕。她的机关，没有我没用过的！"

"唰"的一声，姜明鬼一剑上撩，明明看来甩动得毫无规律可言的垂天二剑，被他同时击中，一剑磕飞，旋即退出那两剑的覆盖范围，斜挥一剑，叫道："转！"

"叮"的一声脆响，六合长剑斜斜扫中垂天剑盒半空中前伸的铁枝。

那墨家弟子身不由己，已随着长剑的方向打了一个趔趄。

姜明鬼笑道："垂天剑盒前后虽强，左右却全是弱点。敌人要想和你对战，固然腹背受敌，但若想明白了，先对付你这垂天之剑，却易如反掌。"

一剑之后又接一剑，六合长剑斜扫在那铁枝上，姜明鬼成心不将铁枝斩断，通过剑上传力，将那墨家弟子"推"得转过身去。

"垂天剑盒的第二个弱点：铁枝前伸太长，不便发力。因此我灌注一分力，你便要承受十分力。"姜明鬼几剑下来，已将那墨家弟子"推"得背对自己，喝道，"信任外人，迫害同门，你的剑盒今日便作废了吧！"

他一剑劈下，登时将那墨家弟子所背的垂天剑盒一剖为二。

机簧飞溅，铁枝散落，那墨家弟子受背后大力一震，直扑进车厢之中，半个身子扎了进去，只余一双腿在外面乱蹬。

车厢中，郭团发出一声惊叫，从另一侧开门而出，慌忙想跑。却见姜明鬼双手持剑，将六合长剑垂于脑后，身体展开，如同张弓，然后大喝一声，长剑自他头顶甩出，凌空劈落。但见白光一闪，如同圆月，直切入车中。六合长剑无坚不摧，"喀啦"一声脆响，将那马车车厢劈为两半。

如此神力，如此利剑，周遭士兵全都吓得不敢近前。"砰"的一声，那车厢的后半截向后翻倒，连同里边那墨家弟子，滚成了一堆；前半截则还连着车辕，缀在拉车的两匹健马上，两马受惊，立时向前踏出两步。

——半截向后，半截向前，车厢霍然分裂，郭团近在咫尺！

姜明鬼大笑一声，伸手就去抓人。

就在这时，半空中忽然传来一声鹰唳。青影一闪，一头猎鹰如流星坠地，快如闪电，一双铁爪如钩猛地向姜明鬼抓来。

姜明鬼反应敏捷，赶忙伏身闪避，那猎鹰带着风声，仅毫厘之差，从他头顶一掠而过，直将他脑后发丝都带得烈烈飞扬。与此同时，围在四周的士兵中黄影一闪，三头细腰长尾的猎犬闪电般地从人群中扑出，分咬姜明鬼的脚、手、咽喉。

"猎家！"姜明鬼大叫道。

长街一旁的民居房顶上，一人赫然现身，身披兽皮，手拿钢叉，斜背长弓，森然而立。

百家之中的猎家，认为世上之人，食必求精，脍不厌细，矫揉造作，沉迷声色，早已失去活着的真实。

那人的真实在哪里？其实是在野兽的身上。远古之时，世人茹毛饮血，居无定所，而圣人频出；方今之时，人人知温饱、懂礼仪，而礼崩乐坏，便是因为人已经成人太久，离兽太远。

人，应当回归野兽、战胜野兽，才能真正称得上是人。

唯有在与野兽厮杀时，以血还血，以骨拆骨，才能在生死一线，真正认识自己，领悟生命的意义。

因此，行猎，便是行大道！

猎家擅长追踪、御兽，多数人长居山中，不问世事，偶有回到人间的，便以人为猎，成为第一流的杀手。

眼前这人，无疑便是这样的好手！

一鹰三犬搏杀姜明鬼，这人居高临下，手中也已张弓搭箭，瞄向了他。

姜明鬼大喝一声，身转如风，左手剑鞘一横，先沉后提，刚好塞到了两条猎犬的口中，右手长剑一转，以剑柄砸开第三条猎犬。

猎犬喑喑狂吠，姜明鬼身子旋开，左手剑鞘上咬着两犬，直接抬了起来。犬类性子耿直，嘴上受力，越发咬得结实，给他如一件奇形兵器般甩起来，旋转如风，将第三条猎犬也逼开了。一人二犬如旋风般赶到郭团身后，两犬砸开守卫的士兵，姜明鬼飞起一脚，正中那郭大人的肚子。

与此同时，那猎家高手舌绽霹雳，一箭射出！

那一箭之速，直似箭枝先于弦响，转眼便到姜明鬼身后，只在三条猎犬腾跃之际露出的一个小缝处一闪，闪电般地射入！

那一边郭团受此一脚，由于姜明鬼用力巧妙，疼是不怎么疼的，但胖胖的身子却已倒飞而出，"扑通"一声，正摔到地上的前半截车厢上，不偏不倚，坐了个稳稳当当。拉车的两马骤然觉得车辕一沉，再三受惊之下终于长嘶一声，落荒而逃。

"稀里哗啦"，半截马车贴地而行，郭团坐在上面，死死地抱着一边车辕，给那两匹马拖走了。

周围士卒大惊，正要去救主人，却见姜明鬼那边中了一箭，身子一慢，猎鹰又从天而降，当头击下。姜明鬼大叫一声，已摔倒在地，左手剑鞘上吊着的两条猎犬终于松了口，三犬从不同方向，全扑到了他的身上。

惨叫声中，姜明鬼根本站不起身，连长剑也脱手了，明晃晃地掉落一旁。

郭团虽然落难，但不过是略受惊吓而已，更十有八九会为别的将士所救；而眼前姜明鬼摔倒，却是明晃晃的十万钱掉在了地上，等着自己来捡。一半士卒尚在犹豫，另一半却已纷纷向姜明鬼冲来，刀枪并举，要将他当场击杀，好换取悬赏。

姜明鬼倒在地上，身上还覆着三条猎犬，三犬奋力撕咬，在他身上团团打转。

那些士卒想要绕过猎犬向姜明鬼下手，一时却不得法，有人一狠心，手起刀落，便要连那猎犬一起杀了。

"嗖"的一声，弓弦爆响，那持刀的士卒头一歪，已给利箭贯脑，倒地而死。

"那是我的猎物！"道旁房顶，那猎家高手道。

他的声音低沉含混，却不容置疑，手中的弓箭所指，寒星一点，连伤姜明鬼、杀死同伴，令那一众士卒不由气沮。

"快去救中尉大人！"先前落马的一个骑士终于反应过来，匆匆叫了一声，带了一拨人慌慌张张地去追那半驾马车，却见马车已跑出二十多丈远，去势已缓。正要停下，忽然间道旁小巷里冲出一人，矫健轻捷，猎豹般跃上那半驾马车，二话不说，扬手一送，又将郭团扔上了前面的马背。

"什么人？！"带头的骑士大惊。

那猎豹般的人回头一笑，明眸皓齿，竟是一个女子。女子扬剑斩断车辕，纵身上马，反手一剑斩于马臀，在那健马的痛嘶声中，押着郭团飞一般地驰去了。

"有刺客！郭大人被劫走了！"那骑士惊叫道。

郭团被惊马带走是一回事，被刺客劫走则是另一回事。一众士卒守卫不力，早已魂飞魄散，哪里还顾得上姜明鬼？再加上那猎家高手护食得紧，立刻一个个拖枪拽刀，跟着两个骑士，拼命去追郭团了。

长街之上，一时人去街空，只有远处观望的行人，和地上扭成一团的姜明鬼并三条猎犬。"腾"的一声，那猎家高手终于从房顶上跳了下来。

他身材健硕，皮肤黝黑，虽然不过三十多岁年纪，但由于总在野外行猎，已是满面风霜。

长弓早已背回身上，这人单手提着铁叉，来到姜明鬼与那三条猎犬旁，眼见三条猎犬埋头撕咬，心中满意，打个唿哨，喝道："胜虎、胜豹、胜熊，松口！"

三条猎犬，都有好威风的名字，按以往的训练，听他喊出"松口"之令时，三犬便是正在进食，也必会吐出口中之肉，何况正在捕猎的猎物？但今日他喊出口令，却见那三条猎犬仍兀自埋头在姜明鬼身上，呜呜咆哮，毫无反应。

那猎家高手大怒，翻过手中猎叉，用叉背打在胜虎的屁股上，喝道："松口！"

胜虎给他突然一打，尾巴死死地夹进了后腿中间，却还撅着屁股，埋头在姜明鬼身上，四爪蹬地，直在地上蹬出几个坑来。

那猎家高手一惊，这才看出三条猎犬情形不对：它们"埋头"在姜明鬼身上，并非是在撕咬猎物，而根本是被这猎物抓住，挣脱不开。

仔细看时，胜虎被姜明鬼左手握住了嘴，胜豹被姜明鬼右手握住了嘴，胜熊最为凄惨，被姜明鬼两脚一上一下，夹住了颈子，一颗头被整个捂在地上，已滚得灰头土脸，毛都刺起来了。

犬类口鼻前伸，如同圆筒，固然是刚好合一握的大小，但那既是犬类要害，真给人握住了，焉有不尽力挣扎之理？

第八章 亡命徒

而姜明鬼竟能一手制住一只猎犬，一人制住三头猛兽，其力量之大，何异于狮虎？

那猎家高手又惊又怒，举起猎叉，喝道："放开它们！"

呜呜声中，姜明鬼放开了三条猎犬。那三犬被他制住多时，已吓破了胆，一经脱困，登时一个个夹着尾巴逃到了主人身后。姜明鬼缓缓起身，身上滚了许多灰土，肤色青黑，皮肉干枯，而身形却更加高大。

——他正是用上了刀枪不入、力大无穷的古木之力。

那猎家高手见他异相，也不由吃惊，后退一步，道："好小子，装死装得真像！我那一箭没射中你？"

姜明鬼长吐出一口气，卸下古木之力，微笑道："你若是真想如野兽捕猎，便不应训练鹰犬前来送死。它们智慧不足，力量也不够强大，要想杀死它们实在太容易了。"

那猎家高手脸色一变。姜明鬼方才无声无息地便赤手空拳将三犬制住，与之相比，真要挥剑斩杀，只怕是易如反掌，猎家高手不由后怕起来。他深爱这几只捕猎的帮手，平素孤身在山中行猎之时，一鹰、三犬便如同他的家人一般陪伴。回想起刚才姜明鬼对三犬制而不杀，那猎家高手心中不由惭愧，道："多谢。"

话音未落，却见姜明鬼身子骤然一晃，脸色惨白，鼻中淌下血来。

那猎家高手一惊，却见姜明鬼两眼发呆，摇摇欲坠。

"你怎么了？"那猎家高手惊道。

"旧伤而已。"姜明鬼强笑道。

他头上的帽子掉落，露出满头雪白的绷带。那猎家高手看他伤势，愣了半晌，忽然一跺脚，带着一鹰三犬转身而去。

姜明鬼问道："你不要我这十万钱了吗？"

"我不捕病兽。"那猎家高手冷冷地道。

这人为人磊落，许是感念他放过猎犬，竟自慨然而去，姜明鬼也不由松了口气。

他头上伤重未愈，实在不宜动手。昨夜没有服药，今早已不断感到头痛，而打了这么一场，不得不用起古木之力后，更是天旋地转。到最后鼻中淌出血来，连他自己也吓了一跳。

可若不用古木之力，猎家高手这一关，他还真不好过！

他不愿杀犬屠鹰，可若想制服这些禽兽而不伤其性命，需要的力量便要几倍之大。

而那猎家高手要命的一箭，也逼得他无路可走。猎家弓箭，一在其准，能在三条猎犬的掩护下射到，极尽刁钻；二在其狠，一箭穿透野兽厚毛糙皮，不在话下。

在那一瞬间，天上青鹰、地上三犬、房上一箭，三者合一，有远有近，其实已将姜明鬼锁死了。

故此姜明鬼才不得不用古木之力！

古木之力作用之下，姜明鬼力气更大，动作更快，仓促间闪过了射向左心的一箭，又闪电般抓住了两条猎犬的嘴筒子，并佯装摔倒，用双脚按住第三条犬。

三犬翻腾，挡住了天上的青鹰。

而胜券在握，也终于麻痹了那猎家弟子，令其跳下房来，来到姜明鬼近前。

姜明鬼本想出其不意，一举制服对方，但用过古木之力后，越来越重的头痛终于让他无力完成了。所幸饶狗不杀之事竟令二人惺惺相惜，那猎家高手因此退去，姜明鬼庆幸之余，也不由苦笑。

周遭的行人眼看战斗已歇，纷纷探头探脑地靠拢过来。

姜明鬼不敢耽搁，勉强深吸一口气，擦去鼻下鲜血，匆匆分开人群，拐进小巷逃走了。

——可是如今，他还能逃向哪里？

一万钱，这是赵王对他的悬赏。
十万钱，这是相国府郭团对他的悬赏。
一夜之间，姜明鬼的价格已经传遍了邯郸城。一个人被叫价十一万钱，当他暴露在众人的视野中，无异于一场唾手可得的荣华富贵，岂会被人轻易放过？
姜明鬼跟跟跄跄地走在邯郸城中，身后陆续聚集的，乃是相国府野心勃勃的门客家将、邯郸城见猎心喜的百家高手。
"御风家"凌空而至，"兽家"寻味而来；"捷径家"突然出现，"儒家"阵仗大开；"甲兵家"刀剑出鞘，"势力家"调起全城之势，万钧直压……
在邯郸城的大街小巷，姜明鬼且战且走。敌人不断出现，而他只能见机行事。快的，只一剑，便将敌人击退；慢的，却需反复交锋。他尽量少用古木之力，但头痛越来越剧烈，他的眼前也一阵阵发花。
敌人越来越多，姜明鬼的行踪渐渐地传遍整个邯郸城。四方追兵，如狼群逐鹿，不断向他汇聚，如道道烽烟，指向他这一个目标。
在一截陋巷中，姜明鬼气喘吁吁，手中拄着六合长剑，已近油尽灯枯。
半摔半靠地倚着一扇门，犹豫一下，姜明鬼终于伸手入怀，取出瓷瓶，捏碎火漆，倒出一枚黑丹。
他微微苦笑。罗蚕所赠的黑袍历经猛犬嘶咬，刀剑划扫，几乎毫无破损，甚至连泥土、血污也只需拍一拍、扫一扫，便干净了大半。
黑袍如此神奇，这丸药又岂是寻常之物？医家乌风已确认它的效果直可以起死回生，而在那之前，姜明鬼其实也坚信，只要是罗蚕给他的，便一定有回天之功。

——只是这样一来,他又要多欠她一个人情了。

　　巷口、巷尾都传来追杀者的脚步声,姜明鬼不及多想,将那黑丹吞下,只觉入口清凉,直如一道冰线顺体而下。

　　就在这一瞬间,他身后那扇门蓦然洞开。姜明鬼失去了依靠,一个踉跄,已摔进了屋中。

　　那门也立时重新关上,仿若无事。

　　小巷之中人影晃动,追杀者陆续赶到,当先一人红甲白发,腰悬钢鞭,自带许多兵卒,竟是大将军赵葱。

　　昨夜郭开死讯传出,赵葱因有引荐姜明鬼入宫之过,被赵王连夜召入宫中,好一顿责骂。他本就是对姜明鬼以德报怨,不料又被姜明鬼"出卖",自是怒不可遏,去禄谷侯府找那三人,扑了个空,只把老父吓得不轻。赵葱一腔邪火没个发处,索性来到街上,亲自搜捕姜明鬼,矢志复仇。正遍寻无获,忽听手下报信,姜明鬼又在闹市中劫走郭团,赵葱连忙赶了过来。

　　巷口巷尾的追兵会合,赵葱虽是大将军,却也知墨家弟子个个难缠,自己或需借助那些百家高手的力量,因此未将这一众民间的追杀者赶走。众人一起进入小巷,前后一碰,又没了姜明鬼的踪迹,不由纷纷大怒。他们也看出姜明鬼已是强弩之末,如何能让到嘴的鸭子飞了?一眼看见路旁有门,门上有血,立时上前叫门。

　　敲得几下,门里有人重手重脚地拉开门闩,一个丑陋的汉子一身酒气,赤条条地开了门,一边搔痒,一边骂道:"敲敲敲,你妈死了,你来报丧吗?"

　　这人出口不逊,追杀者皆是一呆。赵葱喝道:"姜明鬼在哪里?"

　　他仇绪翻涌,杀气腾腾,可是那丑陋汉子翻起怪眼,看了他一眼,骂道:"狗丢了你来找我?你老婆丢了你怎么不来?"

　　姜明鬼的"鬼"字,竟给他听成了"狗",这人粗鲁暴躁,瞧来倒不像作伪。追杀者面面相觑，赵葱一把推开这丑陋汉子，闯进了房去。

一进屋中，只觉一股骚臭之气扑面刺鼻。这屋中四壁空空，一眼便可看尽。只有左首的地上铺了一堆稻草，当作床榻。地上满是破衣烂衫、木棍石块。右首的墙角便溺横流，令人不能直视。这人竟就在自家屋内大小解，其邋遢肮脏，令人叹为观止。

有追杀之人过来，刀枪乱刺，将那草堆搜了一下，果然没人，回过头来对赵葱道："没有人。许是又跑了。"

这屋子只在前面有一门、一窗，既然没有搜到，那便是不在此处了。墨家弟子机变百出，姜明鬼之前已有数次死地求生，这次又用什么匪夷所思的法子逃了，也未可知。追杀者又气又恨，骂骂咧咧地又追了出去。

"说来就来，说走就走！给你奶奶留门呢？"那无赖兀自叫骂。

赵葱被他从头骂到尾，忍无可忍，回手一鞭将那房门打得粉碎，骂道："再敢聒噪，一鞭把你打成肉酱。"

而在这时，姜明鬼已躺在一驾马车上，悄无声息地行驶在邯郸城的大街上。

马车只是运粮运菜的板车，姜明鬼被绑得结结实实的，躺倒在低低的车栏里，只勉强隐藏了身形。车轮碌碌，他仰面向天，看着眼前强自镇定的一位熟人，虽然口中塞着破布，仍努力笑了笑。

"笑个屁，我看你见了蛇公子还笑得出来？"车栏上坐着的那人头梳双髻，见他嬉皮笑脸，忍不住骂道。

正是当日在街上带头讹诈姜明鬼的无赖家弟子黄三。

之前在那小巷中，姜明鬼摔入屋里，一时起身不得，抬头见是他，已是笑道："好巧！"

那屋中却早已藏着五个无赖家的弟子，见他乏力，立刻扑将上来，七手八脚地将他绑了，麻绳、草藤、牛筋、铁链，几乎将他捆得密不透风，又在他口中塞了破布，从屋中运了出来。那破屋里便溺最重的地方，墙角有一处墙缝极深，其实是块桌面大的碎墙，可以整个推开，当作一扇暗门，通往屋后的市集。

无赖家狡兔三窟，为了防止仇人、债主上门追杀，最喜欢改造房屋，做些简陋却令人意想不到的机关。谁知这一回竟派上了大用场，把姜明鬼一运出来，便又送上了外面准备好的菜车。

"当初可真没想到，你这小子这么值钱。"那双髻的无赖啐道，"早知道让蛇公子那时候打死你，省了多少事？现在却成了香饽饽。还得担心你被别人抢了去。"

若论打打杀杀的本事，无赖家自是毫不出众。但他们才是邯郸城的地头蛇，人数既多，手段又无耻，对地形、局势更是熟悉。姜明鬼被重金悬赏，他们昨夜就已得到风声。既然是郭府悬赏，不必担心墨家报复，则新仇旧恨，他们自是不会放过。

可是姜明鬼和石青豹行踪隐秘，他们也一直一无所获，直到今日姜明鬼当街拦下郭团。在胜负未分之际，路边的无赖家弟子，便已将消息送出！

在那之后，姜明鬼且战且逃，百家高手逐臭而至，无赖家虽然一直不曾现身，却已发动了遍布全城的弟子帮众紧盯着他。终于等到姜明鬼无力再战，又刚好逃到他们一个有机关的巢穴门外，这才突然出手，在一众百家高手的眼皮底下，在赵国大将军赵葱的面前，将姜明鬼活捉运走。

姜明鬼看这黄三凶恶，便也不多言，索性微微一笑，又闭目养神。

罗蚕给的那药果然神奇无比，服下之后，只觉一股清凉之气在他的腹中氤氲转动，其效竟比医家圣手开出的药更好。丝丝凉气，周游他的四肢百骸,又如有灵性一般,向他头上汇去,令他头痛渐止,耳聪目明,整个人舒爽无比。

马车一路行驶,穿大街、过小巷,姜明鬼闭着眼,耳听道旁人声渐少,马车似是走到了偏僻的地方。不久,道路坎坷,马车越来越颠簸。未几,车子终于停下,那黄三和车夫一起,将姜明鬼拖下车来,现成的六合长剑往他颈上一搭,喝道:"老实点,往前走!"

姜明鬼睁开眼睛,只见自己已置身于一片废墟之中。

这片废墟占地数亩,极为广阔,瞧来原应为民居之用,但已荒废经年,墙倒屋塌,野草丛生。虽经风吹雨打,但清晰可见到处是烟熏火燎的焦痕,似是曾遭一场烈火焚毁,以致如此凄惨。

那梳双髻的无赖并车夫一起,押着姜明鬼走上废墟。但见断壁颓垣,此地原本的房舍只余轮廓,隐隐可见,格局整齐,应是几户中等人家的家宅旧迹。他们一前两后穿房过院,脚掌踩在瓦砾上,哗哗作响。两侧断墙高的刚过人肩,矮的不过半尺,如犬牙参差。

断墙后,不时闪出几个无赖,衣冠不整,恶形恶状。

"蛇公子!"那梳双髻的低叫道,"我们把那姓姜的小贼带回来了!"

一处断墙后传来蛇公子的声音,道:"在这边,过来!"

那梳双髻的押着姜明鬼转过墙去,便见废墟中有一片较为整齐的空地,四四方方。地上铺着草席,一个年轻男子面目清秀,眼神冰冷,盘膝而坐,背后仍挂着那"万法制人,无法律己"的两面白旗,正是无赖家在邯郸城的首领蛇公子。

身旁的墙角,竟瑟缩着那为大火烧伤的乞丐,见有人进来,连忙低下头去,目光悲愤。

"姜兄,我们又见面啦!"蛇公子笑道。

姜明鬼给绳子乱七八糟地绑着,倒终于被摘掉了口中破布,笑道："上一次还在大宅中相见，这一次却只能在废墟里，蛇公子的日子，每况愈下啊。"

"比不上你。短短几天，身价涨到十一万钱。"蛇公子笑着从那梳双髻的手中接过六合长剑，随手拔出来看看，却见青刃透寒，锋芒惊人，不由暗暗心惊。想到之前，自己以言语逼得姜明鬼重伤，若是那时这人拔出这么一柄利剑，只怕无赖家有多少人都不够他杀的。

一念及此，他更生出了斩草除根之心，这一次借着悬赏的由头，绝不让姜明鬼再活着。

"惭愧惭愧，有价无市。"姜明鬼笑道，"这颗人头标价虽高，却没人能挣到这份钱。我给大家添了这么多麻烦，也颇觉抱歉。"

他话中有话，蛇公子脸色一沉，道："你那同伙把郭团大人弄到哪里去了？"

石青豹于众目睽睽之下劫走郭团，既有快马相助，又是本地人士，熟悉道路，因此竟给她逃走了。这时百家高手满城追杀姜明鬼，其实真要给他们得手了，也只有赵王的一万钱赏金，更大头的十万钱却不知向谁去要。无赖家将姜明鬼捉而不杀，其中一个原因，正是为了问出郭团的下落。

一者，只有郭团，才能付出赏金。

二者，将这中尉大人救出险境，岂非也是大功一件，必然有赏？

姜明鬼笑了笑，环顾四周的废墟，笑道："想不到蛇公子竟会藏身在这样的地方。"

"你不用装模作样了。"蛇公子冷笑道，"我们知道你本事大，可你头上的伤，还活着已是万幸，我们几个小的能把你抓来，也全靠你根本连站都站不住。早点说出你们把郭团大人藏在哪里，我还可以不让你受苦。"他随手在地上捡起一块土砖来，道，"可你若偏要逞强，我不用'赤手空拳'，这一砖下去，只怕你也再难活命。"

"这话说得极对，"姜明鬼叹道，"所以我不妨告诉你，郭团就在此处。"

"你说什么？"蛇公子愣了一下。

话音未落，他身旁的断墙后人影一闪，一个人已如母豹一般蹿出，一跃上墙，再一跃由高及远，跳到姜明鬼身边。黄三与赶车的无赖不及反应，都被击倒在地。而蛇公子手持六合长剑，才要站起，却见那人手一甩，一柄短剑已如流星一般，擦过他的耳朵，钉在他的脑侧，剑身嗡嗡颤动，将他的一切动作全都截断。

"蛇公子，"那人影笑道，"在我的剑下，你最好老实些。"

第九章

漏网鱼

姜明鬼在向郭团动手前，就和石青豹约定了相见之处。

而那个地方，却并不是一个具体的地点，而是"一个人"——他们约在无赖家蛇公子所在的地方。

究其原因，一者，无赖家成员众多，狡兔三窟，最适合躲藏；二者，蛇公子乃是一个活人，随时移动，以他为标记，姜明鬼他们尚需不断调整目的地，则追捕姜明鬼他们的人，便更难掌握他们的去向；三者，无赖家并非良善，更与二人有仇，若真不巧被二人牵连，他们心中也好过一些。

只不过在那之后，石青豹挟持郭团，纵马逃走，好不容易甩脱追兵，尚需抓住几个无赖，逼问蛇公子之所在；反倒是姜明鬼，被无赖家抓住之后，直接用马车送来了。

石青豹眼望姜明鬼，笑道："看起来，还是你更聪明些。"说罢，举步来到他的身后，短剑连挥，将他身上的束缚连割带挑，一一弄断。

姜明鬼活动一下两臂，受罗蚕的奇药治疗，整个人伤势大为好转，直如脱胎换骨，前所未有的舒泰，不由笑道："你把郭团大人藏到哪里了？"

"就在隔壁扔着。"石青豹笑道。

"你做事才是从不失手。"姜明鬼叹道,"你遇到什么追兵了吗?"

"是有一些,"石青豹笑道,"幸好我只需要拐弯抹角地脱身便好。不然真打起来,一刀换一枪的,我还真没多少胜算。"

他二人一面说着分开后所遇追杀,一面将废墟中的无赖家弟子一一擒获。这废墟乃是无赖家早已废弃的一个老巢,多年来只当是那火伤乞丐的容身之处。此次抓住了姜明鬼,要避开百家耳目,蛇公子这才想起利用这人迹罕至之地,因此随蛇公子同来的无赖家弟子不过七八个心腹,如何是姜明鬼他们的对手?给他们三下五除二地绑了,统统扔到了旁边废墟的空室之中。

眼前的空室里,便只剩了姜明鬼、石青豹、蛇公子以及那个瑟缩在墙角的火伤乞丐。

"先审郭团。"姜明鬼道。

石青豹颔首称是,转到隔壁的墙后拉出了郭团。

那郭团被石青豹劫走,一路颠簸辗转,刀光剑影,早已是又怕又累,失魂落魄,这时给她用根绳子牵了,哭丧着脸,叫道:"姜明鬼,你们到底有何图谋,只要将我放了,咱们都可以商量!我都可以既往不咎!"

"杀父之仇啊。"姜明鬼道,"郭大人,杀父之仇你说不咎便不咎,是不是太大度了?"

郭团一愣,支吾道:"你休要胡说,实在是我看你们并非穷凶极恶之辈,而我父遇害之事,想必其中另有隐情,我才说咱们可以从长计议。"

"不错,"姜明鬼道,"我们正是要从长计议。"

他早已从蛇公子手中夺回六合长剑,这时拔剑出鞘,铿然在郭团身前一插,冷笑道:"郭相国肯定不是我们杀的。是谁下的手,是谁要栽赃给我们,郭大人怕是要给我们一个交代!"

剑刃森森,仅离郭团鼻尖数寸,直映得他那张胖脸一片惨白。谁知这人身子吓得一跳,嘴唇翕动几下,眼神却慢慢镇定下来,道:"你若说你们是冤枉的,那我们大可重新审理此案。但需你们立时自首,咱们在公堂之上,有人证便出人证,有物证便出物证,争辩个明白。而不是你们将我这苦主掳来,审问于我。"

他存心狡辩,姜明鬼冷笑道:"你以为我们没有物证吗?小书房中的暗坑,那株守家门客的尸体,都显示出凶手乃是相国府中的重要人物。而他若没有郭大人的暗中协助,又如何能在那方寸之地顺利脱身?"

"原来你们是怀疑,我才是杀死父亲的凶手。"郭团咽了口唾沫,两眼一瞪,怒视姜明鬼,道,"可是父母之恩,其重如山,我一片孝心,天地可鉴!我郭团绝没有做过如此灭绝人伦的事情,你们如此羞辱于我,已是不共戴天,将来我若脱困,必会让你们血溅五步。"

他目光坚定,一番言语理直气壮,令人不得不信。

姜明鬼一愣,与石青豹对视一眼,一瞬间两人心头都是一沉,惊觉此事竟似在哪里有所疏漏。

便在这时,却听旁边断墙后忽然有人笑道:"你们这样问他,自然是问不出什么的。郭团这个人,从小养尊处优,不曾受过疼痛,你们只需用剑将他每根手指的半寸指尖削下,削不到第四根手指,我包他有问必答。注意,不要削多也不要削少,手指少了半寸,看起来最为怪异,且无法忽略,正好是可以在疼痛之外令他心中最为惶恐的长度。"

那声音突然出现,近在咫尺,姜明鬼不由大吃一惊。

与蛇公子不同，他久经训练，耳目聪明，直可洞察细微。因此之前石青豹避开无赖家所有耳目，潜行到了蛇公子身后时，蛇公子不曾发现，他却已发现了，这才一口叫破，引得蛇公子分神，助石青豹一击而中。

　　可是此时，发声之人显然并非无赖家弟子，而且这人来到墙后，竟连他也未曾发现。

　　"呼"的一声，随着话音，有一样黑乎乎的东西从墙后高高飞出，落在地上滚了三滚，停在姜明鬼的脚下，血肉模糊，乃是一颗人头。

　　"我拷打这人，用了十种方法，七种工具，三个时辰。他才终于想到，你们一定会在无赖家蛇公子的身边藏身。"墙后那声音笑道，"我于是回到城里，又随手抓了几个无赖，拷问出了蛇公子的藏身之处——不过这几个无赖都是软骨头，打起来没什么趣味，也就不提了。"

　　姜明鬼低着头，盯着脚下那颗人头，一瞬间已是天旋地转，五内俱焚。

　　——那人头虽然伤痕累累，面目扭曲，但他仍可以看得出，正是出城躲避的黄车风！

　　"黄师弟……"姜明鬼喃喃道。

　　石青豹一惊，也才认出这人头竟是这些天来终日笑呵呵地跑前跑后的黄车风。

　　"什么人装神弄鬼！滚出来！"石青豹拔剑厉喝道。

　　断墙后慢慢浮起一颗光秃秃的人头。只见那颗头没有头发、没有眉毛、没有睫毛、没有胡子，皮肤光滑，没有痣瘤疤痕，甚至连一丝皱纹都没有，淡黄色的皮肤反射油光，令人只看一眼，便不由恶心。

　　这人的脸上还沾着些血点，看来已不甚年轻，但一双眼睛却如

第九章　漏网鱼

少年一般天真。姜明鬼倒吸一口冷气，只觉这人虽是活人，却离奇地没有人味、没有人气，直如一具冷冰冰的尸体，怪不得自己不曾发现他的存在。

"邢先生！"郭团却已欢叫起来，道，"快来救我！"

这人显是郭团的熟人，但他只看了郭团一眼，毫不在意地道："大公子意志薄弱，平素连手上扎根木刺都要鬼哭狼嚎，实在吃不得我的拷打，则对我来说，你根本是个一钱不值的废物，救来做什么？"

他的话语古怪，郭团被他骂得又惊又怕，竟不敢回嘴。

"你……是刑求家的人？"姜明鬼慢慢道，听他句句不离拷打，已猜出了七八分。

"刑求家的余孽，邢裘。"那光秃秃的人笑道。

他穿着一身白衣，白衣沾满血污，显然能击倒黄车风也颇为辛苦。这时举步走上断墙，鞋底几乎是贴着墙头一滑而上，似是举手投足，都不用多费一分力量，精准得如同机关造人一般。

刑求家因其残无人道早已成百家之公敌，几经围剿。若是这样毫无感情的邪恶传人，对上了擅长以情克敌的黄车风，则黄车风落败几乎是必然。

姜明鬼心乱如麻。当初石青豹去小取城求援，他知道事关重大，危机重重，因此一力阻止所有墨家弟子下山。待到后来，自己反倒决定下山之后，他详细计划、诸多考虑，自认已将危险降到了最低。

黄车风和他同来邯郸，他固然不能保证这个师弟毫发无损，但无论如何，也不应如此惨死。原本一切都在掌握之中，究竟是什么时候，变得愈发失控了呢？

"你不该杀死黄车风的！"一旁的石青豹忽然低喝道，"我们无心树敌，本不愿多杀人，但你杀了我们的同伴，我们也只好杀了你！"

她神情凶狠,手持长剑,几乎便欲出手。

邢裘站在断墙上,不慌不忙地向她转头,失笑道:"天欲家的小女孩,不过是靠着激发体内的一点兽性,提升自己的力量,即便直接动手,也非我敌手。更何况,我在拷打那黄车风之时,也顺便问出了你的弱点。"

他居高临下,一双天真的眼睛从上而下慢慢地扫过石青豹的身体,施施然道:"你和他交合过吧?男女交合,血肉相契,毫无保留,彼此的了解因此更深,他也因此能道出你更多的秘密。我拷打他,在逼问你们的藏身之处、姜明鬼最大弱点的间歇,也让他交代了你的出身、好恶、武技、兵器、性癖……你在我的眼中,已无异于一丝不挂,再想和我动手,不过是白白送死而已。"

他说得如此露骨,一双眼睛更如垂涎长舌,石青豹虽然不拘小节,给他的视线在身上一寸寸地扫过,也不由脸色一变。

邢裘见她退缩,不由哈哈大笑,道:"所以你最好只是站在一边,看我如何解决姜明鬼。我知道你每逢紧张、畏惧、欢喜、失落时便会情欲勃发,那我向你保证,看过我如何拷打姜明鬼后,也一定让你加倍地想要男人——到那时,我再好好地满足你一回。"他的眼中终于露出一丝笑意,道,"须知,男女交合,何尝不是一种有趣的拷打方法呢?"

石青豹纵是阅人无数,也浑身起了一阵战栗,正欲发作,却给姜明鬼拦在身后,道:"可惜,你赢不了我。"

当此大仇,他的声音却已恢复平稳。石青豹愣了愣,心中踏实了许多。

邢裘歪了歪头,嘲弄似的看着姜明鬼,道:"你怕是不知道我们刑求家的本事。"

"不,我知道。"姜明鬼叹道,"小取城中典籍记载,你们是

第九章 漏网鱼   251

最为残忍、最有悖人伦的一家学派。你们以为天地大道在人类诞生之初，便已蕴藏于每个人的心里，只是随着时间流逝，逐渐为喜怒哀乐所遮蔽，最终淡忘，成为再也无法道出的秘密。刑求家认为只需通过严刑拷打，对任何人进行逼供，便有可能强迫他们招供，想起、道出那些最伟大的道理。"

他说的正是刑求家的真意，邢裘听他一一道来，不由得意。

姜明鬼说到此处，深吸了口气，忽然回身，几步来到蛇公子身旁。蛇公子吓了一跳，却见他一把扯下那写着"万法制人"的旗子，将黄车风的断头包了，抱在了怀中。

"与那些天地至道相比，打败一个人的办法，当然是更浅显的小道了。"姜明鬼抱着那人头，声音不见喜怒，道，"所以刑求家的人克敌，每每都是先从目标身旁的亲朋好友开始拷打，逼问出必胜之道，然后才有的放矢，攻人要害，最是令人无法招架。"

"正是如此！"邢裘拊掌大笑道，"想不到姜公子对我们刑求家如此了解。你姜明鬼声名赫赫，覆灭韩国，连胜韩王酒、色、财、气，一身机关巧器、古木之力，可说是小取城最为可怕的弟子，我若猝然与你交手，并无胜算。可惜这一次，却给我先抓到了这个叫黄车风的墨家弟子。他是你师弟，自是极为了解你，我拷打他事半功倍，对你自然也了如指掌。"

大笑声中，他的语气转冷，道："而我也真想拷问拷问你这墨家首徒。我想知道，一个人覆亡了一个国家，会是什么样的感受；也想知道，一个人在用起古木之力时，如何变得不似血肉之躯。我相信，你的身体一定可以忍耐得更久，你的见识一定可以前行得更远，而你的意志也一定可以将我带到更深的地方。你是我近十年来，所遇到的最好的材料，最接近至道的机会，我一定会好好珍惜你的。"

他的声音中满是赞美，其情真意切更令人毛骨悚然。

"这么说来，其实我也颇为好奇，儒家说，朝闻道，夕死可矣，如果你真能拷打得我说出至道，真能令我达到那样的境界，我也算没有白活了。"姜明鬼忽然微微一笑，道，"唯一的遗憾是，你真的能赢我吗？黄车风真的了解我吗？"

——黄车风真的了解姜明鬼吗？

这个问题一出，莫说邢裘，便连石青豹也愣了一下。

姜明鬼与黄车风师出同门，虽然姜明鬼五年来离群索居，但在那之前，他们是一同在小取城学习过多年的。

可是姜明鬼对人总是淡淡的，这一路上，他们除了商讨六国合纵的行动细节，确实也颇少交流。他和黄车风，恐怕还真算不上什么朋友。

"刑求家拷问，并不需要目标必须是朋友。"邢裘听他质疑黄车风的口供，立觉不喜，道，"黄车风在我的拷问下，必须用尽自己一生的智慧来思考问题的答案。他这时候所说的话是对是错，要不然姜公子来评判看看？"

姜明鬼久久地望着他，目光中并无惧色，却像在考虑沉吟。然后他转开视线，将黄车风的断头轻轻交给石青豹，又回过头来对邢裘道："请。"

"你叫姜明鬼，今年是二十二岁。"

一见姜明鬼应战，邢裘马上开口道："姜，是你襁褓中的本姓；明鬼，则是墨家钜子逐日夫人，后来从《墨子》原著中取字，为你改的大名。你无父无母，乃是被遗弃在大取桥桥头上的弃婴，被墨家收留后，成为墨家这一代最早的弟子之一，并以最小的年纪成为承字诀的大师兄。你天资卓然，十四岁的时候，修习古木之力，已有小成，并因心地善良，恪守兼爱之道，而被多位老师称道，说你天生'墨家之心'。"

他滔滔不绝，如数家珍。姜明鬼面无表情，只静静地听他陈述，一言不发。

"可是自十五岁起，你便不怎么使用古木之力。因为小取城造字诀的才女罗蚕，开始给你提供各种神妙的机关。她对你有爱慕之情，众所周知，因为担心你终日硬打硬杀，太容易受伤，于是帮你习成用机关陷阱将一切攻击、压力都消弭于未至的'身外之承'。你的黑渊器盒，因此号称无所不有，是小取城一绝。"

邢裘仔细看着姜明鬼脸上的表情，不放过一丝一毫的变化，继续道："直到五年前，你在韩国国都新郑惨败，这才放弃黑渊器盒，重新用起古木之力，并用五年的时间，将它练到了'不周之力'的境界，身如倚天之山，大败师兄辛天志，这才重出小取城，来邯郸推行六国合纵的大计。"

"你知道这些，又能怎的？"石青豹怒斥道。

姜明鬼脸色凝重，一直没有反应。石青豹在一旁听邢裘述说，越听越觉不安，只觉邢裘那一丝不苟、密不透风的资料，虽没有什么吓人的内容，但一句句编织起来，却仿佛真的已将姜明鬼牢牢握在掌中，生杀予夺，都不在话下。

"这些消息，固然没有什么大用，小取城中的弟子，不说人人知道，但也不是什么秘密。"邢裘口中回答石青豹，一双眼却仍死死地盯着姜明鬼，笑道，"但我刑求家的本事，就是擅长顺藤摸瓜，抓着一根线头，拉出一车布匹来。"

他的笑容转冷，一字一顿地道："在这些事里，其实便隐藏着姜公子最大的弱点，那便是——爱。"

姜明鬼眼角一跳，一直不动声色的表情终于告破，邢裘不由放声大笑。

"墨家讲究兼爱，姜明鬼成名于兼爱，可是多么荒谬，他的弱点，偏偏就是一个爱字。"邢裘两眼放光，仿佛真的在说一件极为有趣的事，"小取城罗蚕、水丰城麦离、新郑王宫绿玉络，这每一个女子，都令姜明鬼身心疲惫，进退失据。便是你邯郸城的石青豹姑娘，不也随随便便地便令他头破血流，几乎死在一群无赖之手了吗？"

说到自己的数次失利，姜明鬼脸色铁青，死死地咬紧牙关。

石青豹却是第一次听说姜明鬼身边这么多女子的名字，虽在生死关头，却也不由好奇，偷偷打量姜明鬼。

之前姜明鬼被蛇公子打到濒死，石青豹去救他时，其实已听那求房的老丈复述过当时的情形。之后虽然不说，但知道姜明鬼其实是为自己而伤，石青豹心中也难免感动。如今听来，原来这竟已是他的痼疾，石青豹几乎哑然失笑，看姜明鬼时，不由又多了几分趣味。

"其实这里边最有趣的，乃是姜公子在面对这些女子时，心中到底作何感想。"

邢裘看出石青豹好奇，笑道："他所纠缠的这些女人，上至墨家才女、韩王宠妃，下至农家村姑、发春母兽，他的兼爱，真的是见一个爱一个、爱一个伤一个吗？他真的爱你们每一个人都一样多、一样深吗？"

石青豹正看着姜明鬼发笑，忽然听见自己被归到了"下至"，登时大怒。

"兼爱，自然应当一样多、一样深。"姜明鬼终于开口道，"但若不能，退而求其次，对每个人都尽力去爱，也是对的。"

"说得好听！可是，你真的爱她们吗？"邢裘大笑着问道。

姜明鬼被他一问，双眉紧锁，神色愈发凝重，只是沉吟着，却没有回答。

"因为罗蚕，你放弃了自己修习多年的古木之力；因为麦离，你又放弃了罗蚕给你的'身外之承'；因为绿玉络，你五年时间自暴自弃；因为石青豹，你硬受无赖家的铁锤砸脑，几乎立死。"邢裘冷笑道，"你如此痴情，为了她们不顾一切地牺牲，怎不令人动容？可那真的是爱吗？我看，倒像是你拼命想要用这些牺牲，证明你爱她们。"

姜明鬼的脸色渐渐变得惨白，胸膛起伏，已是在极力压抑。

"又或者，你其实只是在补偿她们！"邢裘大喝道，"因为你知道，你绝不会真的爱她们！"

——你绝不会真的爱她们！

这九个字如同重锤，猛击在姜明鬼的胸口，一瞬间，直令他的头脑一片空白。

在这一瞬间，他心门已裂开一道缝隙！

也就在这一瞬间，邢裘自断墙上一跃而下，伸手一抓，按住姜明鬼的左肩，五指直如鹰爪一般，陷入姜明鬼的皮肉之中。

姜明鬼大叫一声，猛然清醒，挥手一格，想将邢裘的手臂搪开。可是邢裘的手上加力，从他指上传来的剧痛，竟尖锐得直如五柄钝剑从姜明鬼的肩头直插入肺腑，轻轻一捻，便又绞了三绞。姜明鬼大叫一声，疼得全身无力，被邢裘信手一拉，竟已摔倒在地。

石青豹惊叫一声，挥剑上前，却给邢裘轻巧巧地一个转身，绕到她的身后。

"嘶"的一声，邢裘已在她的腰上摸了一把。衣未破，血未流，石青豹只觉一阵剧痛，腰下忽然没了知觉，"咚"的一声，重重地跪坐于地。

"你的出手时机、出手角度，黄车风都曾告诉过我。"邢裘施施然地活动着手腕，向姜明鬼笑道，"我从黄车风处拷打来的取胜于你们的办法，可还对吗？"

石青豹的天欲家武技，全凭拟兽获得，虽然矫捷迅猛，却失之于简陋直白。邢裘只需掌握窍门,便可将她一举击倒。

而姜明鬼武技卓绝,古木之力一旦用起,一身钢筋铁骨,正是刑求家的克星。邢裘若想胜他,也需要取巧。黄车风受他拷打,惨无人道,终于说出姜明鬼历次受挫的详情,也指出刑求家想要赢过姜明鬼,也必须是攻心为上,令姜明鬼心生动摇,方有胜算。

——如何攻心,正是从他最为重视的爱字下手。

"一十五岁,在罗蚕向你示爱之前,你其实曾经离开过一次小取城。"邢裘击倒二人,高高俯视,继续追击姜明鬼,"从那次回来之后,你的性子开始变得难于琢磨。也是在那之后,逐日夫人为你改了名字——在那之前,你本来是叫另一个名字的。"

姜明鬼倒在地上,一手捂肩,刑求家所造成的持续而强烈的疼痛,即便是他也几乎难以忍受。

"为什么她要给你改名?为什么你会性情大变?"邢裘越说越开心,咯咯笑道,"因为那一次你下山去,其实是找到了你的亲生父母。可惜,那一对赐给你生命和姓氏的夫妇,可和兼爱一点关系都没有。"

姜明鬼一愣,仿佛被抽掉了骨头,仰天躺倒在地,一动不动。

"他们是谁?"邢裘眼神如刀,问道,"是什么人,仅凭一面之晤,就能令你对学习了十四年的兼爱精神产生了动摇。他们是大盗?是暴君?是鸨母?是贪官?是蠹贼?是屠夫?是奸商?是恶棍?是杀人犯?是白眼狼?是天下至恶之人?是天下极暴之徒?"

姜明鬼躺在那里,四肢摊开,苦笑了一下,瞧来已是万念俱灰。

"总之,他们一定是与兼爱背道而驰的、最冷酷无情的人。而流着他们的血的你,你的墨家之心根本是假的。"邢裘森然道,"你是被墨家养大的无爱之人,你所谓的兼爱,不过是因为你谁都不爱,所以才表现出对所有人的一视同仁。你一直欺骗别人、欺骗自己,将自己假装得像个兼爱天下的英雄，但在骨子里，你其实和他们一样，是个自私自利的恶人罢了。"

"这些，都是黄车风说的吗？"姜明鬼喃喃道。

他看来已被彻底击溃，只躺在那里，任人宰割。邢裘笑道："这正是他在弥留之际，对你的供述。你还有什么话好说？"

"我还以为，你真的会从他那里问出什么，解决我的困惑。"

姜明鬼躺在那里，长长地出了一口气，忽然手臂一撑，慢慢地爬起身来，活动活动那剧痛的肩膀，苦笑道："可惜，你所得的，不过仍是一些皮毛而已。"

邢裘骇然后退。

在这一瞬间，他突然发现，姜明鬼原本已被他打开的心门，又重新关上了。

——之前是对的，但后来是错的！

——他不爱那些女子也许是真的，但原因并不在于他的出身！

——那么会是什么？

电光石火之际，灵光一现，邢裘似要抓住什么新的线索，可是姜明鬼却不再给他机会！

"呼"的一声，姜明鬼向前冲出。

手中长剑挥出，身量暴涨，皮肉干枯，正是用起了古木之力！

姜明鬼一剑劈出，剑光如同急电。

邢裘纵身闪开，笑道："小取城的武技，我虽然不知详情，却已知道必破之法！"

"那也是黄车风告诉你的吗？"姜明鬼问道。

"不错！"邢裘大笑道，"墨家武技，虽然百样千姿，但追其根本，也不过是同一个源头。我拷问黄车风，逼问他从解字诀的本领入手,融会贯通承、解、造、破四门武技,并将其源头破去。他在临死的时候,其实应该是墨家亘古以来武技最高明的人——若非那时他已手脚全无,双目俱瞎,恐怕一百个我,也不是他的对手。"

他寥寥数语,已勾勒出黄车风死时的凄惨,石青豹怒吼道:"姜明鬼,杀了他!"

姜明鬼望着邢裘,双眼中怒火渐炽,道:"你喜欢拷问别人,那我也不妨问你一个问题:你会输给我,你猜是因为刑求家学说有误,拷打根本无法接近至道;还是你的本领低微,根本不曾摧毁黄车风的意志?"

"我根本不可能输给你!"邢裘冷笑道。

"那便试试看好了。"姜明鬼冷冷地道,"下一剑,我要砍断你的左臂。"

他再度运起古木之力,面色如铁,身量暴长。邢裘心头一悸,一瞬间,已将黄车风交代的破解墨家武技之法在脑中飞快地盘算了几回,冷笑道:"我倒要看你如何伤我!"

姜明鬼冷笑一声,将六合长剑在手中一转,便向邢裘的左肩劈去。

——墨家武技,最强大的地方,在于经验。

墨家的先辈往往出身于匠人、士兵,匠人们打磨工技、精益求精,士兵们沙场征战、九死一生,最是知道总结经验、吸取教训的重要性。小取城更因此制造出了百家阵这种专门用于演练、实验的场所,方便弟子进一步增加交战机会;而墨家武技,也更见千锤百炼,成熟缜密。

——但那,也恰恰意味着,经验拘束了他们。

所以,想要在对战中战胜墨家的顶尖高手,最有效的方法,乃是出奇制胜,一举做出超出他们经验的攻击。

而邢裘,通过拷打数不清的受害者,早已精通人体变化,熟知人的胳膊可以扭到什么地步,脊椎可以弯到什么程度——以及,当遭遇到突发情况时,他们的本能反应如何!

——排除掉一切正常的反应,剩下的,便是超出经验的举动!

姜明鬼单手挥剑,一剑劈来,邢裘迎着姜明鬼的一剑,猛地向前跨出一步!

——迎难而上,这是他挑衅姜明鬼对战经验的第一步!

——而第二步,才是真正超出姜明鬼对战经验的绝招!

一步踏出,邢裘的身体蓦然后仰。以他的腰为轴心,他的上半身整个地向后折去。他的右腿支撑在地上,左腿兀自向前迈去,而他的上半身,却猛地向后折叠,消失在姜明鬼的剑锋前!

一个后仰,他的双手已反撑在地上。

一瞬间,他的双臂一推,右足一弹,整个身体已猛地斜向上跃起,半空中,他的身子打开,向前伸出的左腿,脚尖绷直,鞋尖上绑着的一块刀尖已猛地向姜明鬼咽喉割去。

这时候,他整个人仿佛化为一柄巨大的兵刃,倾斜向上,沿着姜明鬼挥剑的手臂,向上滑去,鞋尖上的一点刀尖,直刺姜明鬼的腋窝。

这一招,角度奇、姿势奇、速度奇、落点奇,正是邢裘拷问人类得到的最为奇特的一招!

——而这一招,必将超越姜明鬼所有的对敌经验!

"唰"的一声,姜明鬼一剑劈落。

二尺手臂、四尺长剑,一剑劈空,"叮"的一声,剑尖斩在了地上。与此同时,邢裘那一记四尺长的足尖刀,却已紧贴着姜明鬼手臂,攻入他的腋下!

姜明鬼的单臂并长剑,倾斜向下;邢裘单腿并刀尖,倾斜向上。

长剑剑锋，距离邢裘的鼻尖已不过三寸，但剑尖已担在地上，无法再度压低。而足上刀尖，已触及姜明鬼腋下衣袖，去势未歇，犹能再进！

可是突然之间，姜明鬼竟向后跃去！

他一手拖剑，剑尖垂在地上，整个人却猛地向斜后方弹出。邢裘的足尖刀几乎已刺中他的衣服，硬生生地被他这一跳，又拉开了距离。

这一跃之下，两人的身法又有不同：邢裘以双手、单足发力，远不如姜明鬼双足一跳。他姿势怪异，一刀落空，再无变招余地，身子无可避免地向下跌落，眼睁睁地看着足尖刀的刀尖只与姜明鬼的腋下、手臂、手肘、手腕相差半寸，却毫无办法。

"砰"的一声，邢裘后心着地，而姜明鬼后退之中，余势不止。"嘶"的一声，六合长剑的剑尖已在邢裘的头顶、眉心、鼻尖、下颌、胸前一路拖过。

那一剑姜明鬼几乎毫无发力，纯靠六合长剑本身的分量，在邢裘的身体"正中"，画出一道笔直的白线。

一顿之后，白线上皮开肉绽，鲜血涌出。

邢裘惨叫一声，一骨碌爬起身来，已是满脸血污。那一剑入肉不深，伤势却极为骇人，血流如注，几乎就让人以为，他那一颗光秃秃的头颅，已为姜明鬼一剑劈开。

"你……你！"邢裘怒吼道，可是一时却不知该说什么。

"第一个问题是，你会输给我，是不是因为刑求家学说有误，拷打根本无法接近至道；第二个问题是，你会输给我，是不是因为你本领低微，根本不曾摧毁黄车风的意志，达到至道。"姜明鬼冷笑道，"现在有了第三个问题：你会输给我，是不是因为你眼高手低，即使已得到至道，也根本无法理解，无法应用。"

第九章 漏网鱼　　261

一连三个问题，每一个都咬死了邢裘已输，更从根本上动摇了他对刑求家学说的信心。

邢裘在脸上连抹几把，伤处的血污却越来越多，一张脸都涂红了，怒道："你不是说，那一剑要断我的左臂？"

"没砍着，那又如何？下一剑继续好了。"姜明鬼冷笑道。

——姜明鬼其人，耿直刻板。

——姜明鬼其剑，一往无前！

据黄车风分析，姜明鬼当年一味依赖机关技巧，导致水丰城的失败之后深深自责，因此虽然重拾古木之力，却又矫枉过正，对一切都是蛮力应对，完全放弃了应变、智取，才在之前险些被无赖家活活打死。

可是如今，姜明鬼见招拆招，虚实自如，哪里有半分愚直、刻板的样子？

邢裘肝胆俱裂，一瞬间已无再战的信心，大叫一声，转身便跑，可是才跑两步，只觉身下一空，已为姜明鬼一剑扫过，血光飞溅，两腿齐膝而断。

"咕咚"一声，邢裘摔倒在地，在地上打了个滚，勉强起身，扬手叫道："姜公子，饶我……"

话才出口，剑光一闪，右臂又离体飞出。

姜明鬼手提长剑站在他的面前，目光森冷，下手之毒辣，竟毫无动摇。

剧痛袭来，邢裘疼得几欲昏倒。姜明鬼扬手一剑，刺穿他仅存的左臂，将他钉在地上，令他无从翻滚挣扎，这才问道："你还没有回答我的问题。"

邢裘一生拷打别人，如今却为人折磨，虽然断肢的手法在他看来太过粗陋，但落到自己身上，原来竟是如此剧痛。伴随剧痛而来的对死亡的恐惧更是压倒一切，一瞬间，他已是涕泪横飞、屎尿齐流，叫道："姜公子……饶命……饶命！"

"你还没回答我的问题，"姜明鬼冷冷地道，"刑求家学说有误、黄车风从未屈服、你自己无法贯彻至道，你说你输给我，到底是什么原因？"

邢裘魂飞魄散，叫道："怪我……怪我……怪我！"

姜明鬼冷笑一声，"噬"地将钉着他的六合长剑抽回。邢裘三肢俱废，左臂重伤，却如蒙大赦，挣扎着伸手入怀，掏出一包包的药粉药丸，独臂不便，于是连撕带咬，所有药物不要命似的外敷内服。他精于拷打刑求，往往要人伤而不死，怀中所藏的药物止血活命各有奇效，这时拼命自救，未几竟真的将血止住，保住了一条命。

"多谢……多谢姜公子。"邢裘颤声道，脸白如纸，奄奄一息。

姜明鬼一直站在他的身边，手拄长剑，看他忙碌，直到此时，才突然道："答错了。"

一言出口，剑光一闪，已将邢裘人头斩落。邢裘尸身栽倒，光秃秃的人头滚在地上，一张脸上还满是不信之色。

姜明鬼回转身形，重新走向郭团。

这时他早已泄去古木之力，但一手提剑，剑上鲜血不绝滴下，锋刃雪亮，不染分毫，更见肃杀之气。

在杀邢裘之前，他开口所说的三个字"答错了"，有一瞬间，直令所有人都如堕云中，不解其意，此时才明白过来，原来是说之前邢裘回答他那三个落败原因，回答有误。

——因为"答错了"，所以姜明鬼杀了他。

可是在那之前，姜明鬼足足等了邢裘半盏茶的时间。

在那半盏茶的时间里，他看着邢裘掏药、敷药、止血、求生，硬生生地为自己留下了一线生机。

第九章 漏网鱼

然后，他才在邢裘刚刚松了一口气的时候，将其一剑杀死。

那份耐心、残忍，较之之前他于劣势之中战胜邢裘，更为令人震骇。而如今他眼神冰冷，长剑滴血，哪里还像秉承着"兼爱""非攻"的墨家弟子？

"姜……姜明鬼！"石青豹叫道，声音也有些发颤。

"不错，我的名字，叫作'明鬼'。"姜明鬼冷冷地道，"鬼在这世上，奖善罚恶。人若作恶多端，屡教不改，那他便不再是人，而我也不需再兼爱于它。化身为鬼，将它杀死，便是在保护更多的人、兼爱更多的人。"他望向郭团，道，"不知郭中尉，现在还算不算是个人呢？"

他这一眼望来，郭团登觉被六合长剑一剑穿心而过，魂飞魄散道："我是……我是！"

"那么，是谁杀死的郭开大人呢？"姜明鬼问道。

"我……我不知道！"郭团叫道，"你不要逼我，我真的不知道！"

他叫声凄厉，已近乎哭喊，虽不似作伪，却总似另有隐情。姜明鬼眉头微皱，正欲追问，忽听一人道："不如你问问郭大人，他那个老子到底死了没有？"

这话一出，众人都是大吃一惊。姜明鬼、石青豹一愕之后，只觉豁然开朗，而郭团一瞬间面如土色。

众人循声望去，却见说这话的人，乃是一直瑟缩在角落里的火伤乞丐。

那乞丐衣衫褴褛，满身火伤的疤痕，一条腿、两只手也都扭曲变形，形如厉鬼。早先时姜明鬼在蛇公子侵占的大宅之中，见他被无赖们倒以鸡肉碎骨，说是请他"吃肉"。此次在废墟中，竟然又见到了他，姜明鬼一开始也颇为奇怪。

但这乞丐一直缩在一旁,极力想要藏起自己一般,而突发之事接二连三,姜明鬼也就无暇多问。

直到这时,这人突然说话,一开口便石破天惊。

蛇公子大怒,一跃而起,叫道:"老东西,你别胡说八道!我弄死你!"

那乞丐在角落中抬起头来,嘎然笑道:"你弄得死我吗?有姜公子在,你这狼崽子还能耍得起威风来吗?说我胡说,其实你也已经想明白了,只是不敢说而已吧!"

乱发下,他那张已为大火烧毁的脸,火伤之处,皮肤无法再生,疤痕鲜红欲滴,光滑发亮,如同扣着一副诡异的面具。而五官扭曲,更见狰狞可怖。

石青豹注目那乞丐,却是一愣,退了一步,仔细再看,惊呼道:"你……你是……屠肥!"

这一回,轮到姜明鬼大吃一惊!

屠肥原是无赖家的首领,十五年前在邯郸城横行霸道,显赫一时,更曾将时为秦国质子的嬴政收为弟子。而在那之后,嬴政回国继位,登基为秦王。再过两年,屠肥乃被嬴政派来的杀手诛杀于闹市之中。

——那些往事,正是之前虞青、蛇公子亲口对姜明鬼所说。

谁知此时,这本该早死之人竟又出现了,而且还是这般凄惨模样!

——而石青豹,居然也认出了他。

"你没有死?"姜明鬼大惊道,连一身的杀气都散掉了。

"我当然没有死!"屠肥恨道,"可我多希望自己死了。这些年来,我先是被关押起来,不见天日,然后又被大火烧成这不人不鬼的样子,被扔在这废墟之中,不许逃、不能死,十余年来过得猪

第九章 漏网鱼 265

狗不如!"

"是谁将你关起来,为什么要将你关起来?"石青豹问道。

"是谁?自然是我的好徒弟,蛇公子了!"屠肥眼望蛇公子,一只眼睛已为烈火烧毁,只留一片白翳,却更见仇恨,"因为他不敢让我死。因为他不知道,将来是不是还要将我送给嬴政,好换下他的一条命!"

"换命?"姜明鬼不明所以。

屠肥的声音,如同锈死的门轴被勉强推动,一面掉下锈渣,一面发出涩响:"那时我一时手拙,没弄死嬴政那小子,反给他逃回了秦国,继承王位,成了强秦之主。我们邯郸城无赖家的弟子一时都给他吓破了胆,不知道当初欺负他会招致怎样的报复,所以,就想着关键时刻,把我送出去赔罪了。"

他说的话,恨意深沉,姜明鬼却隐隐觉得哪里不对,奇道:"你之前要杀嬴政?"

"你这小子,根本是个糊涂蛋。"屠肥看一眼姜明鬼,冷笑道,"蛇公子说什么你信什么,只怕已被他卖了,还在帮他数钱!"

"此话怎讲?"姜明鬼大惊。

"他上次跟你说的,关键处全是假的!他只不过是拿早已编好的谎话来糊弄你,你就被他打得半死,简直是要笑死老子了——嬴政在邯郸时,确是每天都受人欺负,不过欺负他的人,主要就是我们无赖家!他后来也确实加入了无赖家,不过那是因为我们已经两次放火烧了他和石夫子的家,他不得不怕了;加入无赖家之后,我天天想着借刀杀人,派他出去送死,可他偏偏一路打出了名头;最后连夜追杀,嘿嘿,哪有什么杀手?动手的也正是老子!"

屠肥嘎嘎笑道:"什么挟持石夫子,杀他全家,也都是我干的!这里就是那石夫子的家,老子就是在这儿,一边杀人,一边奸污了他的女儿!"

姜明鬼只觉寒毛倒竖,骇然望向石青豹。

屠肥说他被骗,他不过是震惊而已,但屠肥说到石家,姜明鬼却知道,石青豹有极大的可能,正是那石夫子的女儿!

——若屠肥所言是真,则无赖家才是害得石青豹家破人亡的元凶。

——而他之前,竟将无赖家当成了他们会合的地点。

"不错,这里正是我的家。"石青豹脸色惨白,一双眼却明亮得如燃烧一般,笑道。

这句话,如将冰块投入沸水,一瞬间屠肥也惊呆了。

"这里曾经是我家!"石青豹跺了跺脚下瓦砾,改口道,"我爹曾是邯郸城的一名儒生,在家里办有私塾。而这间房,便是当初学生上课的学堂。平时这里本该摆满书案、坐席、铜灯、瑶琴、竹简、刀笔……可是现在却全没了。"她又抬起手来,向远处指点,"那边是我爹娘的卧房,我每天早晨要去给他们见礼。再那边是我的卧房,那边的树下原本有个秋千,爹爹刚将它安好时,我一天一天地赖在上面不下来,后来却没有兴致了,便整天空放着……"

她随手指点,说出这一片废墟的来历。那一片片瓦砾,仿佛也变回它们原有的样子:这里本是一处小康之家,家中父母双全,一个女儿,活泼可爱。

"可是十几年前,无赖家杀了我的全家,我投水自尽。若非为李牧将军派人所救,怕是早已魂飞魄散。"石青豹哽咽一下,望着蛇公子笑道,"后来,我改了名字,追随李牧将军远走边关,你们就把这里当作了无赖家的老巢,盘踞不去。过了两年,李牧将军大胜还朝,我从边境回来,偷偷地给这儿放了一把火。火烧得不小,把主房都烧塌了。我只道你们早该离开了,谁知你们倒很能将就,主房烧了，就改住旁边的偏房，继续赖着。我只好放了第二把火、第三把火，把这座院子里里外外，甚至连累邻居，都给烧了。"

石青豹脸上笑着，一双眼却恨意渐盛，道："那三把火，烧得你们开心吗？"

"那几年这里接连失火，原来是你这女人干的好事。"蛇公子倒吸一口冷气，眼睛却向屠肥一瞥，道，"可把我的师父烧得好惨。"

石青豹也看了屠肥一眼，只见他形容凄惨，一只眼已残，一只眼闪烁畏缩，冷笑道："我倒也很奇怪，你不是早该被嬴政的刺客杀于闹市了？"

"那自然是假的。"屠肥从乍见石青豹的惊讶中回过神来，道，"想不到你这小丫头居然也没有死。还出落成了这样。"

"石姑娘，你……"姜明鬼心中苦涩，道，"我不该让你到这里来。"

他们之前选在"蛇公子身边"见面，想得很好，可那时姜明鬼既不知无赖家才是石青豹仇深似海的敌人，也不知这蛇公子为了避人耳目，竟是潜回了石青豹的旧居，也因此揭开了石青豹的所有伤疤。

——石青豹之前在此若无其事地说话、作战，心中该有多么的痛苦。

"我没事。"石青豹见他沮丧，突然展颜一笑，道，"好久没人叫过我'兰草'这个名字了。李牧将军告诉过我，我的有用之身应死在更有意义的事上，为无赖家沾得一手血腥，毫无必要。因此为我改名，令我青出于蓝，死后豹变。"

原来那人不仅救了石青豹，更教得她志存高远。

"好，那让我们把这一切理个清楚！"姜明鬼一咬牙，问屠肥道，"当日你为什么没有被嬴政的杀手杀死？"

"因为嬴政根本还没有派人来杀老子啊！"屠肥大笑道，"嬴政归国登基之后，赵国上下，有很多人害怕他回头算账，严惩一切怠慢过、得罪过他的人。我记得那时，单只郭开大人就杀了好多负责嬴政食宿的官吏，并派了使臣携礼品前去秦国请罪。"

时运起伏，变幻莫测。嬴政在赵国十六年间受尽白眼，得罪过他的人实在太多。

"追责之事眼看要查到我们无赖家的头上。只要查过来，我们折磨他、暗杀他的事，必会暴露。那些事只要一暴露，我们便是得罪秦王、连累赵国的大罪人，死一百回也不够。我一咬牙，索性来了个先声夺人！"

屠肥说到往日荣光，一只独眼烁烁放光，隐隐仍有几分昔日枭雄之相，道："我于是索性公然宣称，嬴政是我们无赖家的兄弟。他在我们的帮会中深受照顾，我们的帮会培养出了秦国国主，十分荣幸。那时很多人并不知道我们和嬴政的真正关系，被我们抢着一说，登时以为那小子真和我们是兄弟。于是，不仅没人追究我们对他的虐待，反倒还有不少官员富商暗中来巴结我们。"

这屠肥虽是无赖，胆识却端得惊人，这一手置之死地而后生，实是妙招。

"可是我也知道，这事瞒不了太久。果然，过了一年多，嬴政派秦军攻打赵国，占了我们的土地，赵国上下民怨沸腾，抗秦之势大涨。而我们作为曾'培养'出那虎狼之主的帮派，也被许多人咒骂。我一看时机已到，于是自己买了个杀手，在闹市街头假装将我杀死，又弄了颗假人头，扔出去唬人。一来，方便我隐姓埋名，趁机逃走；二来，也借此机会，洗掉了无赖家与嬴政的关系，从此以后，无赖家更可以顺理成章地成为邯郸城矢志抗秦的勇士，又可在街市上横着走了。"

一个假死进可攻，退可守，虽然简单，却不失为妙计。姜明鬼皱眉道："可是，你却没有逃走，而是留在了这里。"

"是啊，我没能逃走。我煞费苦心，拼着硬挨一剑'假死'，想着给无赖家的兄弟们铺路，好让他们收买人心，在邯郸过得更好，谁知到头来却被自己的徒弟、自己的兄弟给卖了。假死之后，我逃回我们当时的'无赖窝'——便是此处，石家的老宅——想着和他们再喝一顿酒便连夜出城，哪承想，竟被这狼心狗肺的蛇花子在酒里下了药。等到我醒来的时候，已被铁链锁着，关在了此地的密室之中。"屠肥眼望蛇公子，眼中喷火，一口残牙咬得咯吱直响，"什么'蛇公子'，你唬得了别人，唬不了我！你不过是外地到邯郸耍蛇要饭的叫花子，我收你做徒弟，真是瞎了眼！"

"你可别给自己脸上贴金了。"蛇公子眼见脸已撕破，索性也笑了起来，道，"哪有什么为了无赖家的一来、二来，你就是怕嬴政找你算总账，提早逃跑而已。最后那顿酒，也是让兄弟们向你纳贡，最后敛一拨钱财，远走高飞。可你就这么拍拍屁股走了，以后再有人追究起来，无赖家可怎么办？总得留着你，提防着将来真要给他们一个交代吧。"

——两代无赖家的首领，口中所说，都是为了帮会。

——然而所行的，却都是卑鄙无耻、相互出卖之事。

但他们无疑是真的极为忌惮嬴政。姜明鬼心头疑虑，问道："你们当初为什么一定要得罪嬴政？为什么会想杀他？"

"因为，那小子看着就让人生气啊！"屠肥恨恨地道，这些往事，他已无数次回忆，自是记得清清楚楚，"那是……十多年前的事了。那时这里还不是一片废墟，而是石夫子的学馆，周围几户，则是秦、燕等国质子的馆舍。各国交恶，他们这些质子备受冷落，被安置于此地，跟石夫子念书，出无车、食无肉，比咱们老百姓好不了多少。

可越是这种时候,越能看出这人到底会不会做人。"

他夸夸其谈,说些做人的道理,令人厌恶:"秦国质子,开始的时候是嬴政的父亲异人。这人就很乖觉,挨打挨骂,还知道赔个笑脸,偶尔有赵王赏赐的财物、秦国送来的抚恤,也知道孝敬咱们。可后来异人回国,留下了嬴政,这小子就很不上道!小的时候还看不出来,到了十来岁,已犟得要死。偶尔有兄弟们上门,找他们母子拿些小钱,这小子就敢拎着把刀,出来和人拼命。"

这些话蛇公子也曾提过。屠肥摇了摇头,叹道:"本来,要是单只我们无赖家,也许还没什么,可那时候,小赵公子正和我们一起玩,他和嬴政岁数差不多,自然更看他不顺眼。嬴政不听话,他便带着我们揍他。虽然他是秦国质子,不好真要了他的命,但给我们逮住了,打个鼻青脸肿是少不了的。现在想来,这小子果然不是常人。三天一小打,五天一大打,打了三四年,不仅没把这小子打服,反而把他操练得铜皮铁骨,诡计多端。"

他回想起嬴政当年的凶狠,兀自啧啧称奇,姜明鬼听到那个反复出现的名字,不由好奇,问道:"小赵公子是谁?"

"小赵公子?"屠肥也颇觉意外,道,"赵流啊。他后来不是还去了小取城,也算半个墨家弟子?"

这秘密骤然被提起,一瞬间,姜明鬼如遭电殛!

赵流在小取城被嬴政当众杀死,嬴政一口咬定是临时起意,原来,他们竟早已认识?

——那么嬴政杀他,到底是为什么?

许多此前他以为已有定论的谜团突然重生疑窦,而一些原本尚且存疑的事情,却似拨云见日,忽然清晰了几分。

一个恍惚,姜明鬼回过神来,却听蛇公子正恨声道:"你们一群大人,欺负一个孩子,只当是猫抓耗子。可是却不想想,那耗子是有龙种的。你今日没有咬死他，来日他只要长大了，便比你大得多、猛得多！"

"那你当初也没少欺负他啊！"屠肥冷笑道，"你那会儿跟在小赵公子屁股后面，动手也不少啊。"

"那嬴政后来如何入了无赖家？"姜明鬼见他们又开始无谓之争，连忙问道。

"他后来竟找到我这儿，要加入我们无赖家，我也是十分意外。"屠肥赞道，"那时在邯郸城里，人人都知道我们在收拾他，谁也不敢和他多说一句话，只有此间开私塾的石夫子迂腐不知死，还时常周济他们母子。结果等到我们半夜烧了他家两次屋顶之后，嬴政便找到我们，说愿意供我们驱使，换得他们母子及石家的安宁。既然他服了软，我们自然就坡下驴，收下了他。小赵公子出的主意，让我们打架、抢钱，全都把他顶在前面，想着把他用死正好一举两得，谁知这小子也真行，什么危险都不怕，什么难题都能解，十多岁便在邯郸街头闯出了名声。"

以嬴政的头脑、心胸，要想在市井无赖中出人头地，果然也是易如反掌。姜明鬼心中叹服，问道："既是如此，你们为什么后来又想杀他？"

"我们开始时有什么危险都把他派出去，想着借刀杀人，可是后来发现，他实在是一口好刀，无往不利。有他在，给我们赢了不少地盘，挣了不少钱，后来，其实也便不怎么想他死了。"

屠肥的独眼骨碌碌地望向石青豹，道："可谁知后来我们却收到一笔钱，说要尽快结果嬴政的小命。我们拿了人家的钱，只好向他下手。不料这小子比猴还精，被我们一群人围了，猝然挨了一刀，还能跑。我们追着他来到了石夫子家，四处搜他不着，只好抓了石夫子一家要挟。问一句，杀一人，连这位石姑娘也一起受用了。"

那一夜无星无月。

而那一夜令人发指的罪恶，时隔这么久，终于被他重新道出。

姜明鬼望向石青豹，只见她脸色惨白如纸，身子微颤，原本丰硕健美的身体，竟似被抽干了血气一般，整个塌了下去。

"那是我爹为他修的密室。"石青豹道，"我爹说，他是质子，是客人，我们平时都要保护好他，提防你们这些无赖害他。所以他花了两年的时间，在我家院中修建了密室。那天他躲进了密室中，我们全家人都被杀了，可是谁也没有出卖他。我被你们折磨一夜，我也没有出卖他。"

为了一名敌国少年，他们一家付出了如此惨烈的代价，而那，正是为人的信义。

姜明鬼只觉喉头哽咽，几欲落泪。

"是啊，你们一家够狠的。"屠肥道，"嬴政一夜没有出现，第二天却传来消息，说秦庄襄王驾崩，嬴政已成继位之人。秦国使者当日便来到赵国，要迎他回秦，我们只好逃了，不久，不知道他从哪儿冒出来，回了国，又登基做了秦国国君。"

"那么，那时是谁出钱要嬴政的性命？"姜明鬼问道。

那买凶之人，无疑正是一切悲剧的起源。蛇公子本已呆呆出神，闻言猛地叫道："别说呀！不然大家都得完蛋！"

"老子还在乎什么完蛋不完蛋吗？"屠肥见他慌张，越发欢喜，叫道，"这些年来，老子死不了，活不成，每个月被你拉到眼前检查一回死没死，逃没逃！现在总算来了一个能制住你们的姜明鬼，我正是要让你们都完蛋！"

他状若疯癫，一身火烧的疤痕愈见红得发亮。

"他到底是谁！"姜明鬼心中已猜到七八分，厉声喝道。

屠肥的独眼圆睁，嘴巴张了几张，那名字在他口中滚动数次，

第九章 漏网鱼　　273

真要出口时,也几乎耗尽了他的勇气。

"郭开!"他终于将它说出口来。

这一天的下午,赵国的相国大人郭开,一个人走向邯郸城南门。

从藏身的客栈出来,他穿了一身粗布衣裳,脸上也抹了锅灰,步履蹒跚,驼背弯腰,看起来就像一个刚从厨房出来的老厨子。目前邯郸城正因为他的"死亡"而处于戒严状态,按照计划,他本应再过几天,等风头过去后出城。但他刚刚得知,姜明鬼竟然劫走了他的儿子郭团,事情因此有了败露的可能,他便不能冒险,必须尽快出城了。

没有随从,只带了勉强够用的路费,但好在他之前已在魏国、秦国都置办了府邸,又在沿途都藏好了金银。只要出了城,便又是锦衣玉食的生活。

这一切自然都是他早已计划好的:单单小书房里那个替死之人,他便已暗中养了两年之久。那人的身材样貌,与他有七八分相似,死时脖子将断未断,头颅倒垂于胸前,血污满脸,一般人自然认不出来。

那人是他亲手所杀。小书房中那熟知暗坑,而又不能为相府门客发现的杀手,正是他本人。

他来杀人,郭团再掩护他离开小书房,逃出相国府。等到姜明鬼一行伏诛,他再逃到他国,郭开这人,便算是真的死了。

——则以后赵国真的被秦国灭了,也与他无关。

这些年来,郭开早就准备好了各种脱身之法,却始终难以下定决心。位极人臣,权倾朝野,这样的诱惑,岂是凡人所能抗拒?更何况多在位一天,便能多敛一天的财富。

正因为太难于割舍,他才一拖再拖,直到姜明鬼出现,他才突然明白，事情已到了必须决断的时刻！

姜明鬼为推行合纵抗秦之计而来，但那对郭开而言，根本不值一提。

真正令他感到不安的是，姜明鬼在献计之时，提到的"秦之雄主"这样的名号。当初嬴政化名"秦雄"找到他，让他给自己开具推荐的文书以周游百家的时候，他真真魂飞魄散。后来那人再没消息，他还以为事情已"又一次"地过去了。

直到姜明鬼出现，他才知道，原来嬴政已到过小取城，而再打探下去，和禄谷侯府的消息一碰，更知道原来五年前死在小取城的赵流，很有可能是被嬴政所杀。

——这时他终于可以肯定，嬴政从没忘记过仇恨，绝不会放过他们！

他在邯郸所受的屈辱，那个叫作石兰草的女孩的血，他一定会让赵流、屠肥、郭开以生命为代价来补偿！

那如鹰鸷一般的孩子，终于长大，而他的报复必会驱动强秦，将赵国彻底碾碎。

——这时候不跑，哪里还有机会呢？

于是他只能选择最仓促、破绽最多的计划，假死逃生。

郭开背着一个小小的包袱，来到邯郸城南门。虽是全城戒严，但一国首都，政商云集，难免有些特例须得出入，因此大将军赵葱便在南门开了一个角门，供人通过。有士兵严格盘查行人，角门内外，分别排起了一条长长的队伍。

郭开排在出城的队伍中，低着头，随着队伍慢慢挪到了角门前。

远处的城墙下，搭着一座小小的芦棚，是赵葱的临时办公之处。两侧是共计五百人的队列方阵，士兵手持刀枪，严阵以待。通道上负责盘查的士兵，四人一组，不厌其烦地核对每个出城人的身份。

盘查的队伍一旁摆着一张书案，两个文书小吏负责记录出城人数。这时一人手持刀笔，正自忙碌，而另一人却在偷懒，伏案休息，肩后顶起两个瘦棱棱的肩胛。

郭开从袖中拿出一块浸满油渍的令牌，来到盘查的士兵面前，双手递上。

"是相国府的？"盘查士兵问道。

"是，是！"郭开赔笑道，"相爷没了，几位公子也得吃饭。安排我去城外采买新鲜的山菌。"

郭开贪图口腹之欲，对食材极为挑剔，人所共知，因此相国府中，一直给厨子发有通行的令牌，随时出入。此时虽然郭开"已死"，但旧例是否立时废止，却也没有个定论。那盘查的士兵本想去向赵葱禀报，但见郭开态度诚恳，笑容憨厚，一时间不由自主地信服了他。

正要放行，却听一旁有人笑道："郭相国便这样走了，不要儿子了吗？"

郭开一惊，回头望时，只见那队伍旁伏案而睡的小吏抬起头来，居然是姜明鬼。

后面一声号角，两旁守备的兵士猛地冲来，将郭开包围。而芦棚中红影一闪，正是大将军赵葱大步而出，身旁的女子自然是石青豹。

"你……你怎么会在这里？"郭开万念俱灰。

"中尉郭团供出你的行踪，比你想得更快，"姜明鬼笑道，"那我当然是找到赵葱将军，用最快的方法来拦上一拦了！"

"他……"郭开顿足道，"这没用的畜生！只要再撑一天，我就离开了邯郸；而只要我离开邯郸，他怎么推脱都说得通了！我们父子来日方长，本可不死！"

"可惜他撑不住。"姜明鬼笑道，"因为你这假死之计，自己一走了之,却要让他面对后续的各种查证,实在是把压力全丢给了他。这一招,十几年前的屠肥便已经用过了,而事实却证明,根本行不通。我们既知大人还没死,再想撬开郭团中尉的嘴,就容易太多了。"

赵葱沉着脸。他之前突然得到姜明鬼、石青豹传信,说是郭开未死,而他们能揭开一切真相。他本不十分相信,却又不知不觉被二人说服,在此坐等郭开现身。如今郭开真的活生生地落网,他一时却不知是该喜还是该怒。

赵葱把手一挥,兵士们冲上来,将郭开绳捆索绑。

郭开万念俱灰,闭目就缚,石青豹望着他,眼中满是仇恨。姜明鬼犹豫良久,终于问道:"当年,你为什么要杀害嬴政?"

第十章
刺王者

自邯郸出发，沿赵、魏两国边境向西，辗转入秦，再奔赴国都咸阳，计三千里。

国驷战车已毁，黄车风已殁，姜明鬼和石青豹只得乘坐寻常马车前往，虽也是赵王赏赐的良驹轻车，星夜兼程，却也足足走了半月有余。

在他们身后，邯郸城里，"郭开遇刺"一事，终于尘埃落定。郭开、郭团父子欺君罔上，先后落网，赵王痛心疾首之余，决意严惩不贷。而早年间迫害石家、激怒嬴政，引发了秦赵之战的屠肥、蛇公子师徒，则被当众斩首，以儆效尤，邯郸城显赫一时的无赖家，转眼作鸟兽散。

同时，姜明鬼将藏于相国府书房中的赤蛟长弓取出、斩断，交还于赵王。赵王终于同意姜明鬼的六国合纵大计，并下旨安排李牧出狱，官复原职，准备由他主持未来七国会猎的比赛。

姜明鬼和石青豹，却没有等待李牧出狱。

——后续之事，只需按部就班，而他们此刻，有更重要的事情要做！

先前姜明鬼已许诺石青豹，一旦赵国事了，他便带石青豹去秦国，找嬴政讨个说法。

而之后废墟中揭秘的真相却指出：嬴政对赵国敌意深沉，恐怕有大半是来自少年时所受的欺凌与旧恨，若能说服他放下仇恨，则秦赵之战或可消弭。

只消劝解一人，便可救下一国，这无疑更是"非攻"的精髓。时不我待，秦赵之战一触即发，他们正是要去见那秦国雄主，以一身一剑，化解干戈。

自第七日起，姜明鬼头上的伤已然痊愈。罗蚕所给的老鼋丹，奇效无比，止痛、合骨、消肿、落痂，原本可能需要几个月才能痊愈的锤伤，不过大半个月，便几乎没了痕迹。只有帽下不及长出的头发才证明着，他曾在鬼门关前走过一遭。

自第八日起，姜明鬼与石青豹重谐鱼水之欢。二人之前在邯郸并肩作战，九死一生之余，更了解到彼此心中苦痛，不由走得更近了些。

姜明鬼血气方刚，石青豹如狼似虎，长车碌碌，天地辽阔，二人抛下了一切，终日缠绵。

足足半月的跋涉之后，他们终于来到咸阳。

秦国历经多位明主，励精图治，国力之强早已是各国之首。国都咸阳背倚华山，身临渭水，城高池深，更有王者气象。姜明鬼与石青豹极目四望，城外良田一望无际，分散于田间的农人挥锄舞镰，忙碌得热火朝天。进得城来，更见街道宽阔，房舍整齐，街上行人个个健步如飞，眼光明亮。

姜明鬼叹道："治国易，治人难。秦国兵强马壮，固是难得，而移风易俗，令全国百姓自信蓬勃，同心协力，更是令人叹服。有这样的百姓，何愁军队不强；有那样的军队，何愁征战不胜？百战

第十章 刺王者

百胜,何愁民心不聚?如此循环,所谓国运,不外如此吧。"

他们此来,乃有赵王的印信加以引荐,秦国司礼官员接待之后,将他们安排进了城内馆驿暂歇,等待嬴政召见。姜明鬼以一方白巾,拓印了六合长剑剑镡上的花纹,交给司礼官员,道:"劳烦对王上多禀告一句,说墨家故人来访。"

他无视王权,更与嬴政有旧,言语间自然多了几分自信从容。那司礼官员接待各国使臣,看多了求告讨好,想尽早见到秦王的,见他这般不卑不亢,反而不敢怠慢,将他们安排进上等屋舍,专人服侍,这才告诉他们耐心等待,自己入宫通禀。

这天晚上,姜明鬼睡不着,便坐在屋中,慢慢地用一块白布擦拭六合长剑。

长剑冰冷,在黑暗中隐隐反射微光,如同一泓沉沉冰水。姜明鬼的手指在剑身上滑过,一时思绪万千。

——归还这柄剑,他就要再一次见到嬴政了。

嬴政无疑是他平生所见之大敌。昔日在小取城中,他们二人彼此敬重,之后一场决斗,辨析兼爱,姜明鬼趁着嬴政心乱,以微弱的优势取胜,嬴政丢下了六合长剑,逃下小取城;而之后,在韩国新郑,二人以韩国兴衰为棋盘,再战一场,姜明鬼却输得一塌糊涂,信念全然崩塌。

他需要与嬴政有一个交代。那交代不仅是关于六合长剑,也不仅是为了石青豹。

更重要的,乃是姜明鬼自己,需要在这天下间最霸道、独断的君王面前,证明兼爱的存在。

与之相比,什么郭开、屠肥,都不过是土鸡瓦狗,不值一提。

和嬴政的交锋,才是稍有不慎,便形神俱灭。

正自沉思，忽然有人敲门，姜明鬼把门打开，眼前一人长发、罗裙，居然是石青豹。

"你……这是什么打扮？"姜明鬼稍稍一愣。

石青豹平素所着衣甲，其实也是女子所用，不过英挺妩媚，有异于常人。这时石青豹的穿着，却已与平常女子一般无二，长袖覆手、罗裙掩足、淡妆敛容、端庄得体。只是偶一顾盼，那一双眼还是虎虎生威，令人忍俊不禁。

"要见嬴政，我还是希望以女子时的样子去。"石青豹道，又往屋里看了一眼，问，"黑灯瞎火的，你在干什么呢？"

姜明鬼将她抱进屋中，石青豹又皱起眉来，抱怨道："没有酒啊。"

姜明鬼笑道："快见到嬴政了，饮酒误事。"

石青豹将他的手打开，嗤嗤笑道："那你倒不怕女色伤身！"

"我有古木之力，"姜明鬼笑道，"等闲女色，可掏不空我的身体。"

"要见他，你慌不慌？"石青豹突然问道。

"决战前的紧张固然是有的，"姜明鬼将案上的六合长剑收好，道，"但，慌是不慌的。"

"我却有点慌。"石青豹叹道，眉头深锁，"越到咸阳，我心里越慌；越快见面，我越睡不着觉。"

姜明鬼看着她，目光温柔，道："一切有我，你不必慌张。"

"不一样的。"石青豹摇头道，"我不怕他是个坏人，我怕他是个好人。"她侧过头，望着秦王宫的方向，仿佛已在看着嬴政，道，"十几年来，我靠着对他的恨意活着。我们为他家破人亡，可是他那时为什么不来救我们？难道我们就该为他牺牲吗？难道一个人不够、两个人不够，我们一家，都活该为他牺牲吗？他……为什么不能为我们牺牲呢？"

第十章 刺王者　283

石青豹对嬴政最大的恨意，正是源于此：那一夜，他们一家被屠肥杀害、凌辱，可嬴政在密室中，没有出声、没有现身。她遵从父亲的要求，到死都没有出卖嬴政，可是投水获救之后，死而复生，她对嬴政的见死不救只剩了仇恨。

"可现在，我渐渐觉得，嬴政对秦人而言，真是一位好国君。一位明君和七个草民的性命相比，我渐渐觉得，也许他的命，真的是比我们贵重的。"石青豹道，"可只要这样一想，我就对他恨不起来了。"

"人命，不是这么比较的。"姜明鬼道，"不过如果你愿意不再去恨他的话，也不是坏事。"

"我若不恨他，我又该如何面对他？"石青豹叹道，"当初同在邯郸的时候，他是个落魄质子，我们是小康之家，我们与他邻里和睦，并多有照拂。然而今日再见，他已是强秦之主，而我却家破人亡。我难道还能和他故人重逢，追忆往昔吗？"

她坐在那里，神气恹恹，十余年的恨意一旦落空，竟似掏空一个人的全部活力。

"若是恨已成空，那么就放手去爱如何？"姜明鬼忽然道。

"爱？"石青豹愣了一下，苦笑道，"我不可能爱他。"

"若是爱我呢？"姜明鬼道。

石青豹一惊，难得的满面飞红，啐道："胡说什么！"

"我并未胡说。"姜明鬼手中把玩长剑，微笑道，"墨家虽然兼爱，但也可以婚配。若是此次能全身而退，何妨结为夫妻，白首不离。"

他忽然说起这般庄重之事，石青豹不由手足无措，道："你……我……我还以为咱们那般放纵，你会很快厌烦了我的。"

"我这个人反应很慢，"姜明鬼扬起眉毛，道，"也许要一两百年后，才能从喜欢转为厌烦。"

"是吗？"石青豹镇定下来，反击道，"可是刑求家的邢裘，当日可是说过，你是不会爱我的——连那什么罗蚕、麦离、绿玉络，你一个都不会爱。那时你的神情，可不像是他说错了。"

姜明鬼微笑着将长剑放下，迎上石青豹的目光。

"我确实一个都不会爱，因为我实在不会控制我的心。"他沉声道，"因为兼爱，要求爱每个人都一样多，所以我总想要做一个无情之人。我会为心仪的女子心动，却又往往强求自己，对她的爱不得超出对别人的，弄到最后，往往一塌糊涂。所以这一次，我想与其还没开始便畏缩不前，不如我真正地尝试，彻底地去接纳一人，深爱一人。"

"所以，你便选中了我吗？"石青豹失笑道。

"我不能选中你吗？"姜明鬼也笑道，一双眼望着她，目光温柔。

"我可比你大了很多。"石青豹提醒道。

嬴政离开邯郸，已是十四年前的事。石青豹年纪比他还大，更远大于姜明鬼。

"我可以慢慢追赶。"姜明鬼却不以为意。

他们所说的话虽是嬉笑，但渐渐认真。石青豹笑着，却移开了眼睛，道："可惜，我实在是个没福气的人。"

两人一时无话，正在此时忽听得院中有人叫道："吕棠在此，别让他跑了！"

他们所在的馆驿，乃是一所大院，两边各有一座木楼，左高右低，杂住着齐、楚、燕、赵、魏五国驻秦的使臣。这些年，秦国日渐强大，各国不敢有丝毫怠慢，派来的使臣早把这院子住了个满满当当。便连姜明鬼二人到来，也是那司礼官员临时调配，才将他们安顿下来。

这时随着那一声厉喝，外面已是一片喧哗。"喀喇"一声，听

第十章 刺王者

来是有人撞破了窗户，摔到院中。

姜明鬼、石青豹对视一眼，稍觉意外，当即起身出门观望。

他们站在二楼上看得清楚：在下面的空地上，正有一人，手持一柄车轮大斧，呼呼舞动，拼命抵抗。他的对面，是一群黑衣黑甲的秦国兵将，正拿着挠钩绳索，不断抓他。旁边站着一个人，看衣着乃是齐人，这时神情尴尬，手足无措，想要上前一时却又近身不得。

那手持大斧的人，兵器粗豪，战法勇武，看样貌却是个文质彬彬的书生，一张脸清秀斯文，一面抵抗，一面叫道："我是齐国人！我要回齐国去！"

他这一喊，旁边那齐人神情更见沮丧。秦兵那边带队的将领冷笑道："吕棠，你是秦国逃犯，谁也救不了你！"

原来这使斧的书生名叫吕棠，本是齐人，因被秦兵追捕来投奔在咸阳的齐国使臣，以设法脱身，却不料仍被人追到馆驿，直接从齐使的房中揪了出来。

那旁边既想求情，又不敢上前的齐人，自然是齐国在此地的使臣。

吕棠勇武过人，一柄车轮大斧抡动开来，众秦兵一时竟拿他不下。挠钩虽利，也只在他身上划出道道血痕。只是他这样挥舞大斧，终会力竭，到那时自是难免就擒。姜明鬼虽然于心不忍，但事关秦国法度，也不便插手，叹了口气，准备回房回避。

正在这时，却听一楼里一间破了窗的房中，有人欢呼道："书也在这里了！"

那间房自是齐使所有，刚才的吕棠也便是从那间房破窗而出的。脚步声沉重，有几组秦兵将房中几口木箱抬到院中，往地上一扔，木箱碎裂，里面滚出了一卷卷包裹整齐的书简。带队的秦将抢步上前，拾起一卷，扯断系绳展开一看，笑道："《吕氏春秋·风土纪》！

错不了了！"往地上一扔，喝道，"烧！"

吕棠听见他的命令，立时惊叫道："《吕氏春秋》是百家精华，一字千金，烧不得啊！"

秦兵哪里会听他的话，七手八脚地将木箱中的竹简全倒在地上，堆成小山相仿。

吕棠悲愤交加，大吼一声，不要命地挥斧将秦兵逼开，两步跳到院子正中，对楼上楼下闻声观望的人叫道："我是秦国国相吕不韦的门客，奉命保护《吕氏春秋》的部分成书！此书乃是诸子学说之集大成者，光耀千古，泽惠后人！各位是各国贤臣，千万不能看着它被毁了啊！"

大秦国相吕不韦，以奇货可居之技，助公子异人登基成为秦庄襄王之后，受封相国，位极人臣。他虽是商家出身，却志向远大，有一日忽然决意做一件前无古人的大事，乃要著书立说，将百家学说"一网打尽"。

吕不韦座下门客三千，百家弟子无不在列，于是命令众人将自己所学的学说、见解都撰写出来，再加筛选、删定，历时十数载，终于编成包揽天地、万物、古今的《吕氏春秋》一书。

成书之日，吕不韦竟将部分内容誊写于布匹之上，悬挂于咸阳城门，声称如果有谁能改动一字，即可获赏千金。而自始至终，竟无一人能获其赏。

《吕氏春秋》一字千金，因此成为佳话。

而此时，秦兵从齐国使者房中搜出的竟然便是《吕氏春秋·风土纪》部分的成书。

在馆驿的楼上楼下观望这场抓捕的各国使臣，自然都是百家中的人才。吕棠向众人求救，可是秦法严苛，哪里有人敢出手相助？那秦兵带队的将领来到小山般的书简前，冷笑一声，伸手在自己的臂甲上一划,"嗤"的一声,他的一只右手已不知怎地,竟整个燃烧起来。

"是'烈火家'。"姜明鬼在楼上观望,喃喃道。

百家之中的烈火家,认为五行之中"火"才是生命的真相。

火焰跳动,正如人的行走坐卧;火焰没有实体,却能灼伤万物,正如人的力气,看不见摸不着,却能搬山填海;人进食,便是在为自己添柴,熟食之所以更为美味,也是因为它们本身被火焰烧过,与人体内的"烈火"更容易融为一体。

而当人们终于死亡,躯体与在世时表面上并无差别,却变得冰冷,正是生命之火悄然熄灭。

烈火家崇拜火,依赖火,更是用火的高手。

那秦将手一挥,一团火便脱手而出,砸上书简。

火星四溅,光华大现,那一堆书简最上面几卷,顿时燃烧起来。

"当啷"一声,吕棠手中大斧颓然坠地。大势已去,他保护这些书简九死一生才来到这里,又好不容易说动齐使,愿意将这一部分《吕氏春秋》偷运到齐国,妥善安置,可到头来,还是功亏一篑,眼睁睁地看着它们被烧掉了。

"百家之衰微,自今日而始!六国之败亡,自今日而始!"吕棠大哭,心中愤懑,恨那些见死不救的各国使臣更甚于那秦兵秦将,不由叫道,"大道不行,我何忍苟活!"踉跄着直向那火堆扑去。

看他那架势并非救火,而是要投身自焚。既是求死,秦兵自然不去拦他,那带队的将领也向旁一让,手里捏个火球,只待他扑入火堆,便再给他加一把火,烧他个尸骨无存。

岂料眼看这人就要扑入火堆,忽然半天中黑云一卷,一件宽大的黑袍已先朝火堆落下。

这黑袍极为沉重,虽然如同一只大鸟般张开,却几乎是笔直地从空中落下，"噗"的一声盖在火堆上，将火头整个压住了。它的材质非丝非麻，在火上一覆，竟未被引燃。转眼之间，青烟腾起，那烈火家将领放出的火，已被它结结实实地压灭了。

吕棠、那烈火家的秦将俱大吃一惊，抬头看时，只见旁边二楼上有人纵身一跃，跳入院中。

"你是什么人！"那烈火家的秦将怒道。

姜明鬼跳下地来，先将黑袍拾起。黑袍乃是罗蚕所赠，水火不侵，被他情急之下用来灭火，果然颇有奇效。书简上的火已然熄灭，唯留三两点火星，自然不成气候。而那黑袍给姜明鬼稍稍一掸，灰烟扫去，竟未伤分毫。

"在下墨家弟子，姜明鬼。"姜明鬼反手将黑袍披上，见礼道。

"墨家？"那秦将稍觉意外，却也有些顾忌，叫道，"我们是执行王上的命令，抓捕要犯，请公子不要多事！"

"这是百家的心血啊。"姜明鬼捡起一卷书简，小心将上面的火星拭去，道，"虽然未见得便是各派最精髓的学说，但倾三千人之心，十数载之力，覆盖之广，可谓空前壮举。百年千年以后，人们谈及今日，能从此书中一窥诸子风貌，是何其幸运的事。将军也是百家中一员，岂可如此将它损毁？"

"百年之后的事，我管不着。"那秦将不耐烦道，"缴毁《吕氏春秋》，是王上给我们的命令。姜公子再作阻挠，莫怪我得罪小取城了！"

居然是嬴政下的命令，姜明鬼不由意外，回想当日他在小取城中，终日手不释卷，勤读百家经典，不由更觉蹊跷。

另一边石青豹身穿罗裙，居然颇有淑女自觉，和姜明鬼一起动身，这时才从楼上跑下来，乍闻此言，奇道："吕不韦不是嬴……王上的相父吗？"

她差点在秦兵秦将面前脱口叫出嬴政的名讳，好在悬崖勒马，未成罪状。但那秦将怎么听不出她改口，把脸一沉，道："吕不韦勾结叛贼嫪毐，已遭免官入狱。他的《吕氏春秋》，乃是邪说妄言，须被缴毁。你们再要多言，便视同乱党，立杀无赦！"说着，双手一错，已在手上燃起两团烈火。

吕不韦一手扶植起嬴政父子两代秦王，功高齐天，震古烁今，如今竟也会获罪入狱。姜明鬼与石青豹对视一眼，道："抱歉，我仍不能让将军烧书。"

那秦将大怒，喝道："你敢违抗王命！"

"并非违抗，"姜明鬼施礼道，"只是，这《吕氏春秋》成书未久，不及流传，若是烧了，恐怕真的再也无法复原了。我很快就会去拜见秦君，秦君是爱书之人，我相信，必可劝得他回心转意。"

"王上一言九鼎，岂会因你而改变心意！"那秦将怒喝道，"你不让开，我就连你一起烧了！"

"呼"的一声，那秦将说动手便动手，一团烈焰已向姜明鬼面门砸来。

姜明鬼侧身一闪，烈焰走空，留下一股辛臭之气。姜明鬼笑道："烈火家的磷火，一触即燃，蚀骨销肌，当然是极厉害的。"

墨家研究百家的技艺，对烈火家自然也有涉猎。他一语道破烈火家的秘密，那秦将又惊又怒，叫道："那就让你知道知道更厉害的！"

"呼"的一声，他已自腰间拔刀出鞘，向姜明鬼胸腹卷来。

那一刀出鞘之声极为特异，而一刀拔出，却是一道火光。赤红的火焰，约有一拳粗细，自三尺刀鞘中绵绵不绝地被"拔"出，一挥之下，足有七尺多长，如一条怒龙，横扫而来。

姜明鬼大笑一声，左右闪躲，连让数刀。

那秦将的刀法另走一路,柔中有刚,刚中有柔,一条火龙给他擎在手中,一时如刀,一时如鞭,风声虎虎,极见高明。眼见姜明鬼闪躲从容,秦将忽然大喝一声,刀势加快,一刀直向姜明鬼面门劈来。

这一刀来得极快,姜明鬼也不便躲闪,随手一扬,以手中六合长剑招架。

剑未出鞘,只在那火龙上一挡,"当"的一声,架住了那一刀。

可是"呼"的一声,那火龙只稍稍一顿,穿过了六合长剑,仍向姜明鬼劈面斩来!

在这一瞬间,姜明鬼看得清楚:他挡住的,乃是一口蓝瓦瓦的钢刀,刀身五色斑斓,真不知被烧过多少回,烤了多少次。而刀上原本的火光,却在被他一挡之后,顺势自那蓝刀身上剥离,只保留着原本的火龙刀形,穿过了长剑格挡,向自己劈落。

但有那稍稍一顿,已足够姜明鬼闪身避开。那一道火光砍在地上,秦将手中蓝刀向后一收一甩,"腾"的一声,刀身上便又腾起七尺烈焰。

一刀复一刀,那烈火家的秦将手中钢刀以三尺刀身燃起七尺火龙,每每在关键时刻,那火龙犹能脱刀飞出,如有灵性,一道道火光纵横交错,落在地上,也犹能闪烁半晌方熄。一个院子,直给他砍得火树银花,煞是好看。

久久不能取胜,那秦将不由焦躁,喝道:"大家一起上,将这乱党拿下!"旁边那些观战的秦兵,立时轰然答应,手中挠钩、刀剑一起向姜明鬼捕来。

先前时,那秦将率兵追捕吕棠,因要查问《吕氏春秋》的下落,乃是要将他活捉,因此带了挠钩、绳索等物。挠钩长约一丈七八尺,顶端绑着倒钩,几个人包围一个目标,离得远远的,往前一探、往

第十章 刺王者

后一拉,神仙难防。一旦给钩上了,轻则皮开肉绽,重则当场受擒。

姜明鬼知道难缠,索性也就不再相让。铮然一声,六合长剑离鞘而出,如长电裂空,"唰啦啦"一瞬间便在一众挠钩、刀剑上扫过。

一阵碎响,那些秦兵的兵器尽数折断,六合长剑削铁如泥,无往不利。

忽听"咔"的一声,却是连那秦将的蓝刀也给姜明鬼一剑斩断,刀身落地,烈火熄灭,发出一声异响。

地上一时撒满断刀、断杆,秦兵秦将再无兵刃在手。姜明鬼收剑回鞘,道:"这位将军,莫要再打了。若是秦君在此,他也一定不会让我再动手了。"

他一剑削断这么多人的兵刃,远近不同、高低有别、材质各异,显见行有余力。

那烈火家的秦将又羞又怒,到底也不是个不知好歹的人,把脚一跺,喝道:"有本事的,你不要走!"放下一句狠话,带着手下败兵撤出了馆驿。

姜明鬼大显神威,一人一剑救下吕棠与《吕氏春秋》,各国使臣不由又是惊讶,又是害怕,纷纷道:"这位墨家侠士,你怕是惹了祸了。"

姜明鬼笑道:"打了秦兵,退了秦将,算什么祸事;稍后见了秦王嬴政,还不知怎样呢。"

众使臣听他一副还要找事的口气,不由更是惶恐。馆驿中的官员这时赶来,叫道:"姜公子,法不容情,昔日连商鞅大人都难免车裂之厄,你身为赵王使臣,却阻碍秦人执法,所犯的重罪,恐怕连我们都要牵累了。请你立时离开馆驿,防止连坐于各位使臣,引发误会。"

各国使者立时纷纷附和,姜明鬼见他们胆小,也不刁难,笑道:

"走就走吧！"招呼石青豹、吕棠正要离开，却见吕棠跪伏于地，一手拿笔，一手压着一卷空白竹简，竟在抄录《吕氏春秋》。

"吕先生，我带你先离开这里吧！"姜明鬼道。

"不行！"吕棠匆匆回头，道，"我此时绝不能走！书简有好几册已遭烈火焚损，我需要立刻誊写保存。若是仓促移动，打乱了次序，恐怕有所疏漏。以后再补，却记不清了。"

那些书简被堆成一堆，扔在那里，又遭烈火焚烧，虽只一瞬，却也有不少简片已烧黑、烧断。这时它们还按最初的样子堆着，被烧到的都在上边，要想修补誊写，果然不应延误。否则仓促装箱，位置一变，再想恢复便不是易事。

姜明鬼想通此节，自也不会再催吕棠转移，转身对各国使者笑道："抱歉各位，我们暂且走不了了。"

各国使臣一时怨声载道，那齐使更是顿足捶胸。姜明鬼看他们怯懦，若无其事，石青豹却已发怒，喝道："若是怕我们连累了你们，干什么不是你们离开，却只顾让我们走！"

她这只是一句气话，哪知当真提醒了众人。一众使臣生怕一会儿秦国大军打来，白白连累了自己，引发国战，一听石青豹的说法，立刻想到不如早避，当即纷纷回房收拾急用之物，外出避难而去。

馆驿之中，一时人走院空，只剩了姜明鬼、石青豹和吕棠。

使者尚且如此，各国之怯懦可见一斑。姜明鬼摇头叹息，为吕棠搬来书案、坐席，让他方便誊写。自己与石青豹则在一旁，掌了灯，沏了茶，随手拣看吕棠已整理好的部分书简。石青豹看他气定神闲，一时感慨，不由叹了口气，道："你这人，可真有意思。"

"怎么说？"姜明鬼低头看书，笑道。

"你有时怯懦多疑，优柔寡断，在小取城时，几乎被同门师兄弟骑到了头上，也只唯唯诺诺，瞻前顾后；去到邯郸，还没怎么样

第十章 刺王者 293

呢，先被一群市井无赖打得头破血流，重伤濒死；可是面对赵王，你却咄咄逼人，寸步不让；遇上郭开，明明已是众矢之的，命在旦夕，却还反过来杀人放火、对郭家赶尽杀绝；"石青豹叹道，"如今到了咸阳，又这般多管闲事，还没怎么样呢，先把嬴政得罪一番。真是让人不知道该夸你勇敢呢，还是骂你疯癫。"

姜明鬼双手展着书简，随手将已看过的部分卷起，笑道："其实与人争斗，是勇是怯，岂与对手的身份地位相关？我既然'兼爱天下'，则小取城的师兄弟，与邯郸城的无赖，并没有什么区别；市井中的无赖流氓，与庙堂上的王侯将相，也没有什么区别。面对他们，是否会心生畏惧，只与我自己有关。若是理直气壮，则对手即便是千军万马、一国诸侯，我又有何可惧？而若是心中有所亏欠，便是一个老妪稚子、无力无能之人，我只怕也挺不起胸，直不起腰。"

石青豹哑然失笑，双手拱起，冲他一揖，笑道："墨家的侠气，我这一趟可真是见着了。"

她提及墨家，却触动了姜明鬼的心事。他摸一摸怀中石印，回想当初逐日夫人将"寄身小取城"一事托付给他，不由叹道："钜子曾说，天下若是统一，百家必将消亡。《吕氏春秋》若是真的流传下去，意义何其深远。"

吕棠誊写残简，刚好又完成一卷，这时停下笔，叹道："《吕氏春秋》耗尽相国府三千门客的人力，计二十万言，成书迄今，不过三年，抄录备份，不过七套，除一套献于王上、两套收于国库之外，其余四套拆分之后，赠朝中重臣、各国国君。然而近一个月来，相国失势，秦国境内的赠书已尽被查缴。我们一群相府门客眼看大事不妙，才将相府中的这一套原作分为二十份，分头带走。若不是遇上姜公子，我带的这一部分，怕是就要毁去了。"

"如此灵性之物，必有天地、鬼神相佑，"姜明鬼笑道，"即便我不出手,也一定会安然无恙的。"

他良言安慰,吕棠默默点头,继续抄录。

姜明鬼、石青豹看书饮茶,不再说话,直过了半个时辰,馆驿外传来士兵整齐的脚步声,约莫百人。

姜明鬼放下书简,微笑道:"来了。"

石青豹两眼明亮,熠熠生辉,也道:"来了。"

外面兵士的脚步声一停,更显出一个人甲胄铿锵,不疾不徐地向院门处走来。馆驿大门一开,一人昂然而入,身形高大,腰挎长刀,背背长弓,一双细眼凛然生威。进了院中,他径自来到三人面前,眼光一扫,对姜明鬼道:"姜公子,别来无恙。"

姜明鬼还礼道:"王将军。"

这人正是当初在大取桥前高歌立威,传信于嬴政,之后又在新郑城中神箭连珠,接连射杀数名高手,救下姜明鬼的秦将王翦。

他曾见过姜明鬼最狼狈的惨状,一见是他,姜明鬼只觉周身冰冷,竟似回到五年前的那个雨夜,自己在新郑一败涂地,而嬴政借此机会摆脱心魔,从此化龙飞天。

"这么快就惊动了王将军啊。"姜明鬼看了一眼吕棠,苦笑道。

"巧了,王上本已在摆驾来此,欲见故人,谁知走到半路,听说姜公子闲不下来,又弄出了些动静。"王翦冷笑着摆了摆手,转身行开数步,来到院子正中,大喝道,"秦君驾临,馆驿上下尽为征用!闲杂人等即刻出门回避,有私藏者,格杀勿论!"

他连喝数声,声震屋宇,馆驿中的各国使臣本已跑得差不多了,再听他的喝令,仅剩下的几名仆从、官吏也慌慌张张地撤走了。

馆驿之中一时一片死寂。

姜明鬼咬了咬牙,问道:"嬴政,他来了吗?"

他直呼秦王姓名,王翦眼中寒光一闪,道:"王上已在门外!"

于是,姜明鬼终于又见到了他此生最强大的敌人。

秦国之雄主嬴政,慢慢地从馆驿的大门走了过来。他身材魁梧,肩膀宽阔,脸颊瘦削,利眼、鹰鼻、唇如刀锋一线,修长的双臂垂于身体两侧,一双大手长指、粗筋,更显出他掌握一切的欲望。

他大步而来,走得不快,但带着不可阻挡的气魄,虽然只有一个人,却仿佛身后旌旗蔽日,追随着千军万马,听他一人号令。

姜明鬼坐在那里,浑身僵硬,幸好头脑尚能清醒。他默运古木之力,"嘎巴"一声,身体蓦然拔高一截,气势凛然而起,与嬴政四目相对,不落下风。

"你怎么把头发割短了?"嬴政来到姜明鬼所坐的地方,居高临下地笑道。

——这竟是时隔五年,他对姜明鬼说的第一句话。

姜明鬼翻起眼睛,反问道:"我又当叫你什么呢?秦雄,嬴政,还是王上?"

嬴政哈哈大笑,道:"你竟还会为这些事情而犹豫?秦雄,只是寡人的化名;嬴政,不是你能叫的;你如今身在秦国,在寡人面前,自然得尊称寡人为王。"

姜明鬼微微点头,哑然失笑,道:"好,墨家姜明鬼,见过王上。"

他虽称"王上",但神情却如说笑,说了两句话,渐渐放松下来,回头看时,只见石青豹眼睛瞪得大大的,一动不动地盯着嬴政,而吕棠体如筛糠,已跪伏在地,连头也不敢抬。

"你来见寡人,有什么事?"嬴政问道,走到那几箱刚刚整理好的《吕氏春秋》旁,伸脚踢了踢,道,"这书的事,你不过是刚好碰上了而已。你带着赵王的印信前来见寡人,该不会只是为了给寡人还剑吧？"

姜明鬼先前将六合长剑的剑镡花纹印给秦国司礼官员，以为凭记，这时听嬴政说起，便单手抓起六合长剑向上递出，道："六合长剑在此，原物奉还。"

从嬴政进门，一直到这时，姜明鬼都只是坐在原地，不曾起身，不曾见礼，这时单手还剑，更是大为不敬。

嬴政回过头来，看了看他，目光愈见不悦，冷笑一声，也单手将长剑接回。他拿到眼前看了看，道："这是新配的剑鞘？质地不错，就是样子俗气了些。"随手向王翦一抛，王翦双手接住，侍立一旁。

那六合长剑，辛天志视为至宝，打造鞘匣，精心保养，爱不释手，而姜明鬼从小城带出来之后，也是一路保护，妥善使用，再怎么危险，都不曾损坏、遗失。但这时，交到嬴政手中，他却如同待废铜烂铁一般，不屑多看一眼。

嬴政不屑再兜圈子，索性在姜明鬼的对面坐下，一双鹰眼盯着姜明鬼，冷冷地道："除此之外呢？"

他这一坐下，终于与姜明鬼平等对视。姜明鬼叹了口气，道："除此以外，我想劝你放弃对赵国的仇恨，罢战休兵，免去杀戮罪孽。"

"空口白牙，就想让寡人放过赵国，你想学墨子吗？"嬴政冷笑道，"可是墨子援宋，他手上有必破楚王攻城之器的手段，你让寡人停战，你有什么本钱？"

"我能帮你从二十年的仇恨中解脱出来。"姜明鬼道。

嬴政脸色一变，虽不说话，但一双眼望着姜明鬼，示意他说下去。

"我已经知道了你当初杀死赵流的真正原因。"姜明鬼慢慢地道，"当初你杀赵流，为了掩饰真相，曾经给了我诸多理由，却没有说出实情——你和赵流，根本是自小便已认识。只不过那几年，你身材、样貌变化颇大，入小取城换了名字又换了身份，赵流因此不曾认出你。而你听到赵流这名字、知晓他的身份,再与相貌对照,自然知道他便是当初在邯郸城里,和无赖家一起迫害你的小赵公子。"

姜明鬼看着嬴政的脸,道:"因此,你在百家阵里将他残忍杀死。"

嬴政点了点头,道:"原来这件事已经给你查出来了。"

"我在邯郸城里见过了很多人,屠肥、郭开,更重要的是这位石姑娘。"姜明鬼伸手指引,嬴政看了一眼石青豹,面无表情。石青豹看着他,一双眼中却几乎要喷出火来。

"当年,你在邯郸作为质子,孤苦无依,受到无赖家和赵流无休止的欺凌,只有石家父女,对你照顾有加,你因此对他们心存感激。可惜无赖家得寸进尺,最后为郭开所雇,竟要将你杀死。石家为了保护你,全家遇害。"姜明鬼叹道,"你对赵流、屠肥、郭开,乃至赵国人都恨之入骨,实在是情有可原。可是我想说,虽然欺凌你的乃是赵人,但石家父女也是赵人。死者长矣,而生者犹在。这位石家的孤女石兰草,她还活着,你不要毁了她的家园。"

"说得好听,"嬴政望着石青豹的眼神,终于露出一丝温柔,道,"可是那些做了坏事的恶人,寡人便只能放任他们享受荣华富贵吗?"

"并无放任。"姜明鬼道,"赵流已死于你手,屠肥已受十余年折磨,近日伏诛;至于郭开,也已为赵王发现他的罪孽,正在邯郸受审。你和他们的仇恨,已经结束了,不必再去灭亡赵国了。"

"说得好……说得好啊!"嬴政抬起头来,仰面望天,梦呓一般地道,"寡人在邯郸的仇人,都已经死了,所以不必去灭掉赵国了……"在那如释重负的最后几个字上,他忽然失笑一声,道,"唯一的问题是,姜明鬼,你还是将寡人看得太轻、太小了。"

他语气突变,姜明鬼不由一惊。

嬴政低下头来，重新面对姜明鬼，微笑道："你想要帮寡人报仇，你想要帮寡人从旧恨中解脱，可是，姜明鬼，你终究不过是个墨家游侠，只能以小仇、小爱、小格局推己及人。赵流，寡人才入小取城中不过数日便已认出他来，想要杀他，有一千个机会、一万个更令人无法发现的办法，但寡人从未对他下手。最后杀他的时候，也不过是一剑断头，死状还没他那两个手下凄惨——因为寡人当时杀他，真的不是为了'旧恨'，而是当时当刻，他又威胁到了寡人，寡人因此不得不动手。"

　　"他如何威胁到你？"姜明鬼不甘地问道。

　　"寡人那时已是一国国君，而赵流却不过是赵国的一个公子。权势、能力，他有哪一点能和寡人相提并论，寡人何至记恨于他呢？"嬴政微笑道，"可谁知，他竟在百家阵中提出了一个治国夺权的计划，要先获钜子之位，后夺赵王之权，整合墨家与赵国的实力，由外而内地令赵国强大起来。在那一瞬间，寡人意识到，再留着他，会对寡人的霸业有碍，因此才会冒险杀了他。当然，那也要靠之后姜师兄的仁慈，将我放下山去才行。"

　　五年前的那一场凶案，直到今日，动机才终于大白。

　　"寡人想的是黎民众生，而你却只盯着寡人的一个仇人，比胸怀眼界，你差得太多了。"

　　"原来如此……原来如此。"姜明鬼喃喃道，不由点了点头。

　　"正是如此了。"嬴政好整以暇，笑道，"所以我灭韩也好，攻赵也好，都只是为了一统天下的霸业，与什么私人仇恨毫无关联。姜师兄的第一个手段已经落空，不知道劝我息战是否还有别的撒手锏呢？"

　　"有。"姜明鬼点了点头。

　　发现嬴政心中的"遗恨"，固然令姜明鬼生出了更为美好的希冀，但事求万全，他自然也不会将一切的希望，都寄托于嬴政的幡然悔悟之上。

——这一次的"劝解"，不过是试探和尽人事而已。

正如嬴政所言，墨子援宋，也是以武力作为凭依，才阻退了楚王。而姜明鬼此来，也自然有这样的手段作为后盾。

在嬴政的重压之下，在一上来便棋差一着的挫败之中，一股玉石俱焚的勇气反倒凛然而生，盘旋于姜明鬼的胸臆。

"我已在赵、燕、齐、魏、楚各国推行合纵抗秦之计。"姜明鬼冷笑道，"以墨家为监督，赵国为先锋，六国一体，同心奋战。到我出发来咸阳之前，已收到各国消息，连同正在复国的韩国在内，六国合纵已初步达成。你再敢东进，我保证你被六国合围，有去无回！"

他说得严厉，几乎已是决裂之势。

嬴政被他要挟，面色一沉，鹰眼之中已有杀机。可那杀机一闪而逝，嬴政笑道："是吗？"

他胜算在握，自袖中掏出几根细细的布条，道："寡人听说，你在邯郸的时候，是找过风信家为你飞鸽传书的。刚好，寡人这里，也有来自各国的飞信。"他将那布条一根根地摆上桌案，道，"十月初五，赵国，你们离开邯郸；十月初七，魏国，你们派往大梁的张玉岩师兄遭遇暗杀，重伤失踪，同一天，涂伐被韩国无烬公子围攻，不幸战死；十月十一，燕国，太子丹驱逐樊不仁，中断合纵之计；十月十七，楚国，楚王得到墨家弟子在各国失利的消息，确认合纵之计已为空谈，卫纠黯然离开郢都。而在此之前，齐国，十月初四，杨盍死谏齐王，头触殿柱，当场殒命。齐王虽然当时允诺了合纵，但十月二十，眼见大势已去，自然不了了之。"

他手上不停，将一根根布条摆开，每一条，竟便是一国之败。

姜明鬼几乎难以置信，一把抓过布条，逐一细看，却见上面所写内容，果然是以风信家的简笔记录嬴政刚才所说之话。

"怎么会这样？"姜明鬼大骇。

他离开邯郸时，曾去风信家又收过一回信。那时，各位师兄弟所传来的消息，全是游说一帆风顺，合纵大计指日可成。

可如今，这无一例外的噩耗，又从何谈起？

"你为求信息通报快捷，在小取城中便与他们事先约好，在事情刚有眉目的时候，便提前发出飞信，预告胜利，想的是即便有什么不测，也可以临时调整。但，姜明鬼，你未免太过狂妄。"嬴政冷笑道，"你面对的是千年未遇之乱世。七雄并峙，每个国家都经历了数百年的延续，内政外交，岂容外人置喙？想要一统七国，寡人尚需兵车十万，你一介草民，竟然想只靠七个师兄弟，便让六国同心一体。我真不知道，你是愚蠢还是天真。"

"各国国君……"姜明鬼嗫然道，"他们……出尔反尔……"

"联军抗秦，这听起来，固然是很令人振奋的。"嬴政的目光中满是讥诮，道，"便连寡人，都不由想要一睹其声势。可惜，振奋之后，各国终不免要考虑：若盟主不是自己，又当如何；若是联军失败了，又当如何；若是有人与寡人的大秦私下结盟，又该如何……他们考虑得越多，便越不会合纵。墨家的那些师兄弟，只能面对各国国君越来越冷漠的态度。"

嬴政说到这里，忽然伸手一指馆驿中的房舍，道："你知道，这几天中有多少使者奉其王命，向寡人示好，出卖你的六国合纵之计吗？"

姜明鬼只觉眼前发黑，喃喃道："我……我害了他们。"

——当初石青豹上山求援之时，他本已料到此行必会死伤惨重，因此才极力阻挠师兄弟下山。但后来他想到六国合纵，觉得此计釜

第十章 刺王者

底抽薪，也许能不伤一人便化解干戈，这才亲自下山，并派遣了各位师兄弟分赴各国。

——然而此时算来，黄车风、涂伐、杨盎俱已身死，张玉岩生死不知。下山七人，竟已死伤大半。

"不过……"姜明鬼挣扎道，"至少在赵国，我们扳倒了国贼郭开，李牧将军即将重掌兵权……以后你想要战胜赵国，已非易事！"

"寡人问了你为什么来见寡人，"嬴政森然道，"可你还没有问寡人为什么来见你呢。"

这话说得似有深意，姜明鬼全神戒备，也不由一愣。

"寡人深夜之际离开寝宫，亲自来到馆驿，遣散闲杂人等，只带王将军来见你，当然不是为了这堆破书，也不是为了那么一口好剑。"嬴政两眼放光，微笑道，"寡人来此，是为了见一位老友，见这位，帮我杀了李牧、灭了赵国的老友。"

"什么'杀了李牧'？"姜明鬼连番挫败，听他这样一说，已觉心虚，叫道，"李将军好端端的，将来是要统领六国联军的！"

他兀自天真，嬴政笑吟吟地又自袖中拿出三根布条，道："十月初七，郭开获得赵王赦免，官复原职；十月初十，李牧被赵王赐死狱中；十月十七，李牧的好友司马尚，也被废黜。"

他口中轻描淡写，将布条端端正正地放在姜明鬼的面前，叹道："李牧不死，六国不灭。可惜啊，寡人一统天下，最大的阻碍竟就这么被除去了。"

"你……"姜明鬼只觉天旋地转，抓起布条，上面信家所言，却又只是验证了嬴政的话。

姜明鬼大骇，望向石青豹，见她面如土色，似失了魂魄。

"你又用了什么阴谋去坑害忠良？"姜明鬼脑中纷乱，一时竟想不出郭开的罪行都已暴露，赵王却还要任命他并杀害李牧的道理。

嬴政见他失魂落魄，极为满意，饶有兴致地等他稍稍冷静，方笑道："你熟知百家，看人行止便知其流派。不知，你看出这一代赵王所信的学说了吗？"

他突然提到赵王，姜明鬼不由一愣。

他们在宫中所见，那赵王的模样颇为怪异：乱辫胡服，言行无礼，不过如此张扬，却也不似有什么城府之人。再加上他身边一个筹算家、一个名史家、一个老奸巨猾的郭开，登时令人忽略了这位王上的学派源流。

"他……他是哪一家的弟子？"姜明鬼冷汗淋漓，问道。

"优梦家。"嬴政微笑道。

优为做戏之人，梦为彼岸之身。百家之中，优梦家缠绵哀婉，避世出尘，也是一支异类。

他们的成员，多是倡优伶人，终日歌舞杂戏，博人一笑，却在一个个悲欢离合的故事中，化身为英雄美人，在别人的生命里，生离死别。

因此人生如梦，何妨沉醉，歌之舞之，已是长生。

"优梦家的成员，本多是卑贱出身，谁知赵王堂堂一国之主，居然也沉迷此道，成为一名优伶。"嬴政冷笑道，"我听说，他在宫中也是奇装异服，不成体统！"

"他是优梦家，那又怎么了？"姜明鬼一时竟还找不到其中的关窍。

"优梦家的人，最看重的是表演。你因他的表演而开心、而悲痛、而愤怒、而振奋，都是对优梦家弟子最大的肯定。表演之外，他们也许不过是一群凡夫俗子，侏儒丑怪，但他们在表演的时候，一定有如神灵附体，光芒万丈。"嬴政摇了摇头，状甚不屑，道，

"你想想看，对赵王来说，他最大的表演会是什么呢？"

"励精图治，中兴赵国？"姜明鬼试探道。

"别说他没有这个本事，便是他真的中兴了赵国，难道能超过他的先祖赵武灵王的功绩了？"嬴政断然否认道。

"那是……"姜明鬼隐隐猜出，竟不敢说，只觉这一做法匪夷所思。

"要逆流而上，演一个明君，那是难上加难，更需天时地利人和，诸多不由自己掌握的机遇。"嬴政冷笑道，"但要演一个昏君，却只需装傻充愣，自甘堕落就行！郭开给他找的两个谋士，一个筹算家，每天告诉他，赵国和秦国交战绝无胜算；一个名史家，天天鼓吹名留青史最为重要。表演、失败、留名，这三者加起来，我们的赵王其实早就在准备一出好戏。"

姜明鬼目瞪口呆，实在想不到一国国君，身担亿万黎民的祸福，竟会如此昏庸。

"他要演的这场戏，名叫'亡国之君'。他要演的'赵王'，乃是要比肩夏桀、商纣的昏王，可供后人痛骂凭吊的，所以他要任用奸佞、迫害忠良。须知，在他的设想之中，他这场表演的最后高潮，乃是邯郸城破之日，他独对我大秦的虎狼之师，白衣白马，一战死国。"

姜明鬼只觉脑中嗡嗡作响，竟说不出话来。

"商纣杀了比干、梅伯，赵王便需废了廉颇、李牧。难得他有这样的需求，寡人这秦王不配合一下，总说不过去。因此寡人派人贿赂郭开，造谣李牧通秦，果然正中赵王下怀，帮他名正言顺地夺了李牧的兵权。"嬴政冷笑道。

姜明鬼长叹一声，道："怪不得，李牧之忠勇世人皆知，赵王却如此轻信谣言。"

"只不过,这人的心地其实也还没那么坏,虽废了这两员名将,却手下留情,迟迟不杀他们。这就有点麻烦——当年廉颇固然老了,已不足为惧,但李牧年富力强,却还随时可以启用。万一将来寡人大兵压境,赵王却突然梦醒,再用李牧的话,寡人难免陷入苦战。"嬴政眼望姜明鬼,笑容讥诮,道,"所以,寡人可真是要谢谢你。是你在他面前推出六国合纵之计,令李牧再次有了破坏赵王表演的机会。只是对于赵王来说,若是'亡国'的机会都没有了,他这一生的表演只得庸庸碌碌,埋没于青史,那可比杀了他难受太多了。"

这其中的秘密揭开,姜明鬼只觉周身冰冷,如堕入寒潭,不住下沉。

"你千方百计,想要让赵国苟延残喘,"嬴政下结论道,"殊不知,正是你的救国良策,终于让赵王下了杀死李牧的决心。"

姜明鬼死死地握着拳,强弱易势,那扑面而来的巨大挫败感,令他的身体止不住地颤抖。

——五年之后,他又在嬴政面前一败涂地了吗?

但是,一个更大的不安隐隐浮现于他的心底,令他越发恐惧。

"石姑娘,"他艰难地回过头来,颤声道,"李……李将军遇害了……"

一步错,满盘输。嬴政对他在邯郸城的每一步行动,游说赵王、飞鸽传信、预传捷报……竟都能了如指掌,令他毫无还手之力。而更可怕的是,嬴政的借刀杀人之计,除去李牧的最关键一步,却是要利用他的救国必胜之法。则这样看来,竟似连自己的出山,都在嬴政的计划之中。

石青豹仍端坐在他的身旁,身体僵硬,一动都不能动。

她死死地盯着嬴政,脸色惨白,一双眼亮得骇人。直到听见姜明鬼的问题,她才突然一震,猛地回过神来。

"是。"她艰难地答道,"我们,成功了。"

"你……"一瞬间,姜明鬼眼前一黑,道,"你不是李将军的门客。"

"我是。"石青豹道,不过答了两个字后,又马上补充道,"不过在那之前,我已是嬴政留在邯郸的死士。"

——在"那"之前?

"那三个锦囊,'姜明鬼''赵流''郭开',都是寡人写的。"嬴政随手在书案上比画,笑道,"你不认识寡人的字迹了?"

姜明鬼只觉天旋地转,想到自己东奔西走,全在嬴政的算计之中,更是五内俱焚。

"李将军被捕之后,并未传出任何消息。我去小取城求援,全是受嬴政指派。"石青豹的双眼,仍然一瞬不瞬地盯着嬴政,道,"他让我做什么,我就做什么。"

"你不是恨他吗?"姜明鬼艰难地问道。

"我从未恨他。"石青豹却摇头道。

"她从来不是石青豹,一直都是石兰草。"嬴政眼望石青豹,微笑道,"寡人来此,要见的正是这位老友。兰草姐,我们终于又见面了。你帮寡人杀了李牧,灭了赵国,这份见面礼,好生隆重。"

石青豹——石兰草——这时终于将视线从嬴政的身上转向姜明鬼,犹豫片刻,吃力地点了点头。

姜明鬼的喉头哽住,一瞬间,几乎想要跳起身来,不顾一切地逃走。

"十四年前,我被屠肥等人玷辱。"石兰草一字一字地道,亲口说出当日的苦痛,令她身体绷紧,似快要裂开,"他们走后,我打开密室的门,发现嬴政早已重伤晕倒——所以,他根本不是不来救我们,而是早已人事不省,什么都不知道。我为他包扎伤口后,便出去投河自尽,可是他居然及时苏醒,又将我救了上来。我痛不欲生，还想再死，他却告诉我，哪有人因为被野狗咬了两口，就不想活了的。"

嬴政笑道："正是如此。"

"那一年我十七岁，他十六岁，可是他说的话，我信。"石兰草沉声道，"我已没脸见人，他却让我留在邯郸，作为他的死士，等待他打回赵国为我报仇的那一天。我于是投入李牧将军府，又信了天欲家的学说，磨练武技，放浪形骸。一等，就等了十四年。"

"十四年来，我第一次用你。"嬴政叹道，眼中竟有泪光，"我们也第一次见面。"

石兰草始终直呼嬴政的名字，而嬴政在她面前，也终于不再是"寡人"。

"我特别感谢你。"石兰草道，脸上渐渐恢复血色，眼光也温柔起来，"其实来这里之前，我真不知道该如何和你见面。你曾经回过邯郸，但为什么没有来见我？我父母死了，你为什么没有去拜祭？你当初救我，是不是只是在骗我？我一直相信你，但我也一直恨你，这一路上，我都在心中暗暗发誓：你若忘了我，我就杀了你；你若可怜我，我也杀了你。"

"我怎么会忘了你，又怎么会可怜你？"嬴政正色道，"你一直很好。"

"不，我很不好。"石兰草苦笑道，"即使入了天欲家，即使和无数男人睡了觉，即使将交合淫乐真的变作了吃饭、喝水一般的寻常事，我却还是无法将那一晚的遭遇，当成被几只野狗咬伤。这么多年来，我一直强迫自己这样想，但是我，实在是不想再骗自己了。"

她轻叹一声，将小腹上的两柄短剑拔出。姜明鬼、嬴政大吃一惊，竟全不知她是什么时候对自己下了如此狠手，想要上前相救，却被她扬手阻止,那两剑在她衣袖的掩盖下,已不知刺入了多久,这一拔出,血如泉涌,转瞬之间,已在她身下洇开一片。

姜明鬼、嬴政在这一瞬间动弹不得,任谁都看得出,石兰草伤重必死。

"嬴政,"石兰草哽咽道,"我再问你一次,那天晚上,你是真的昏过去了吗?"

"是。"嬴政正色道,"不然我宁愿死,也绝不会牺牲你们。"

石兰草终于哭了出来:"嬴政,我想求你一件事。"

"你说。"嬴政道。

"不要杀姜明鬼,至少这一次,不要杀姜明鬼。"石兰草颤声道。

姜明鬼身子一震,嬴政看着他,良久,终于转头向石兰草,缓缓地道:"我答应你。"

石兰草伸出手来,轻轻抚摸姜明鬼的脸庞,道:"你看……我果然是没有福气的。"她最后笑了一下,身子软软摔倒。

两人眼看着她死去,四目相对,嬴政眼中满是怒火,而姜明鬼的眼神却已凄厉。

"寡人答应了她,这一次,不杀你。"嬴政冷笑道。

"你逼死了她。"姜明鬼恨声道。

"不过不杀你,不意味着不能教训你。"嬴政霍然起身,长臂一伸,已从王翦手中夺过六合长剑,又顺手拔出王翦的腰刀扔给姜明鬼,喝道:"'肩担天下'的小子,有本事接寡人三剑!"

"来啊!"姜明鬼怒喝声中,已是跃起接刀,挺身应战。

剑光一闪便即消失,六合长剑在嬴政的手中,直连自己的剑光、剑声也都先一步击碎了,那原本在姜明鬼手中亮如闪电的剑身,只似一团若有若无的黑雾,在夜色中突然消失又突然出现。

姜明鬼以守代攻,用古木之力迎击六合长剑。王翦的腰刀也非凡品,与六合长剑每一相撞,都火星四射,声如龙吟。

"第三剑来了!"嬴政大喝一声,已是一剑刺出,倾斜向下。

这一剑,他身姿挺直,只以单手持剑。

不仅单手持剑,更只以拇指、中指、无名指,三指虚挟剑柄!

可是这一剑,其速、其力,竟远超前两剑。姜明鬼闷哼一声,一手握刀柄,一手扶刀头,横刀胸前,向外一架,"喀"的一声大响,以腰刀宽阔的刀身挡住了六合长剑的剑尖。

而这一剑去势不绝,就这么钉在刀身之上,将源源不绝的大力灌入进来。

姜明鬼向后滑出半步,脚尖用力,硬生生停住身子。刀剑相抗,剑身微弯,刀身稍曲,两人一时竟僵在一处。

两人大打出手,王翦知道二人的渊源,并不插手。吕棠跪在地上,已目瞪口呆。

"从前,有一个楚国人贩卖兵器,"嬴政忽然笑道,"他说他的矛最利,什么盾都刺得穿;又说他的盾最坚,什么矛都扎不透。如果说你'肩担天下'是最强的盾,而寡人'席卷六合'是最利的矛,未知咱俩的较量,谁胜谁负。"

"你为一己野心,令天下陷于征战,"姜明鬼咬牙道,"公道所在,你不能胜,我不能输!"

"不知公道所在之处,民心又当如何?"嬴政笑道,手中长剑稍稍一抬,剑尖上传来的分量登时又似重了百斤,"你进咸阳的时候,可曾看见秦国百姓的神采?垦荒者得田,征战者得功,劳必有得,功必有赏,所以人人奋勇争先,个个生气勃勃——这便是民心所向。"

他高高出剑,那一剑几乎已不是剑招,而是圣主之威。

他的剑,将姜明鬼压得越来越低,他的人,斜睨着姜明鬼,冷笑道:"其实即使石兰草今天不求我饶你,寡人也不必杀你。因为你在我的面前,早已不堪一击。人人自私,墨家却偏要兼爱;人人渴望通过争斗获利,你却让人们非攻!倒行逆施的学说,有什么意义?墨家必将消亡!"

他的话,竟比长剑更为锋利。姜明鬼早先进城时,确然被秦国百姓的神采触动,这时被嬴政提起,不由心头一动,气为之沮。

这么稍纵即逝的一瞬间,他这面"至强之盾",已出现了裂纹!

"叮"的一声,王翦的腰刀,竟在六合长剑持续不断的钉入之下,骤然碎成数片。

剑光一闪,已到姜明鬼胸前,姜明鬼拼命一闪,长剑贴身而过,"呲"的一声,原本可避刀枪的黑袍,竟在六合长剑的剑尖下豁出一道口子!

一点青光坠落,却是姜明鬼藏于怀内的小取城石芯玉印,掉了出来。

"嗒"的一声,那玉印掉在地上,滚了两圈。

嬴政后退一步,眼角一跳,道:"哦?"

姜明鬼不顾一切地一个旋身,就地一扑,将玉印重抓回手中。

"是小取城第一块城石的石芯制成的城印?"嬴政忽然笑道。

"是又如何?"姜明鬼死死抓着城印,一阵心烦意乱。

——刀剑相决,却又是他输了半招。

在嬴政面前,他一输再输,如今更暴露了小取城的秘密,若是因此失落城印,令小取城无以为继,他岂不愧对逐日夫人?

"没有什么,不抢你的。"嬴政正色道,"逐日夫人把这城印传给你了?以后你就是那存于人心的'另一座小取城'了?"他看着姜明鬼,突然促狭一笑,道,"可是你猜,她第一次想把这印传给谁?"

姜明鬼一愣,如遭电殛一般,这才反应过来,方才嬴政竟是一眼认出此印。

"五年前,在咱们为水丰城的事而闯百家阵的前一天晚上,钜子其实曾私下找过寡人,要授下此印。寡人猜想,她应是已猜出寡人的身份,因此想要一蹴而就,令墨家与我大秦从此密不可分。这女人的胆识野心,实在令人刮目相看。只可惜,寡人那时只想着如何破解墨家学说,求证王道,哪有什么心思,去当一座必败之'城'?"

他这一番话,如同重锤敲在姜明鬼心头。

——这城印于他,原本是一项殊荣,如今看来,却只是退而求其次的结果。

——这一次他对嬴政的"失败",竟是由逐日夫人亲自判定。

姜明鬼眼前发黑,喉头发甜,"哇"的一声,已吐出一口血来。

"寡人不要的,当然可以给你。不过你配与不配,寡人却还想代逐日夫人考察一二。"嬴政眼见他失魂落魄,不由大喜,手中提着六合长剑,忽然向旁一挥,横于吕棠的颈上,笑道,"眼下你虽因故人的求情可免一死,但吕棠和这《吕氏春秋》,却无人能救。看在你贵为小取城城主的面子上,寡人倒也可以多给你一个机会:吕棠和这《吕氏春秋》,你可以选择救一个:救人,寡人便烧书;救书,寡人便杀人。你这兼爱天下的墨家弟子,来选择吧。"

姜明鬼手提断刀,摇摇欲坠,接连的失利,已将他打击得气若游丝,再无可战之力。

——可让他选择,他又如何取舍?

"救人!"姜明鬼血灌瞳仁,大喝道。

蓦然间,却听吕棠在地上大叫道:"姜公子,救书!"

只见这人跪在那里,身子却往前一扑,脖子已在嬴政的长剑上划过,血光喷溅,竟自戕身亡。

这书生如此刚烈忠勇,嬴政、姜明鬼都是猝不及防。姜明鬼一时万念俱灰，嬴政老大不快，将剑上鲜血一甩，看他一眼，道："你走吧！"

姜明鬼置若罔闻，只盯着吕棠的尸身。

"你走吧！"嬴政不耐道，"寡人不杀你，也不烧书。"

姜明鬼闭了闭眼，两行泪水自他眼中倏然滑落。"当"的一声，他扔了断刀，紧接着另一只手一扬，手中的小取城城印，划出一道青光，给他扔在了吕棠的尸身上。

然后他转过身，踉跄着走出馆驿，走入黑暗之中。

"恭喜王上，除此强敌！"王翦见他走远，方拾起石印，呈给嬴政，道，"姜明鬼已如行尸走肉，从此不足为虑。"

虽然这一晚，从局面上看来，是嬴政连战连捷，但他作为嬴政的近身之人，却知道这墨家的少年曾给这位强秦之主，带来多大的压力。

"除掉他了吗？"嬴政叹息着拈起那晶莹剔透的小取城玉印，道，"他最后若是没有将这印扔下，就好了。"

王翦一愣，一时想不明白，道："末将未解其意，请王上示下。"

"墨家什么最为可怕？不在机关，不在武技，而在其侠气。侠，是布衣之怒，不讲大局，不顾利益，只以最简单的对错，逞一时之气勇，因此格局不高，难成大事。"嬴政叹道，"但那，却也是他们最真实、最强大的力量，可以以一己之力，对抗天下。"

他望着姜明鬼消失的方向，回想刚才这人抛下玉印时的神情。

"他刚才失去了石兰草，又输给了寡人，再没有保住吕棠，连战连败，若是转身就走，那便是他已决意苟活偷生，妥协于世故，失去了心中侠气，不足为惧。可他偏偏将这至关重要的玉印扔下了。为了一个和他几无关联的人的性命，他赔上一座小取城的命运，因小失大，愚蠢之极！——但这愚蠢，却正是侠者所为。"嬴政缓缓摇头，道，"他走的时候，伤心、沮丧、愤怒、愧疚……但这所有一切，都源自于他对心中兼爱的坚持。这一次的连番打击，只令他摇摇欲坠，却还是没能彻底毁了他，恐怕下一次，他会变得越发强大了。"

"那不如末将现在追出去，索性结果了他！"王翦道。

"不必了。"嬴政仍是摇头，道，"第一次，他帮寡人毁去了韩国；第二次，他帮寡人毁去了赵国。其实寡人也有些好奇，第三次相见，他又会为寡人带来什么惊喜呢？"

他将玉印在手中握紧，那小小的玉石，硬硬地硌着他的掌心。

"下一次，轮到寡人将这城印还给他了。"

《战国争鸣记3：墨守之人》
即将出版，精彩预告

  眼见秦国势力日渐强大，燕国太子丹决意聘请刺客荆轲刺杀秦王。然而见面当日，荆轲却一再拖延，声称要等他的朋友到来再做决断。太子丹摸不清荆轲的想法，便想方设法讨好荆轲，见荆轲赞美琴女手美，便要砍断琴女双手，送与荆轲。

  不料，在砍手之际，荆轲的朋友将将赶到，路见不平，击杀太子丹手下，又杀至太子丹面前，要砍断他的双手，为琴女讨回公道。这位朋友，正是流落江湖，放浪形骸的姜明鬼。荆轲为了维护太子丹，与姜明鬼拔剑相向。孤零的琴女将会遇到怎样的命运？即将赶赴秦国刺杀的荆轲，遇上一心为琴女复仇的姜明鬼，这一场争斗将如何收场？

扫描二维码，并回复"战国3"
抢先试读《战国争鸣记3：墨守之人》